DER WEISSE KOFFER

Christian Eggert

DER WEISSE KOFFER

Roman

Bibliografische Information der Deutschen Nationalbibliothek

Die Deutsche Nationalbibliothek verzeichnet diese Publikation in der Deutschen Nationalbibliografie; detaillierte bibliografische Daten sind im Internet über http://dnb.dnb.de abrufbar.

Lektorat: Lisa-Marie Eggert
Umschlaggestaltung: Jessica Smieja und Sebastian Eggert

Herstellung und Verlag: BoD – Books on Demand, Norderstedt

ISBN 9783756225286

Meiner Familie gewidmet

„Wir entscheiden in jedem Augenblick unseres Lebens darüber, auf welche Vergangenheit wir schauen werden"

(Victor Frankl)

Im Zug nach Norden

Der Zug rollte durch das Emsland. Bis Norddeich-Mole waren es noch knapp 2 Stunden. Es war ein Samstag, der Zug hatte mal wieder Verspätung, aber das kannte Johannes aus unzähligen zurückliegenden Besuchen an der Nordsee. Er hatte deswegen die späte Fähre nach Juist gebucht. Wenn er sie verpassen würde, bliebe ihm nur die Übernachtung in diesem zu dieser Jahreszeit gottverlassenen Norddeich, um am nächsten Morgen das Frühschiff um sechs Uhr zu nehmen. Es regnete. Johannes hatte das Gefühl, die Wolken berührten die Oberleitung über den Schienen und manchmal meinte er sogar ein paar kleine Schneeflocken zwischen den Tropfen zu sehen. Nun, es war Anfang November und da konnte es schon mal schneien. Waren das Kaltlufttropfen gemischt mit Griesel oder kleinen Hagelkörnern?

Johannes versank im Sitz des Großraumwagens Nr. 207 der Deutschen Bundesbahn und dachte an seine Ausbildung zum Privatpiloten vor weit über 20 Jahren. Wetterkunde, das war nicht gerade sein Lieblingsfach gewesen und die Prüfungsfragen erschienen ihm damals wie Wetternachrichten aus dem Fernsehen zusammengewürfelt nach einem scheinbar nicht zu durchschauenden System, es konnte zutreffen oder auch nicht. Doch wie wichtig Wetterprognosen und deren Einschätzungen für Flieger sind, hatte Johannes erst kürzlich erfahren. Jedenfalls hatte er auch heute für die Bahnfahrt und Schiffspassage zur Nordseeinsel Juist einen professionellen Wetterbericht in der Tasche. Es gehörte zu seiner täglichen Routine, sich einen Überblick über das Wetter zu verschaffen. Dazu benutzte er immer noch die amtlichen Flugwetterprognosen des Deutschen Wetterdienstes – für den Laien eine nicht zu verstehende Aneinanderreihung von Zahlen und Buchstaben. Johannes aber wusste das zu interpretieren, schließlich hatte er eine Flugerfahrung von weit über fünftausend Stunden.

So zog Johannes den von ihm noch morgens ausgedruckten Wetterbericht aus der Fronttasche seines Rucksacks, der neben ihm auf dem Sitz stand und fing an zu lesen: >>Emden 041540Z 07025G35KT OVC 0800 Q1001 NOSIG<<. Ihm wurde es mulmig, der Wind hatte nicht nachgelassen und Johannes hoffte, dass das Fährschiff überhaupt fuhr. Er erinnerte sich, dass das Wetter ihm so manches Mal einen Strich durch geplante Vorhaben gemacht hatte.

Das monotone Fahrgeräusch des Zuges ließ Johannes in einen oberflächlichen Schlaf fallen, aus dem er jäh gerissen wurde, als der Schaffner seine Fahrkarte kontrollieren wollte. „Die habe ich doch schon ihrem Kollegen vorhin vorgezeigt", sagte er etwas knütterig. „Das Zugbegleitpersonal hat gewechselt", sagte der Schaffner und somit müsse er nochmal einen Blick auf die Fahrkarte werfen. Etwas verschlafen reichte Johannes ihm den Flugwetterbericht, den er während seines Nickerchens noch in der Hand hielt. Der Schaffner schaute etwas irritiert und anhand seines Gesichtsausdrucks konnte man erkennen, dass er mit dem Stück Papier nichts anfangen konnte.

Nachdem Johannes den gültigen Fahrausweis zum wiederholten Abknipsen vorgezeigt hatte, fiel er in einen tiefen Schlaf und wurde erst kurz vor Emden von einem nervigen Gequäke geweckt. Es war die Ansage des Schaffners über die Bordlautsprecher, dass der Zug wohl in wenigen Minuten in Emden einfährt. Alles weitere war nicht zu verstehen und Johannes fragte sich, warum es bei den hohen

Fahrpreisen der Bundesbahn nicht möglich sei, eine vernünftige Sprechanlage zu installieren. Er erinnerte sich an so manchen Funkspruch im Flugzeug. Besonders auf langen Distanzen über Wasser, Wüsten und dünn besiedelten Gebieten war die Phraseologie des Flugfunks schlecht zu verstehen. Um sicher zu gehen, dass das Gefunkte auch korrekt verstanden wird, ist es in der Luftfahrt zwingend vorgeschrieben, das Gesagte der anderen Luftfunkstelle immer exakt zu wiederholen, damit man sicher sein kann, dass alles korrekt übermittelt wurde.

Er stellte sich in diesem Augenblick vor, wie es denn wäre, wenn alle Zugreisenden die vom Schaffner gegebenen Informationen wiederholen würden möglicherweise würde das an ein kollektiv gesprochenes Vaterunser im Sonntagsgottesdienst in seiner Gemeinde in Senden erinnern. Er konnte sich ein Lächeln nicht verkneifen. Und der mittlerweile zugestiegene Fahrgast gegenüber fragte sich bestimmt, ob das etwas mit ihm zu tun haben könnte. Aber das konnte Johannes ja nun wirklich nicht erklären und somit blieb es bis zum Zielort des Zuges in Norddeich-Mole beim nonverbalen Miteinander der beiden Fahrgäste. Schade, dachte Johannes, hätte er doch gerne mehr über den Menschen erfahren, wo er herkommt und wo er hin möchte. Doch dieser steckte seinen Kopf nur in die unzähligen Seiten der "Frankfurter Allgemeinen" vom heutigen Tage. Er studierte offensichtlich durch die Prismen seiner Lesebrille die aktuellen Börsenkurse und ließ damit eindeutig erkennen, dass er an einem Gespräch nicht interessiert war.

Was macht so einer in Norddeich?, fragte sich Johannes. Irgendwie ließ ihn der Mann nicht los, er betrachtete sein Gegenüber so unauffällig wie es möglich war. Er trug einen gut geschnittenen Anzug aus offensichtlich feinem Tuch, seine Manschettenknöpfe schillerten in edlem Gold am

Rande der Jackettärmel und beim Umblättern der Zeitung kam für wenige Sekunden eine Armbanduhr zum Vorschein, welche eindeutig auf ein nobles Uhrenfabrikat hinwies. So eine Uhr wollte Johannes immer mal besitzen und bis heute stand er manchmal mit sehnsüchtigen Augen vor der Panzerglasscheibe entsprechender Juweliergeschäfte. Sein Blick fiel auf einen feinen Lederkoffer. Dieser trug die Initialen einer weltbekannten Luxusmarke. Nicht zuletzt wurden seine Schuhe mit Sicherheit in einer edlen englischen Manufaktur auf Maß gefertigt.

Als er wieder mal die Zeitung wendete, blitzte im Licht der Leselampe einer der goldenen Manschettenknöpfe auf. Johannes wunderte sich. Was das wohl ist? Das Ding schien die Form einer Gewehrpatrone zu haben. Absurd, wer sollte so etwas als Manschettenknöpfe tragen. Plötzlich schaute der Mann ihn an. Johannes schaute schnell aus dem Fester und irgendwie überkam ihn das Gefühl, diesen Mann nicht das letzte Mal gesehen zu haben...

Johannes studierte den Fahrplan. In ungefähr 30 Minuten sollte der Zug planmäßig in Norddeich-Mole eintreffen und er würde trotz der obligatorischen Verspätung des Zuges das Fährschiff zur Nordseeinsel Juist noch entspannt erreichen. Der starke Wind hatte sich scheinbar etwas abgeschwächt, sodass er guten Mutes wurde, dass das Schiff ihn noch heute zur Insel bringen würde. Der Zug lief mit der "planmäßigen" Verspätung an der Mole ein, Johannes richtete seinen Rucksack, zog sich die wärmende Daunenjacke an und verließ mit einem knappen Gruß zu seinem Gegenüber seinen Sitzplatz. Am Ausstieg angekommen rief jemand hinter ihm her: „Mein Herr, sie haben ihren Koffer vergessen, oder gehört dieser schneeweiße Koffer nicht zu Ihnen?" Es war der Mann mit der FAZ. „Würden sie mir bitte noch beim Herunterhiefen des Koffers helfen?", fragte Johannes. Der

Herr mit der FAZ griff hilfsbereit nach dem Gepäckstück, musste sich aber entgegen seiner Erwartung etwas bemühen, den Koffer aus der Gepäckablage heraus zu holen.

Johannes schlenderte mit seinem Gepäck Richtung Fähre. Er ärgerte sich über sich selbst, dass er fast seinen Koffer vergessen hatte. Seine Gedanken wurden von der Lautsprecherdurchsage der Reederei unterbrochen. Das Schiff würde auf Grund des wieder zunehmenden Windes in wenigen Minuten auslaufen. Johannes ging an Bord und fand einen gemütlichen Platz am Fenster. Er war einer von vielleicht 30 Fahrgästen. Um diese Jahreszeit fuhren kaum Urlauber auf die Insel — die meisten an Bord waren Einheimische, die an Land Geschäfte erledigen oder Verwandte und Freunde besuchten. Mit einem lauten Tuten aus der Schiffssirene legte die Frisia V mit dem Ziel Juist ab.

Auf dem Plastiktisch vor Johannes dampfte eine Tasse Friesentee. Es wurde draußen dunkel, denn es war schon nach fünf. Das Schiff nahm Fahrt auf, fing leicht an zu schaukeln und suchte sich den Weg durch die Fahrrinne im Wattenmeer, welches Johannes unzählige Male aus dem Cockpit seines kleinen Privatfliegers bewundern durfte.

Er versank im Dufte des frischen Tees in Gedanken und dachte ein sein bevorstehendes Treffen mit Richard. Wie wird er wohl jetzt ausschauen?

_____

Richard hatte es sich im Sessel des Foyers im Kurhotel auf Juist gemütlich gemacht. Eine Tasse schwarzer Kaffee dampfte auf dem kleinen Tischchen neben ihm. Es wurde langsam dunkel und ein dezentes Licht erleuchtete das feudale Ambiente des Gebäudes, welches lange Zeit dem Verfall geweiht war und vor Jahren Dank einer finanzkräftigen Investorengemeinschaft aufwändig restauriert wurde. In der Nähe des Eingangsbereiches stand ein monströser Kerzenhalter, welcher offensichtlich noch aus der Zeit vor der Renovierung stammte und mit viel handwerklichem Geschick auf Hochglanz poliert mit seinen vielen Kerzen dem Foyer eine Stimmung vermittelte, die an die alten Zeiten herrschaftlicher Kurgäste erinnerte. Es waren zu dieser Jahreszeit offensichtlich nicht viele Gäste im Kurhotel — es war Anfang November und das windige und regnerische Wetter lud nicht gerade zu langen Strandspaziergängen ein. Trotz des schlechten Wetters hatte sich Richard um die Mittagszeit aufgemacht, um etwas durch den kleinen Ort zu laufen und um am Fährhafen auf den Fährfahrplan zu schauen, ob und wann das letzte Schiff aus Norddeich wohl anlegen würde. Er trug eine elegante Brille einer ganz besonderen Nobelmarke, mit Bügeln aus 18 karätigem Gold und ziemlich dicken Gläsern, durch die er trotzdem die kleinen Zahlen auf dem Fahrplan nicht erkennen konnte. Er fragte einen Bediensteten der Reederei, ob die Fähre trotz des starken Windes heute Abend pünktlich anlegen werde. Der Bedienstete schaute Richard von oben bis unten an, hielt kurz inne und brabbelte dann auf Plattdeutsch irgendetwas von vielleicht fährt sie oder auch nicht, das ist halt keine U-Bahn in einer Großstadt wo er wohl herkäme, das hier ist Friesland und hier gäbe es andere Gesetze. Das war Richard nicht gewohnt. War er es doch, der sonst die Regeln und Bedingungen aufstellte. „Wollen sie kein Geld verdienen?", fragte er etwas pampig. Der Mann von der Reederei, mit einer großen Kapitänsmütze, Friesennerz und Gummistiefeln bekleidet, schaute fast mitleidig auf Richard und ließ ihn mit den Worten „Hier gehen die Uhren anders", sinnbildlich im Regen stehen.

Der Regen wurde stärker. Wegen des starken Windes hatte Richard erst gar keinen Schirm mitgenommen. Er hatte doch erst kürzlich das neueste Modell einer sündhaft teuren Allwetterjacke in Frankfurt mit dem Versprechen erworben, dass sie vollkommen wasserundurchlässig sei. Doch der feine, vom Wind getriebene Regen zog nun doch langsam durch den edlen Stoff, sodass Richard sich, immer noch über den Typen von der Reederei ärgernd, so langsam wieder in Richtung Kurhotel bewegte. Auf dem Weg hielt er Ausschau nach einem Zeitungsladen, um sich die neue Ausgabe der „Frankfurter Allgemeinen" zu kaufen, denn er verfolgte beinahe täglich die Aktienkurse. Der Zeitungsladen hatte geschlossen. Richard wurde langsam zornig. „Was ist denn das für ein Kaff", murmelte er vor sich hin, „in Frankfurt kann man rund um die Uhr alles kaufen."

Im Hotel angekommen bestellte er sich erst mal einen Kaffee, um sich wieder aufzuwärmen und ärgerte sich immer noch ein wenig, keine FAZ bekommen zu haben. Schließlich wurde diese Woche über den Börsengang seines Firmenimperiums entschieden. War das wirklich der richtige Ort, um hier mal seinen Lebensabend zu verbringen? Nun, wenn sein Unternehmen so wie geplant an die Börse ginge, würde er das Kurhotel aus seiner Portokasse kaufen. Die Luxussuite würde er sich schon entsprechend einrichten, aber keine tägliche FAZ und Fähren, die fahren wann sie wollen? Wer weiß wie die Uhren hier sonst noch so ticken? Er war es gewohnt nach einem straffen präzisen Plan zu leben, Zufälligkeiten und Unzulänglichkeiten konnte Richard nicht ertragen.

Angereist war er am Tage vorher. Sein Privatpilot Wilfried brachte ihn mit der konzerneigenen Turboprob Maschine von Frankfurt Egelsbach nach Juist. Üblicherweise flog er mit einem Turbinenjet, doch auf Juist waren Düsenflieger nicht zugelassen. Man hatte die Kabine der kleinen Turboprob allerdings nach individuellen Wünschen der Konzernleitung gestaltet, so gab es zwei feine Ledersitze, einen Kühlschrank und sogar einen Internetzugang. Doch Richard hatte mit den modernen Kommunikationsmitteln nichts am Hut, er überließ das Internetgerödel und Email-Gedöns, wie er immer sagte, seinen Mitarbeitern. Er hatte nur ein einfaches Mobiltelefon. Eigentlich wollte er früher in jungen Jahren auch mal den Flugschein machen, hatte sogar ein paar Flugstunden genommen und entwickelte durchaus eine gewisse Leidenschaft für die Fliegerei.

Seine geschäftlichen Aktivitäten ließen ihm jedoch zu wenig Freiraum, die Ausbildung zum Ende zu bringen. Ihm gehörten mittlerweile zumindest mehrere Privatflugzeuge, auch wenn er diese nicht selbst fliegen konnte. Nachdem Wilfried sich von seinem Arbeitgeber verabschiedet hatte, ließ er die Motoren im Rahmen eines Checks nochmal aufheulen und startete dann mit dem Ziel Frankfurt Egelsbach in den grauen Nordseehimmel. Richard sah im noch lange nach und etwas Wehmut überkam ihn. Er hatte doch auch früher mal davon geträumt, selber als Pilot auf die Inseln fliegen zu können. Der Flieger verschwand in den Wolken und Richard zog seine beiden Rollkoffer zum Ausgang, wo ihn der Kutscher eines Pferdetaxis in Empfang nahm.

Nach einer guten halben Stunde Fahrzeit hielt die Kutsche vor dem repräsentativen Kurhotel und ein Page begleitete ihn in das Foyer zur Rezeption. Der erste Eindruck ist gar nicht so schlecht, dachte er und checkte ein. „Wie lange wollen Sie bleiben?", fragte der Rezeptionist, „sie haben kein Abreisedatum angegeben." „Das weiß ich nicht", antwortete Richard still und leise.

Nachdem Richard sich nun, nach dem Spaziergang zum Hafen und zum geschlossenen Zeitungsgeschäft, an seinem

Kaffee aufgewärmt hatte, bestellte er im Restaurant einen Tisch für zwei Personen, in der Hoffnung, dass sein Gast noch rechtzeitig die Fähre erreicht hatte und pünktlich zum geplanten Treffen heute um 20:00 Uhr da sein würde. Hoffentlich brachte er die neue FAZ und gute Nachrichten mit.

Die Fähre aus Norddeich erreichte die Insel Juist gegen 19:00 Uhr. Die wenigen Fahrgäste verließen das Schiff über eine kleine Treppe auf dem Oberdeck. Der Höchststand der Flut war bereits überschritten und so lag das kleine Fährschiff bereits tief im braunen Wattwasser und schaukelte immer noch leicht, die Leinen waren noch nicht ganz fest und die Fender erfüllten an der Hafenmauer mehr als ihre Pflicht. Johannes ging als einer der letzten von Bord und nur wenige Meter vor ihm entdeckte er den Mann mit der FAZ, der ihm im Zug gegenüber gesessen hatte. Komisch, dachte er, auf dem Schiff hatte er ihn unter den wenigen Fahrgästen gar nicht wahrgenommen. Die meisten Passagiere wurden von Angehörigen abgeholt. Ein älterer Herr, der eine Kappe mit dem Aufdruck "Kurhotel" aufhatte, nahm den Mann mit der FAZ in Empfang; auf einem kleinen Handwagen verzurrte er den edlen Lederkoffer und dann zogen die beiden in Richtung Ortsmitte.

Johannes schnallte sich seinen Rucksack um, nahm seinen weißen Koffer in die linke Hand und ging gemächlich zu dem Hotel in der Ortsmitte. Er hatte für ein paar Tage reserviert; man kannte ihn hier noch. Es war stockdunkel, die Straßenbeleuchtung glich eher kleinen Funzeln aus der Gründerzeit, aber Johannes kannte sich hier gut aus. Mit seiner kleinen Cessna war er früher unzählige Male hier. So erreichte er nach einer knappen Viertelstunde sein Hotel. Es war, als wäre er gestern erst dort gewesen. Nach einem guten Essen und ein paar Bierchen verzog er sich in sein Zimmer und legte sich zu Bett. Wie wird wohl morgen das Wiedersehen mit meinem alten Freund Richard sein? Sie hatten sich eine gefühlte Ewigkeit nicht mehr gesehen. Mit diesem Gedanken schlief Johannes tief und fest ein.

„Hier gibt es keine aktuelle FAZ zu kaufen", maulte Richard sein Gegenüber im Restaurant an, „kannst du dir das vorstellen?" Horst konterte mit dem Hinweis: „Du kannst dir auch mal ein Smartphone zulegen, da kannst du zu jeder Zeit deine FAZ lesen, es gibt hier im Haus sogar freies WLAN." „Wenigstens das gibt es auf der Insel", murmelte Richard, „die schalten das bestimmt bei Sonnenuntergang ab." „Jetzt sei mal nicht so zynisch", erwiderte Host, „es war ja schließlich deine Idee sich hier zu treffen." „Hast du das Aktienpaket dabei?", fragte Richard leise. „Und wie sieht es mit dem geplanten Börsengang aus?"

Jugendzeit im Münsterland

Richard wuchs in der Nähe von Frankfurt auf. Sein Vater war Angestellter der örtlichen Stadtverwaltung in Egelsbach im Bauordnungsamt, zuständig für die Ansiedlung neuer Unternehmen und Bereitstellung der möglichen Gewerbeflächen. Die Familie wohnte in einem kleinen Reihenhaus am Rande einer Siedlung. Seine Mutter war Arzthelferin in einer Hals-Nasen-Ohrenpraxis in der Innenstadt von Egelsbach. Beide Eltern gingen morgens um 07:00 Uhr aus dem Haus, sodass Richard und seine zwei

Jahre jüngere Schwester Carina selbständig dafür sorgen mussten pünktlich um 08:00 Uhr in der Schule zu sein. Praktischerweise besuchten sie das gleiche Gymnasium. Das Geld zu Hause war immer knapp, jeder Euro floss in das eigene Haus. Richards Eltern hatten sich hoch verschuldet, um sich den Traum vom Eigenheim erfüllen zu können. Die Freunde von Richard hatten alle ein Moped, manchmal trafen sie sich nachmittags nach der Schule in einem nahegelegenen Wäldchen. Hin und wieder fuhren sie auch übers Wochenende mit Zelten in den nahegelegenen Spessart um Abzuhängen, Bier zu trinken und große Pläne für die Zukunft zu schmieden. Richard hatte kein Moped, das Taschengeld seiner Eltern reichte dafür nicht aus und somit war er immer auf andere angewiesen, was ihn zunehmend belastete. Er wusste bald recht genau, dass er dieses Leben seiner Eltern später nicht führen wollte.

Das ständige Rechnen, ob man sich denn einmal die Woche beim Italiener um die Ecke eine Pizza leisten könne, oder das Wälzen von Urlaubsprospekten im November, um für den folgenden Sommer irgendeine Pauschalreise mit Frühbucherrabatt zu ergattern. Richard hasste diese Reisen. Zwei Stunden vor Abflug am Flughafen sein, scheinbar endlose Schlangen am Counter, der gnädige Blick der Airline Angestellten beim Kofferwiegen wenn die Waage mal wieder ein paar Kilos zu viel anzeigt. Das ständige Vorzeigen von Flugticket und Pass. Das Gerödel in der Kabine, die engen Sitze und dieses ganze Verhalten mancher Passagiere mit Sekt und Bier, auch schon am Morgen, um in die vermeintlich schönsten Wochen des Urlaubs zu starten. Ätzend! Und dann abends im Restaurant dieses Gelaber, wo kommen Sie denn her, ach auch aus Frankfurt? Das ist ja toll, und wenn man auch noch in dasselbe Fitnessstudio ging, schien der Urlaub gerettet zu sein. Nach dem zweiten Glas Wein und dem: „ach wir können uns auch gerne Duzen", kam man dann immer auch bald zur Frage der beruflichen Tätigkeiten. Da drehte sein Vater dann auf. Er hatte schon sehnsüchtig darauf gewartet und vermittelte dann jedem am Tisch den Eindruck, als wäre er der Regierungspräsident, dabei hatte er eher wenig zu entscheiden. Auch seine Mutter mutierte dann spätestens beim Absacker an der All-In-Bar zur Fachärztin, in der Hoffnung, nicht enttarnt zu werden. Und nach dem Urlaub wurden dann die Beschwerdeschreiben an die Reisegesellschaft ausgearbeitet; was da auf einmal alles so schlecht war?! Richard kotzte das alles nur noch an. Es wurde ihm immer deutlicher, so ein Spießerleben wollte er definitiv nicht in Zukunft führen.

Aber er hatte noch ein Jahr bis zum Abitur und ohne finanzielle Mittel schien ihm eine Trennung von zu Hause kaum möglich. Zumal er gerne Maschinenbau studieren wollte. Und das möglichst in Aachen, weil hier nach seinen Recherchen die Ausbildung auf einem sehr hohen Niveau stattfinden sollte. Mit Mittelmaß konnte er sich noch nie anfreunden. Also fing er an, auf das Abitur hinzuarbeiten, um möglichst beim Abschluss einen Numerus Clausus zu erreichen, der ihm dann den direkten Zugang zur Hochschule in Aachen sichert. Er wollte aus diesem Spießermuff raus.

Eines Abends berichtete sein Vater beim Abendessen, dass ein neuer Investor im Produktionsbereich Maschinenbau im Großraum Frankfurt für rund 500 Mitarbeiter einen geeigneten Standort sucht. Und er, also Richards Vater, wurde vom Baudezernenten beauftragt, geeignete Gewerbeflächen zu ermitteln. Es handelte sich um eine Maschinenfabrik mit Stammsitz im Münsterland, welche sich einen riesigen Großauftrag an Land ziehen konnte und nun aus logistischen Gründen nahe des Frankfurter Flughafens ihre Produktion in Kürze aufnehmen möchte. Richards Vater sollte schon in den nächsten Tagen zum Stammsitz nach Münster-Telgte fahren, um mit der Geschäftsleitung des Unternehmens mit dem Namen WEG EX AG in Verhandlungen für mögliche Grundstücke zu treten.

„Möchtest du vielleicht mitkommen?", fragte der Vater Richard. „Vielleicht ist das Unternehmen ja für dich interessant und du kannst schon mal Kontakte knüpfen." Richard überlegte sich das nicht lange, sprach mit seinem Rektor über diese Möglichkeit und bekam zwei Tage schulfrei.

Eine Woche später, an einem Donnerstag um vier Uhr morgens, setzte sich dann der schon in die Jahre gekommene blaue Ford Mondeo Kombi mit Richard und seinem Vater in Richtung Telgte in Bewegung. Irgendwie war Richard gespannt, er hatte das Gefühl, dass dieser kleine Ausflug mehr als nur ein Besuch eines Unternehmens im Münsterland sein würde.

Um 07:30 Uhr fuhr der blaue Mondeo beim Pförtner der WEG EX AG vor. Im Pförtnerhäuschen saßen zwei Männer, welche eher an Grenzschutzsoldaten erinnerten als an Pförtner eines Unternehmens. Sie wirkten grimmig und der eine murmelte: „Ihre Papiere und Ausweise bitte." Richard und sein Vater mussten Ihre Personalausweise abgeben und bekamen dafür entsprechende Besucherausweise mit dem Hinweis, dass sie ihre persönlichen Ausweise beim Verlassen des Unternehmens zurückbekämen. Nachdem der eine Pförtner mit irgendjemand telefoniert hatte, durften sie endlich passieren, und suchten dann auf dem Gelände den ihnen zugewiesenen Parkplatz Nummer 17 auf Deck A3 des Parkhauses Nr. 2. Dort stand schon jemand, der sie in Empfang nahm. Richard war irgendwie beeindruckt, hier schien man wirklich nichts dem Zufall zu überlassen.

Offensichtlich wurden sie erwartet. „Hatten sie eine gute Fahrt?", fragte der Abholer die beiden an einer ehrlichen Antwort war er nicht wirklich interessiert. Dann gingen sie gemeinsam durch mehrere Gänge um dann mit einem Fahrstuhl in den Verwaltungstrakt zu gelangen. Richard hatte im Vorfeld dieses Besuches versucht, Informationen über die WEG EX AG zu bekommen. Doch das war gar nicht so einfach, schien man doch bei der Darstellung des Unternehmens eher im Allgemeinen zu bleiben. Jedenfalls wurde hier etwas produziert und das musste etwas mit Maschinenbau zu tun haben.

Alles wirkte sehr edel, selbst der Boden im Fahrstuhl war mit einem feinen Teppich ausgelegt, die Spiegel waren blitzsauber und es roch sehr angenehm nach Luxus. Als die Fahrstuhltür sich öffnete, wechselte der Duft und es roch nach frischem Kaffee. Ein weiterer Mitarbeiter des Unternehmens gesellte sich zu ihnen und gemeinsam gingen sie zur Cafeteria. „Stärken sie sich erst mal", sagte der eine von den beiden, „in zwanzig Minuten erwartet sie unsere Strategieabteilung zum vereinbarten Gespräch. Sie, junger Mann", wandte er sich an Richard, „sie dürfen dann mit mir kommen. Während sich ihr Vater in der Konferenz befindet, zeige ich Ihnen etwas vom Unternehmen." Sein Vater richtete seine Akten und bereitete sich auf das Meeting vor. Richard fragte, sich was denn hinter der Namen WEG EX stehen könnte, kam aber zu keinem zufriedenstellendem Ergebnis. Als die Zeiger einer großen edlen Wanduhr in der Cafeteria auf achtuhrdreißig sprangen, kam ein im Nadelstreifenanzug gekleideter Herr auf Richards Vater zu und die beiden verschwanden hinter der großen Glastür der Cafeteria.

„Du kannst einfach Johannes zu mir sagen, ich bin auch nicht viel älter als du. Was machst du eigentlich, warum bist du mit deinem Vater heute hier? Willst du beruflich in diese

Richtung gehen?", fragte der junge Mann, der Richard nun die Informations- und Besucherabteilung der WEG EX AG zeigte. Richard erzählte ihm, dass er im diesem Jahr sein Abitur machen werde und bei entsprechendem Numerus clausus sich direkt an der Universität Aachen für Maschinenbau einschreiben wolle. „Das ist ja interessant", sagte Johannes, „ich würde eigentlich auch gerne studieren, am liebsten Medizin." „Und warum machst du das nicht?", fragte Richard erstaunt. „Tja, ich habe meine Eltern total lieb, aber in manchen Dingen haben sie eine merkwürdige Einstellung. Sie meinen, es gäbe genug nichtakademische Berufe, das würde auch besser zur Familie passen."

Johannes wuchs in der kleinen Stadt Senden im Münsterland auf. Sein Vater hatte einen kleinen Malerbetrieb mit ein paar Mitarbeitern in einem nahegelegenen Gewerbegebiet am Rande der Stadt. Seine Mutter kümmerte sich um ihn, soweit ihre Zeit das zuließ. Tagsüber war sie in der Firma, machte die Büroarbeit und erledigte alles, wozu sein Vater keine Zeit hatte. Abends wurde gemeinsam gegessen und dann hatte Johannes Gelegenheit, von sich und seinem Tag zu berichten. Nach dem Essen verschwanden beide Eltern oft nochmal im Büro und erst um Mitternacht wurde das Licht in dem kleinen Reihenhaus am Ende der Straße gelöscht. Und das ging jeden Tag so. Meistens auch am Samstag, nur Sonntag wurde nicht gearbeitet. Da ging man dann in die Kirche und nachmittags wurde meistens irgendein Gesellschaftsspiel gespielt. Er fand das nicht gerade spannend. Zunehmend wurde ihm klar, dass er den Rest seines Lebens nicht so verbringen wollte. Er hatte ein paar Bekannte aus der Schule, mit denen machte er kleine Touren mit dem Fahrrad in die nähere Umgebung. Abends fuhren sie schon mal mit dem Bus nach Münster, zogen durch die Kneipen bei Bier und Korn.

Johannes war gerne unterwegs, so genoss er auch immer die Sommerurlaube mit der Familie. Es waren immer tolle Reisen, mal in den Norden mit dem Auto oder Wohnmobil, mal mit dem Zug in den Süden, oder auch die ein oder andere Kreuzfahrt in die Karibik und nach Südamerika. Er träumte manchmal davon Arzt zu sein, in verschiedenen Kliniken auf der Welt zu arbeiten, vielleicht sogar in Krisengebieten zu helfen. Diese Gedanken fühlten sich für ihn gut an und er spürte zu diesem Zeitpunkt schon sehr deutlich, dass eine berufliche Tätigkeit für ihn mehr war, als reines Geldverdienen. Es stellte sich ihm schon recht früh die Sinnfrage nach den Dingen des Lebens, nicht ahnend, dass das mal eine der zentralen Frage seines Lebens werden sollte.

Aber seine Eltern meinten, er solle besser eine Ausbildung im handwerklichen Bereich machen. Das wäre solide und vielleicht könne er ja auch mal die Firma seines Vaters übernehmen. Leider hatte Johannes keine Geschwister, so musste er vieles mit sich selber ausmachen. Auch hatte er eigentlich nur einen wirklich richtigen Freund, mit dem er alles besprechen konnte.

Mit vierzehn Jahren bekam er zu Weihnachten sein erstes Fahrrad geschenkt. Er war überglücklich, war er doch bis zu diesem Zeitpunkt immer auf Leihfahrräder seiner Kumpels angewiesen und bekam dann natürlich immer die ausrangierten alten Dinger. Seine Eltern hatten ihm bis dato aus Ängstlichkeit ein eigenes Fahrrad verwehrt und das kleine Taschengeld reichte nicht mal zum Kauf eines alten Gebrauchten. Manchmal tat es ihm fast ein wenig weh zuzusehen, wie andere mit den neuesten Modellen mit zwölf Gangschaltung und Scheibenbremsen an ihm vorbeifuhren.

Aber mit den alten Rosteseln war er wenigstens dabei. Das war das Wichtigste.

Oft war er alleine mit dem Rad unterwegs. Dabei konnte er gut nachdenken. Manchmal radelte er den Dortmund-Ems-Kanal entlang. Der gut ausgebaute Radweg am Rande des Kanals ließ sich gut fahren. Wenn er Lust hatte, dann fuhr er sogar bis Telgte, um sich einen Eiskaffee oder einen dicken Eisbecher zu gönnen. Manchmal machte er noch einen kleinen Abstecher zum auf dem Weg liegenden Flugplatz Münster-Telgte und träumte auf dem Fahrrad sitzend vom Fliegen. Die Fliegerei faszinierte ihn schon als kleiner Junge. Tja, aber das ist für mich nun wirklich nicht vorgesehen, dachte Johannes immer wieder. Wenn es schon nicht für ein Fahrrad reicht, und wenn ich auch nicht studieren soll, dann werde ich bestimmt nie so viel Geld verdienen, um mir so etwas leisten zu können. Das ist was für die reichen Akademiker, wurde ihm von den Eltern einsuggeriert. Sie meinten es nicht böse, sie kannten eben auch nichts anderes. Aber in den von seinen Eltern vorgeschlagenen Volleyballverein in Senden wollte er sicher nicht, da war Johannes sich ganz sicher.

An einem besonders sonnigen Sonntag war er mal wieder mit seinem Rad unterwegs und machte gerade Pause an seinem Lieblingsort, dem Flugplatz. „Na, möchtest du mal mitfliegen?" Johannes drehte sich um und wäre dabei fast von seinem Fahrrad gefallen. „Was, mal mitfliegen, meinst du das ernst? Das kann ich mir von meinem Taschengeld nicht leisten", sagte er zu dem Jungen der vor ihm stand. Dieser war nicht viel älter als er und hatte eine Schirmmütze auf dem Kopf auf der das Wort "Captain" eingestickt war. „Bist du Flieger?", fragte Johannes. „Ich mache gerade die Ausbildung zum Segelflieger und wenn du möchtest, kannst du gerne mal mit mir kommen. Ich zeige dir im Hangar mal ein Segelflugzeug und dann darfst du dich gerne mal hineinsetzen." Der Puls von Johannes jagte in die Höhe. „Gerne, wann denn?" „Komm mal mit, ich heiße übrigens Matthias, alle nennen mich hier einfach Mattes und wie heißt du?" Johannes sagte vor Aufregung alle seine drei Vornamen auf, „Johannes Gerhard Winfried heiße ich, aber Johannes reicht." Mattes lachte. „Entspann dich mal, ich hol uns erst mal ne Cola." Und dann standen sie im Hangar, ein Segelflugzeug lag vor ihnen. Die ausgebreiteten Flügel wirkten auf Johannes wie lange Schwingen eines Raubvogels, der sich nach einem langen Hangflug zur Ruhe begeben hat. Der Geruch von Holz, Kunststoff, Poliermitteln, Benzin und Öl wirkte auf ihn wie ein aphrodisierendes Rauschmittel und als er dann im Cockpit saß und den Steuerknüppel bewegte, konnte er sich kaum vorstellen, dass das Leben noch mehr Aufregendes zu bieten hatte. Hatte es aber und Johannes ahnte noch nicht, was noch alles kommen sollte.

Es dämmerte schon, als er sich von Mattes verabschiedete, sich auf seinen Drahtesel schwang und mit einem Affenzahn nach Hause radelte, übervoll mit Eindrücken und Impressionen aus dem Reich der Luftfahrt. „Du kommst aber spät", wurde er zu Hause empfangen. „Wo warst du denn und was hast du gemacht? Wir haben uns große Sorgen gemacht, du hättest wenigstens mal anrufen können." Was sollte er jetzt sagen? Dass er am Flugplatz war, im Cockpit eines Flugzeugs gesessen hat, oder vielleicht sogar von dem Angebot des Mitfluges berichten. Mit immer noch hochrotem Kopf entschied Johannes sich, alles erst mal für sich zu behalten und erzählte, er hätte einen platten Reifen am Fahrrad gehabt und die Reparatur hätte so lange gedauert. Seine Mutter glaubte ihm das nicht und flüsterte ihm beim Gute Nacht sagen ins Ohr, dass er mit ihr über alles sprechen könne. „Es ist kein Mädchen", flüsterte er leise zurück, „es ist noch besser!"

Es bedurfte schon einer großen Portion Überredungskunst seinen Eltern gegenüber, um die Zustimmung für einen Rundflug in einem Segelflugzeug zu bekommen. Schließlich war Johannes noch minderjährig. Aber nach zähen Verhandlungen bekam er die Unterschrift seiner Eltern auf dem von der Flugschule in Münster-Telgte ausgestellten Ticket. Das Abenteuer konnte beginnen und er konnte es kaum abwarten endlich abzuheben.

Völlig losgelöst von der Erde, dahingleitend über die Landschaft. Kanäle, Häuser, Städte, Menschen und Autos waren so klein. Johannes war überwältigt und er hörte gar nicht auf den Piloten zu fragen, wie das alles funktioniert. Nach der Landung lagen sich Vater, Mutter und Johannes mit Tränen in den Augen in den Armen. Bei den Eltern waren es Angsttränen, bei Johannes Tränen der Freude.

Er konnte die Nacht kaum schlafen, immer und immer wieder ging er das Erlebte des Tages durch. Das Einsteigen und Anschnallen, das Briefing und Checken, das Funken mit dem Tower, das Abheben und Schweben im scheinbaren Nichts, das Gleiten und Landen. Es ließ Johannes nicht mehr los. Das war es, was er unbedingt machen wollte. Da gab es nur ein Problem. Fliegen kostet Geld. Geld, welches er nicht hatte und von seinen Eltern war auch nicht viel zu erwarten. Zumal sie von der Idee, dass ihr einziger Sohn einen Flugschein machen wollte, überhaupt nicht angetan waren. Aber seine Entscheidung stand fest, Johannes wollte fliegen lernen. Also musste er eine Geldeinnahmequelle auftun. Und in der Samstagszeitung eine Woche später, sprang ihm folgende Anzeige förmlich ins Gesicht:

>> Scout m/w für unser Unternehmen gesucht, Servicetätigkeit auf Messen und hausinternen Veranstaltungen und Tagungen. Wir

erwarten freundliches und selbstbewusstes Auftreten, wir bieten leistungsgerechte Vergütung in einem sozialen Unternehmen im Münsterland. Bewerbung bitte an WEG EX AG. <<

Johannes bekam den Job, allerdings stellte man ihm ziemlich viele Fragen zu seiner Person und im Vertrag musste er in aller Deutlichkeit bescheinigen, keine Internas aus dem Unternehmen nach außen zu tragen. Johannes wunderte sich schon etwas, aber ihm war alles egal. Er wollte fliegen lernen und da war ihm fast alles recht.

Johannes lief mit Richard durch die Gänge des Bürotraktes der WEG EX. Alles war picco bello sauber, an jeder Ecke stand eine sehr gepflegte Pflanze, kleine Sitzecken mit feinem Mobiliar, Kaffeemaschine und kalte Getränke luden am Ende eines jeden Ganges zum Verweilen ein. Es roch nach Putzmitteln und obwohl alles sehr ordentlich war, hatte Johannes bei seinen Führungen durch das Unternehmen immer ein eher beklemmendes Gefühl. Es erinnerte ihn alles immer an die Atmosphäre eines Krankenhauses. Sie nahmen den Fahrstuhl in die vierte Etage zum Informations- und Besucherzentrum. Dort angekommen erwartete sie bereits ein Mitarbeiter der WEG EX AG. Er stellte sich Richard als Mario Schröder vor. In der nächsten Stunde werde er ihm in einem kleinen Werkskino einen Film zum Unternehmen vorführen. Es wurde Kaffee in Form eines „To-go" gereicht und dann gingen die drei zum Kino, wo schon andere Besucher warteten. Als das Licht im Saal gedimmt wurde und der Film über Geschichte und Gegenwart des Unternehmens begann, holte Johannes sein Smartphone aus der Jacke und schrieb eine Nachricht an Mattes, den Flieger vom Flugplatz Telgte. Er wolle gerne die Tage nochmal vorbei kommen, die Gedanken um die Fliegerei ließen ihn einfach nicht los. Den

Film kannte er ja schließlich schon, hatte er doch nun bereits einige Male Besucher durchs Unternehmen geführt. Das war ja sein Job, für den er recht gut bezahlt wurde, mehr wollte er hier auch gar nicht.

Richard verfolgte fasziniert den Film, versuchte dabei immer wieder herauszufinden, was denn dieses Unternehmen alles so produzierte. In der Darstellung ging es immer um Maschinenbauteile, um Metallstrukturen, um feinmechanische Präzisionsinstrumente und wie erfolgreich die WEG EX AG weltweit operierte. Offensichtlich ein sehr erfolgreiches Unternehmen, dachte Richard und hoffte, nach dem Film die Produktionsstätten besichtigen zu können. Er wollte mal Maschinenbauer werden und spürte, dass das hier seine Welt war. Er sah sich schon an der Universität studieren, um irgendwann mal in so einem Unternehmen arbeiten zu dürfen.

Der Film war zu Ende, das Licht im Werkskino wurde wieder heller und Johannes führte Richard in Richtung Cafeteria, wo für die Besucher des Tages ein kleines Büffet bereit stand. „Wow", sagte Richard leise. Das war er nicht gewohnt, mitten in der Woche Lachsschnittchen zu essen, das gab es zu Hause höchstens einmal im Monat am Wochenende. Er schnappte sich einen Teller mit mehreren Häppchen und mit einen Glas Sekt in der Hand machte er sich auf die Suche nach Mario Schröder, um ihm weitere Fragen zum Unternehmen zu stellen.

Vergebens, Herr Schröder war verschwunden und außer zwei sehr charmanten jungen, extrem gut aussehenden Mädels hinter der Theke, den Besuchern und Johannes war in der Cafeteria keiner mehr. Johannes ging zu Richard. „Der Besuch von Gästen endet mit diesem kleinen Snack. Ich muss dich auch gleich wieder zu deinem Vater zurückbringen, da der Termin mit seinem Verhandlungspartner bereits beendet ist." „Was? Ich dachte wir besichtigen noch die Produktion", sagte Richard enttäuscht. Der Wischiwaschi-Film war aus seiner Sicht wenig gehaltvoll, eine eher narzisstische Darstellung eines Unternehmens, welches irgendwelche Maschinenbauteile produziert. Bereits ahnend, dass das nicht der letzte Besuch dieser Räumlichkeiten gewesen sei, folgte Richard seinem Guide Johannes wieder zu dem Aufzug, der sie vor zwei Stunden hierher gebracht hatte.

„Lass uns doch mal in Verbindung bleiben", sagte Richard zu Johannes. Ich gebe dir mal meine Handynummer, ruf doch mal an, wir sollten uns ja mal treffen." Johannes freute sich, er fand Richard auch sehr sympathisch und lud ihn direkt zwei Wochen später zu seinem 19. Geburtstag ein.

Vier Etagen tiefer am Ende des Ganges wartete bereits Richards Vater in einer kleinen Sitzecke mit einer dicken Mappe unter dem Arm. „Wir müssen uns etwas beeilen", sagte Johannes. Ich habe gleich die nächste Besuchergruppe", und somit begleitete er Richard und seinen Vater mit dem gleichen Prozedere wie bei der Ankunft am Morgen zum Ausgang. Sie gaben ihre Besucherausweise ab, bekamen ein Ausfahrtticket mit dem Hinweis, dass es nur eine halbe Stunde Gültigkeit hat und machten sich auf den Heimweg nach Egelsbach.

In der ersten halben Stunde herrschte Schweigen im Auto. Beide waren zu sehr beschäftigt mit dem, was sie erlebt hatten und ein wenig erschöpft. Der Tag hatte für sie ja schon früh angefangen. „Wie war denn dein Gespräch?", fragte dann Richard irgendwann mal seinen Vater, als sie auf die Autobahn Richtung Süden einbogen. „Du Richard, ich darf da eigentlich gar nicht drüber sprechen. Aber so viel kann ich dir erzählen, die WEG EX AG in Egelsbach will eine neue Produktionsstätte errichten und ich konnte das passende Grundstück vermitteln. In achtzehn Monaten soll die

Produktion bereits beginnen. Mein Vorgesetzter wird begeistert sein, es werden mehrere hundert Arbeitsplätze geschaffen und die zusätzlichen Gewerbesteuereinnahmen werden der Kommune Egelsbach sehr gut tun. Ich werde bestimmt befördert." Vielleicht wird er ja doch noch Regierungspräsident, dachte Richard etwas schmunzelnd, dann muss er im Urlaub nicht mehr am Tisch angeben. Aber vielleicht mutiert er dann ja noch zum Bundeswirtschaftsminister, wer weiß, vielleicht wird die Familie ja noch richtig berühmt.

„Was produzieren die eigentlich wirklich?", fragte Richard seinen Vater. „Ich werde nicht ganz schlau daraus, auch der Promotionsfilm war nicht besonders ergiebig." Richards Vater erklärte seinem Sohn, dass er das auch nicht genau wisse, er aber zum Schweigen verpflichtet sei und dies sogar per Unterschrift besiegeln musste.

Richard verfiel in einen oberflächlichen Schlaf. Komischerweise träumte er von den beiden Mädels aus der Cafeteria bei WEG EX, wie beide neben ihm im Kino sitzen und ihn mit Lachsschnittchen füttern. Sie schmiegten sich dabei ganz eng an ihn an, er spürte ihre nackten Brüste auf seinen Oberarmen und wie ihre Hände behutsam an seinem Oberkörper herunterglitten. Es wurde ihm allmählich etwas warm, er fing an zu schwitzen. Doch sein Vater hatte die Heizung im Auto zu warm eingestellt und so platzte der süße Traum vom kleinen erotischen Abenteuer auf der Autobahn im Sauerland. Richard war wieder in der Realität.

_____

Zwei Wochen später holte Johannes Richard vom Bahnhof in Münster ab. Sie fuhren weiter mit dem Bus nach Senden, um dann mit anderen Freunden im kleinen Partykeller des Reihenhauses den 19. Geburtstag von Johannes zu feiern.

Auch Mattes war der Einladung gefolgt und brachte ein tolles Geschenk für Johannes mit: einen Gutschein für einen Tagesausflug mit einem Sportflugzeug auf eine Nordseeinsel. „Richard, sieh, was ich geschenkt bekommen habe. Kommst du mit? Das geht bestimmt." Mattes gab sofort grünes Licht. „Kein Problem, die Vereins-Cessna hat ja vier Sitze." Nach dem ersten Wodka zur Begrüßung löste sich dann die anfängliche Bescheidenheit in Bezug auf den Alkoholkonsum und nach einer tollen Geburtstagsparty ging Johannes um fünf Uhr als letzter ins Bett. Er nahm den Gutschein nochmal in die Hand, konnte es kaum glauben und schlief mit dem wertvollen Stück Papier ein.

Am nächsten Tag, nach einem Katerfrühstück, fuhren Johannes und Richard mit dem Bus nach Münster, um in der Stadt etwas zu Bummeln. Richard war total begeistert. Besonders bewunderte er die Auslagen der Uhrengeschäfte. Eine IWC, die hatte er sich genauer ausgeguckt. Das gab es in dem trostlosen Kaff wo er wohnte nicht. Dieses Münster, das hat was, dachte Richard. Sie schlenderten durch die Arkaden, unterhielten sich über Gott und die Welt, entdeckten den gleichen Humor und wollten sich gar nicht trennen. Eigentlich sollte Richard um 18:30 Uhr den Zug wieder zurück nach Egelsbach nehmen. „Komm wir trinken noch ein Bier bei Pinkus Müller", schlug Johannes vor. „Was ist das denn für eine Kneipe?", fragte Richard. „Aber so ein Abschiedsbier kann ja nicht schaden." Obwohl es erst später Nachmittag war, waren schon einige Gäste anwesend und tranken Bier. Es füllte sich langsam, und zwei Jungs stellten sich zu ihnen an den Tisch. „Hier sind viele Studenten", sagte Johannes, „abends ist hier der Bär los." „Hört sich gut an", sagte Richard. „Kann man in Münster auch Maschinenbau studieren?" Der eine Typ drehte sich zu den beiden um. „Na klar", sagte er, „ist eine gute Fakultät, ich studiere hier bereits im zweiten Semester, ich kann dir hier gerne alles mal zeigen. Setzt euch doch zu uns, wir bestellen noch eine Runde. Ich bin Bert und mein Kommilitone heißt Dirk, er studiert Medizin im vierten Semester." Richard kriegte sich gar nicht mehr ein. Sein Entschluss, Maschinenbau in Münster zu studieren, stand fest, jetzt galt es ein Spitzenabitur zu machen.

Johannes dachte über seine eigene Zukunft nach. Die universitäre Welt hatte schon etwas, aber mit seiner zu erwartenden Abiturnote von 3,4 standen ihm nicht viele akademische Wege offen. Und die Abi Klausuren sind gelaufen, der Drops ist gelutscht. Also für Medizin wird es sicher nicht reichen. Hatte ihm Mattes nicht letzte Nacht etwas von einer Stellenausschreibung am Flugplatz erzählt? Ausbildung zum Flugzeugmechaniker oder so etwas?

Möglicherweise war es der Alkohol, der ihm diese Botschaft übermittelte, oder hatte er es nur geträumt? „Hey Richard, dein Zug, es ist 18:30 Uhr, der ist weg." „So ein Mist", grummelte Richard, „da werden meine Eltern aber nicht gerade amused sein." „Ich empfehle dir", sagte Johannes, „ruf jetzt bei deinen Eltern an und sage einfach wie es ist. Mit der Wahrheit kommt am immer am besten zurecht. Und dann trinken wir beide noch ein Bierchen, du kannst dann nochmal die Nacht bei uns schlafen." Stunden später zogen beide Arm in Arm, sich gegenseitig stützend, zur Bushaltestelle mit dem Ziel Senden.

Flugschein und große Liebe

Schon am nächsten Montag radelte Johannes nach Schule direkt zum Flugplatz Münster-Telgte und fragte im Büro der Flugschule nach Mattes. „Der ist heute nicht da sagte Serena", die Sekretärin der Schule. „Aber kann ich dir weiterhelfen?" Johannes war enttäuscht. Er wollte jetzt nicht mehr lange warten, er wollte sich möglichst heute noch in der Flugzeugwerft für die ausgeschriebene Stelle bewerben. Serena merkte das und stützte sich mit den Ellenbogen auf der Theke vom Büroempfang ab. Johannes bekam einen ungewollten Einblick in ihre Bluse und konnte einen schwarzen Spitzen BH erkennen. Wie ein Magnet waren seine Augen gefangen, nur mit Mühe konnte er seine Blickrichtung ändern und fragte Serena, wo die Flugzeugwerft sei. „Ich habe gerade nichts zu tun", sagte sie, „ich bringe dich dahin. Wir gehen direkt über das Vorfeld, das dürfen auf dem Flugplatz nur berechtigte Personen."

Während sie über das Vorfeld schlenderten wurde es Johannes etwas schwindelig. Die Nähe von Serena machte ihn an, oder war es die Wärme? Schließlich zeigte das Thermometer fast dreißig Grad Celsius. Vor der Werft startete jemand den Motor einer Cessna. Der Sound war für Johannes wie Musik, die Abgase rochen nach Abenteuer und Ferne. In diesem Moment war er sich nicht sicher was ihn mehr anmachte, die Abgase der Cessna oder das Parfüm von Serena. Diese Mischung war der Cocktail aus 1001 Nacht, dachte er. Sie gingen in den Hangar und ein Typ mit langen Haaren, welche er mit einem Haargummi abgebunden hatte, schaute unter einem Flugzeug liegend zu den beiden auf. „Hi Serena, wen hast du denn da im Schlepptau?" „Das ist Marco", sagte Serena zu Johannes. „Er ist der Chef der Werft. Der ist total nett, auch wenn er aussieht wie ein Junkie." Marco ließ erkennen, dass es hier wohl normal war, so miteinander zu reden. Johannes bündelte seine Kraft und mutigen Wortes sagte er zu Marco, dass er von einem Ausbildungsplatz zum Flugzeugmechaniker hier am Platz gehört hätte und sich dafür interessieren würde. „Hey, kommst gerade recht, kannst mal eben die Schraube hier halten und die beiden Muttern darauf schrauben. Und wenn ich das hier verbaut habe, krabbele ich mal hier von unten hervor und dann können wir uns mal kurz unterhalten." „Ich mach mal einen Kaffee für uns," sagte Serena. „Oder magst du lieber eine Cola?", blinzelte sie zu Johannes rüber. „Kaffee natürlich, schwarz und stark", schoss es Johannes von Lippen. Hatte Serena ihn mit ihrer Bemerkung vielleicht als Jüngling eingestuft? So alt ist sie nun auch nicht, dachte er, vielleicht mal gerade 21 Jahre.

„So, du möchtest also Flugzeugmechaniker werden?", fragte Marco dann später beim Kaffee im Besprechungszimmer der Flugzeugwerft. Jetzt, aufrecht sitzend, sah er gar nicht mehr so aus wie ein Junkie, dachte Johannes. Er erzählte ihm, worauf es in diesem Beruf ankam und welche Voraussetzungen er mitbringen müsse. „Wir sind hier nur ein kleiner LTB (Luftfahrttechnischer Betrieb)", sagte Marco. „Außer mir gibt es noch zwei angestellte Mechaniker und eine Bürokraft. Also wenn du ganz hoch hinaus möchtest, solltest du dich bei der Lufthansa Maintance bewerben, da kommst du dann auch an Jumbos dran. Und noch etwas ist mir sehr wichtig", sagte Marco. Johannes hielt inne und hoffte auf etwas Erfüllbares. „Ich sehe das gerne, wenn ein Flugzeugmechaniker auch fliegen kann."

„Du kannst das ja mal alles auf dich wirken lassen", sagte Marco wenig später zu Johannes. „Und wenn du möchtest, dann schicke mir die nächsten Tage mal eine ordentliche Bewerbung mit allen notwendigen Unterlagen zu, vielleicht passen wir ja zusammen. So, jetzt muss ich wieder unter den Flieger. Danke für den Kaffee", und mit einem Luftkuss in Richtung Serena verschwand er wieder in der Halle.

„Hey, das ist ja gut gelaufen", sagte Serena zu Johannes. „Ich glaube der mag dich, mach mal bald die Bewerbung fertig, ich habe das Gefühl dass du eine Chance auf eine Ausbildungsstelle hast. Komm wir gehen nochmal rüber zur Flugschule, dann gebe ich dir noch ein paar interessante Informationen über das Ganze hier." Nun tranken sie dann doch eine erfrischende Cola im Büro der Flugschule und Johannes bekam noch viele wertvolle Tipps von Serena. Am späten Nachmittag verabschiedete er sich, um nach Hause zu radeln. Er musste noch Hausaufgaben für die Schule machen und die Bewerbung vorbereiten. Das war jetzt seine Chance. Zu Hause angekommen, berichtete er seinen Eltern von der Bewerbung und seinen beruflichen Ambitionen und stieß wider Erwarten auf spontane Zustimmung. Allerdings erzählte er ihnen noch nicht, dass der Chef der Werft es gerne sieht, wenn seine Mechaniker auch einen Flugschein haben. Da setzte er mal auf Salamitaktik. Alles zu seiner Zeit.

Abends im Bett konnte Johannes kaum einschlafen. Zu viel ging ihm durch den Kopf und er schrieb eine SMS an Mattes, in der er ihm von seinen Erlebnissen des heutigen Tages berichtete. Allerdings verschwieg er seine Sympathie zu Serena, schließlich wusste man ja nie, was dann alles so erzählt würde.

Am nächsten Morgen wollte Johannes' Vater beim Frühstück noch mal genau wissen, was das denn mit der Ausbildungsstelle so auf sich hatte und signalisierte ihm anschließend seine Zustimmung: „Das wäre ja toll, dann hätte ich eine Sorge weniger wenn du den Ausbildungsplatz bekämest." Johannes ging diese Bemerkung seines Vaters wie ein Stich durch den ganzen Körper. So, ein Problem schien er zu sein. Ja toll, dann wurde es Zeit, seinen eigenen Weg zu gehen. Sein Vater bemerkte seine verbale Entgleisung. Obwohl er sich entschuldigte, blieb bei Johannes etwas zurück. Seine Mutter nahm ihn in den Arm und freute sich mit ihm über die Perspektiven. „Aber Fliegen wirst du ja wohl nicht, oder?"

Johannes wurde es schlagartig bewusst, dass jetzt der Zeitpunkt für eine eigene Lebensplanung gekommen war. Noch am selben Nachmittag schrieb er die Bewerbung an Marco und signalisierte ihm auch, dass er unbedingt fliegen lernen möchte. Und sobald die finanzielle Situation es zuließe, wolle er damit auch beginnen.

Eine Woche später, als Johannes in seine Hausaufgaben vertieft war, summte sein Handy. Die Nummer kannte er nicht und schaute deswegen direkt neugierig nach.

Hi Johannes, hier ist Serena, entschuldige bitte meine Störung aber ich habe gerade zufällig erfahren, dass Marco dich zum Flugzeugmechaniker ausbilden möchte. Du bekommst das natürlich noch schriftlich. Ich freue mich so sehr für dich. Und sorry, deine Handynummer habe ich heimlich von deiner Bewerbung abgeschrieben, ich hoffe du bist mir nicht böse!

NEIN bin ich nicht, und weißt du was, sobald ich das schwarz auf weiß habe, lade ich dich ein, aber keine Cola … Danke für die Info, du machst mich zum glücklichsten Mensch der Welt., antwortete er per SMS an die Nummer auf seinem Display, die er natürlich gleich in sein Handy einspeicherte.

Der Brief von Marco kam zwei Tage später mit der Post und es stand genau das darin, was Serena ihm schon geschrieben hatte. Er möge bitte einen Termin zur Besprechung der Details vereinbaren; ein Entwurf für den Ausbildungsvertrag war bereits beigefügt. Kurze Zeit später saß er mit Marco wieder in dem ihm bereits bekannten Besprechungsraum der Flugzeugwerft. Eine

Menge Formulare galt es abzuarbeiten. „Schließlich gehe es bei Flugzeugen um mehr, als bei der Wartung von Rasenmähern," hatte Marco scherzhaft gesagt. Auch eine Zuverlässigkeitsüberprüfung musste er bei der zuständigen Luftfahrtbehörde beantragen, aber diese brauchte er sowieso später als Privatpilot.

Am 1. September sollte es losgehen und nach Unterzeichnung des Ausbildungsvertrages hatte Johannes das Gefühl zu fliegen. Er konnte das alles kaum glauben, er gehörte jetzt dazu, zur Community in der Fliegerei. Serena wartete schon im Schulflugbüro auf Johannes, gratulierte ihm zum Ausbildungsvertrag und umarmte ihn dabei. Wow, was für ein Tag, dachte Johannes. Das Glücksgefühl erschien ihm in diesem Augenblick kaum noch steigerungsfähig und unantastbar. Die beiden verabredeten sich für den nächsten Samstagabend beim besten Italiener am Ort.

„Sag mal Serena, ist das eigentlich dein Hauptjob in der Flugschule?", fragte Johannes nach dem ersten Prosecco. Serena sah umwerfend schön aus, offensichtlich hatte sie sich für ihn schick gemacht, was Johannes gar nicht gewohnt war. Die Mädels aus seiner Klasse die er toll fand liefen eher schlampig rum, oder gegenteilig aufgebrezelt bis zur Unkenntlichkeit. Aber Serena hatte den richtigen Mix und Johannes hatte das Gefühl, einer jungen Frau gegenüber zu sitzen, die schon sehr erwachsen war. „Du, den Job in der Flugschule mache ich nur nebenbei um ein paar Euros zu verdienen, ich bin vorwiegend am Wochenende oder in den Semesterferien im Büro. Ich studiere Medizin im dritten Semester in Münster und möchte gerne Ärztin werden. Nächsten Monat werde ich 21. Du kannst auch gerne kommen, wenn du magst. Natürlich kannst du dann auch gerne bei mir übernachten, Platz habe ich genug in meiner Studenten WG."

Johannes musste erst mal alles sortieren. Offensichtlich schien Serena ihn zu mögen und er hatte das Gefühl, plötzlich ein paar Jahre älter zu sein. Natürlich nahm er die Einladung an und beim Verabschieden nach einem schönen Abend nahm er Serena in den Arm und küsste sie behutsam auf die Wange. „Danke Johannes, das war ein wirklich schöner Abend, ich freue mich auf mehr", und mit einem Augenzwinkern verabschiedete sie sich von ihm.

Die Geburtstagsfeier bei Serena war ein rauschendes Fest. Johannes und Serena verliebten sich endgültig und unsterblich an diesem Abend ineinander. Es ging auf einmal Schlag auf Schlag, aus Johannes, dem Jungen, wurde ein junger Mann.

Wenige Wochen später machte Johannes das Abitur mit einem Schnitt von 3,4, vielleicht wäre es noch etwas besser geworden, aber seine Beziehung zu Serena ließ ihm nicht die Zeit. Er musste Prioritäten setzen. Nach dem Abi fing er an, sich auf seine bevorstehende Ausbildung vorzubereiten: ZÜP beantragen, Arbeitskleidung kaufen, den Job bei WEG EX kündigen. Auch meldete er sich schon mal zur flugmedizinischen Untersuchung bei einem Fliegerarzt an. Vielleicht könne er ja parallel zur Ausbildung ein paar Flugstunden nehmen. Und vor Beginn der Ausbildung löste er noch den Gutschein seiner Eltern für den Führerschein ein und zog die Fahrschule innerhalb von fünf Wochen durch. Vielleicht sitze ich ja demnächst als Schüler im Cockpit eines Flugzeuges, dachte er bei der praktischen Führerscheinprüfung. Er bestand die Prüfung auf Anhieb und zur Feier des Tages holten seine Eltern ihn von der

Fahrschule mit einem ihm unbekannten VW Golf ab. „Das ist jetzt deiner", sagten sie ihm, „das ist unser Geschenk zur bestandenen Führerscheinprüfung."

Johannes schoss es durch den Kopf. Was gibt es denn bei einer möglichen Pilotenprüfung, vielleicht eine Boeing? Natürlich freute er sich riesig über das Auto und auch darüber, dass es ihm offensichtlich gelungen war, seine Eltern zu überzeugen, dass er aus dem Kleinkindalter nun endgültig raus war. Die erste Fahrt mit dem eigenen Auto führte ihn natürlich zu Serena, die sich genauso mit ihm freute und ihn solange innig küsste, dass er schon überlegte ob sie vielleicht einen medizinischen Notfall probte, denn Herzstillstand und Luftnot schienen ihm unmittelbar bevor zu stehen. Aber sie ließ noch rechtzeitig los und verlagerte ihre Aktivitäten etwas tiefer. Nun ja, Mediziner müssen schon sehr genau die Anatomie studieren und so genossen beide eine lange und aufschlussreiche "Anatomiestunde".

Richard zog nach dem Abitur, welches er mit Bestnoten abgeschlossen hatte, nach Münster in ein kleines Appartement, welches seine Eltern ihm von Erspartem gekauft hatten. Eine WG schied für Richard aus, er wollte nicht mit jemandem teilen. Nun hatte sein Vater ja auf Grund seiner erfolgreichen Verhandlungen mit der WEG EX auch eine höhere Stelle bekommen und verdiente somit ein paar Euros mehr. Er schrieb sich direkt bei der entsprechenden Fakultät für Maschinenbau ein und machte in der Wartezeit bis zum Studienbeginn ebenso wie Johannes seinen Führerschein. Für ein eigenes Auto reichte es noch nicht, aber sein Weg zur Universität führte ihn nicht ohne bleibenden Eindruck an einem Porsche-Händler vorbei, somit stand die Wahl der Automarke bereits vor Studienbeginn fest. Die ersten Vorlesungen begannen Anfang Oktober und bis dahin trafen sich Johannes und Richard so oft es ging. Sie machten Ausflüge zum Aasee, segelten mit kleinen Jollen, oder fuhren mit dem Fahrrad durchs Münsterland. Auch trafen sie sich öfter abends zum Essen mit Serena und zwischen den dreien entwickelte sich eine richtige Freundschaft. Richard schleppte zwar manchmal die eine oder andere Frau an, aber das waren nur Eintagsfliegen. Er suchte wohl nur das Vergnügen und wollte sich nicht wirklich binden. Eines Abends trafen sie sich zum Bierchen mal wieder im "Pinkus" und schmiedeten Pläne: Mit dem Flieger nach New York, mit der Segelyacht durch die Ägäis und Ferienhäuser auf Bali und in Sankt Moritz.

„Aber dafür werde ich nicht so viel verdienen als Flugzeugmechaniker", sagte Johannes. „Ich weiß auch nicht, ob ich das brauche. Ich bin schon glücklich, dass sich diese Perspektive für mich in der Fliegerwelt bietet." Sie bestellten die dritte Runde Altbierbowle als jemand höflich fragte, ob er sich dazu setzen dürfe. Es war Mario Schröder, der Leiter des Besucherzentrums der WEG EX. „Na klar", sagten die beiden. Im Laufe des Abends näherten sich die Striche auf dem Bierdeckel einem geschlossenen Kreis und die drei verbrüderten sich mit einem klaren Korn, doppelt natürlich. Richard nutzte die Chance der leichten Zunge von Mario, um mehr über die WEG EX zu erfahren. Allzu viel war nicht aus ihm herauszukriegen, doch aber so viel, dass wohl neben Pumpen und Lagern in nicht unerheblichem Masse Bauteile für Waffen, insbesondere Maschinengewehre und leichte Artilleriegeräte hergestellt werden. „Die Nachfrage ist zurzeit so groß, dass wir ein neues Werk im Frankfurter Raum bauen, um besser über den Frankfurter Flughafen an die Welt angebunden zu sein", berichtete Mario. „Außerdem benötigen wir jede Menge Ingenieure, wir stellen sogar schon

Studenten ein, so groß ist die Nachfrage nach unseren Produkten."

Richard spitzte die Ohren und wollte noch mehr erfahren. Doch der nächste Korn führte dann zum großen Finale. Alle drei verloren nahezu das Bewusstsein und schafften es gerade noch mit einem Taxi nach Hause.

Johannes begann wie vorgesehen seine Ausbildung im Werftbetrieb von Marco. Richard nahm sein Studium an der Uni in Münster auf und knüpfte Kontakte zur WEG EX. Serena näherte sich dem Physikum und hatte viele Vorlesungen und Praktika. Aber soweit wie möglich trafen sie sich zum Essen oder Kino und an den Wochenenden machten sie hin und wieder gemeinsame Ausflüge. Johannes und Serena verstanden sich sehr gut und träumten manchmal schon von einer gemeinsamen Zukunft. Richard schien mit seinem Junggesellendasein ganz gut zurecht zu kommen, hin und wieder tauchte mal jemand in seiner Gegenwart auf. Er hatte wohl auch irgendwelche Kontakte zur WEG EX geknüpft, jedenfalls war er öfter in diesem Unternehmen und sprach mal am Rande von einem sogenannten Praktikum.

Beim Aufräumen seines Zimmers entdeckte Johannes den Gutschein für den Tagesausflug zu einer Nordseeinsel. Das ist doch jetzt der richtige Zeitpunkt, dachte er und rief umgehend bei Mattes an. „Du, ich würde gerne am nächsten Wochenende den Gutschein einlösen, das Wetter soll gut werden. Richard und Serena würden auch gerne mitkommen." Mattes schlug vor, die Insel Juist anzusteuern, die prognostizierte Windrichtung würde gut passen und die Sichten sollten hervorragend werden. Die Cessna wurde reserviert und sie trafen sich dann am Samstagmorgen bei bestem Wetter am Flugplatz Münster-Telgte. Johannes war total aufgeregt, er hatte das Gefühl einen Langstreckenflug vor der Brust zu haben. Die Maschine wurde betankt, Mattes und Johannes führten gemeinsam den Außencheck durch, es gab ein kurzes Briefing für die Passagiere und dann stiegen sie nacheinander in den Flieger ein. Richard und Serena nahmen auf der Rückbank Platz, Mattes als Pilot vorne links und Johannes als Copilot rechts daneben. Und dann ging es los: Motor Anlassen, Checkliste abarbeiten, Aufrollen auf die Piste. Und dann schwebte die Cessna. Wie von Geisterhand schraubte sie sich in den morgendlichen Himmel über dem Münsterland. Johannes war in seinem Element. Das ist es, dachte er, das will ich auch bald können.

Der Kompass zeigte Nordkurs, die Flughöhe hatte Mattes mit 4500 Fuß gewählt. So konnte man noch gut die unter dem Flugzeug vorbeiziehende Landschaft beobachten. Serena hatte sich Stöpsel unter dem Headset in die Ohren gesteckt und hörte Musik, Richard las die neueste Ausgabe des Playboys und fragte, ob es auch etwas zu trinken an Bord gäbe. „Tomatensaft habe ich nicht", sagte Mattes lachend, „aber ich habe für jeden an Bord eine Flasche Coca Cola und einen Müsliriegel." „Nächstes Mal sorge ich für das Catering", grummelte Richard, „dann gibt es einen guten Chablis und Lachsschnittchen." „Du kannst nachher auf Juist ein Fischbrötchen essen", erwiderte Mattes, „das schmeckt besser als jeder Flugzeugfraß." Das saß, Richard vertiefte sich wieder in seinen Playboy. Johannes hatte seine Sinne nur beim Fliegerischen. Er studierte die Karte, plottete Position und Kurs mit und hörte aufmerksam beim Flugfunk zu. „Was ist das da hinten für ein feiner grauer Streifen?", fragte Johannes so auf der Höhe Papenburg. „Das ist die Nordsee mein Lieber und wenn du genau schaust, dann kannst du die Silhouetten der ostfriesischen Inseln bereits erkennen." Johannes war fasziniert, so etwas Schönes hatte er noch nie gesehen. Der Anflug über das Wattenmeer auf die Piste 26 von Juist war atemberaubend, die Landung sanft und nach dem Abstellen des Fliegers erwartete sie der frische Duft der Salzwiesen der Insel. Sie verbrachten einen schönen Tag auf Juist. Am Nachmittag suchten sie sich ein gemütliches Plätzchen in den Dünen und machten sich über die im Ort gekauften Fischbrötchen her. „Ist das schön hier", sagte Serena und gab Johannes einen dicken Kuss, „am liebsten würde ich dich jetzt auf der Stelle vernaschen, aber das heben wir uns mal für heute Abend auf." Richard steckte seinen Kopf in den Playboy und träumte von schönen Mädels und Champagner.

Am frühen Abend starteten sie wieder Richtung Heimat, das Wattenmeer schillerte in der untergehenden Sonne wie ein Gemälde, ein leichter Dunst verhüllte zunehmend die Inseln, so, als wenn sie sich zur Nachtruhe zurückziehen wollten. Wie ein Vogel glitt die Cessna über diese atemberaubende Landschaft. Es war wie ein Traum, der nie zu Ende gehen sollte. Aber ein Flugzeug muss wieder landen. Nach gut einer Stunde hatten sie wieder festen Boden unter den Füßen und beschlossen, diesen wundervollen Tag mit einem ordentlichen Feierabendbier und den hausgemachten Frikadellen in der Gaststätte am Flugplatz in Münster-Telgte ausklingen zu lassen. Auch Richard hatte es die Insel angetan. Nach dem dritten Bier merkte er an, dass er sich vorstellen könnte, sich auf Juist auch mal niederzulassen. „Da gibt es aber keine käuflichen Mädels", kicherte Serena, „und abends ist da auch nichts los." „Dann müssen wir eben alles einfliegen lassen", kommentierte Richard mit einem süffisanten Grinsen. Sie lachten sich alle über seine Bemerkung halb schlapp und beschlossen, wieder mal gemeinsam nach Juist zu fliegen.

Nach diesem tollen Flugerlebnis nahm sich Johannes vor, seinen Verdienst von der Werft soweit es ging zu sparen, denn im nächsten Frühjahr wollte er dann spätestens die erste Flugstunde nehmen. Angemeldet bei der Flugschule hatte er sich bereits. So kamen zum normalen Lernen in der Ausbildung auch noch ein mächtiges Pensum Lernstoff in der Pilotenausbildung dazu. Aber es machte ihm Spaß und er konnte es gar nicht mehr abwarten, im Cockpit zum ersten Mal auf der linken Seite sitzen zu dürfen.

Am 26. April war es soweit, nach einer Stunde und 14 Minuten erfolgte der erste Eintrag in das persönliche Flugbuch von Johannes.

Das Wetter war nicht prickelnd, es nieselte leicht und die Sichten waren eher marginal. Johannes saß links vorne, beeindruckt von der Vielzahl an Instrumenten und Schaltern, die er zwar aus der Werft schon kannte, aber diesmal saß er selbst davor, diesmal sollte er lernen damit umzugehen. Kann man das eigentlich lernen, das Fliegen? Na klar, andere haben das doch auch geschafft, du bist doch nicht der Erste, versuchte Johannes sich Mut zu machen. Und dann ging es los! Und es war ungeheuer aufregend. Fluglehrer Joachim ließ Johannes die ersten Übungen in der Luft machen, sogenanntes airwork. Wie im Fluge verging diese erste Flugstunde und erst als Johannes den Motor abstellte, wich die Spannung dem Stolz. Es folgten weitere Flugstunden und jedes Mal fühlte Johannes sich sicherer. Aber es war noch ein weiter Weg bis hin zum heiß ersehnten Pilotenschein, schließlich gab es auch jede Menge Theoriestunden und Lernarbeit abends und an den Wochenenden.

An einem schönen warmen Sommerabend im Juli saßen Johannes und Serena bei ihrem Stammitaliener im Gartenlokal und warteten auf das Dessert. Johannes hatte schon seit Tagen das Gefühl, dass etwas in der Luft lag, eine wirkliche Ahnung hatte er aber nicht. Und so wartete er eigentlich nur noch darauf, dass Serena das Wort ergriff. „Du, mein lieber Johannes", sagte sie dann endlich. Doch bei den Worten bekam Johannes etwas Angst. Sie machte ihm doch wohl keinen Antrag? „Ich liebe dich und ich kann mir nicht vorstellen, jemals mit jemand anderem zusammen zu sein. Deshalb möchte ich, dass wir uns zusammen eine Wohnung suchen. Ich möchte mit dir zusammen ziehen."

Johannes war gerührt, sein Puls raste in die Höhe wie bei der ersten Flugstunde. Damit hatte er nicht gerechnet. „Ja, ich liebe dich auch", sagte Johannes mit leicht zittriger Stimme, „ich muss das erst mal verdauen." Sie bestellten sich noch eine Flasche des Hausweins und im Laufe des Abends wich bei beiden die Spannung. Sie vereinbarten, direkt am nächsten Wochenende auf Wohnungssuche zu gehen.

Schon im September zogen Johannes und Serena in eine 80 m² Wohnung am Rande von Münster. Serena machte Nachtdienste im Klinikum Münster und Johannes verdiente sich zusätzlich zu seinem Ausbildungslohn noch ein paar Euros mit dem Waschen von Flugzeugen in Münster-Telgte, sodass die Kosten für das gemeinsame Wohnen gedeckt waren. Sie gaben eine kleine Einweihungsfeier, zu der auch Richard kam und ihnen erzählte, dass er nach dem Studium bei der WEG EX Aussicht auf eine Anstellung hätte. Er würde jetzt schon als Assistent bei Firmenpräsentationen neben dem Studium arbeiten und in Bälde solle er sogar eine eigenes kleines Projekt bekommen Sprechen dürfe er darüber aber nicht. „Das ist geheim", sagte Richard mit Glanz in den Augen. Was das wohl bedeutet, fragte sich Johannes. Sie verabredeten sich für die nächste Woche mal auf einen Männerabend. Vielleicht bekomme ich ja etwas heraus, dachte Johannes.

Sie trafen sich in Münster in einem Biergarten, erzählten sich viel über das, was sich in den letzten Wochen so alles ereignet hatte. Johannes sprach über seine Liebe zu Serena, die neue Wohnung, die Ausbildung in der Werft und die große Leidenschaft des aktiven Fliegens, wenn auch immer noch mit Fluglehrer. Aber bald sollte es soweit sein, dass er den ersten Soloflug machen würde.

Richard berichtete, dass er jetzt nahezu rund um die Uhr arbeiten würde. Die Universität mit ihren Vorlesungen nehme viel Zeit in Anspruch und dann oft am Wochenende die Tätigkeit bei WEG EX. Aber er würde schon so viel verdienen, dass er auf der Suche nach einem gebrauchten Porsche sei. In seiner leicht selbstgefälligen Art und mit dem Glauben, dass sich das Leben an Pläne und Visionen hält, formbar und gestaltbar wie Plastilin, betonte Richard, dass er auf Grund seiner herausragenden Leistungen an der Universität vorzeitig zum Examen zugelassen sei und nun die echte Lernerei auch für ihn beginnen würde. Und nach Abschluss im nächsten Jahr im Herbst fange er in dem neu errichteten Werk der WEG EX in Frankfurt Egelsbach im Vertrieb für den afrikanischen Markt an, eine Zusage der Geschäftsführung habe er schon in der Tasche. Das technische Vorstandsmitglied Horst persönlich, welcher auch vor Jahren die Verhandlungen mit seinem Vater für das neue Werk in Egelsbach führte, hatte ihm das die Tage überbracht. „Das ist ja ein riesiger Karrieresprung", sagte Johannes, „herzlichen Glückwunsch." Aber irgendetwas irritierte ihn, waren es die großen Worte oder die Art und Weise der Darstellung? Johannes hatte jetzt keine Zeit dem nachzusinnen. Viel, sehr viel später sollte er die Gelegenheit dazu bekommen.

„Was ist denn eigentlich mit Mädels?", fragte dann Johannes, um Richard mal wieder auf den Boden der Realität zu bringen. „Du hast noch keine Freundin, da fehlt doch etwas." Richard erwähnte es mit einem kurzen Satz, dass er sich hin und wieder mal für ein paar Stunden etwas in einem Saunaclub gönne, das wäre einfacher, da geht man keine Verpflichtung ein und hat trotzdem seinen Spaß. Johannes war leicht geschockt so etwas von seinem Freund zu hören. Aber im Grunde musste das jeder für sich selbst entscheiden. Auf dem Heimweg dachte Johannes noch lange über diesen Abend nach. Sein bester Freund war schon etwas eigenartig. Offensichtlich setzte er seine Schwerpunkte im Leben woanders. Er jedenfalls war glücklich, mit so einer tollen Frau zusammen zu sein. Er freute sich am Leben und dem Schönen, er hatte nur ein altes Auto, ein Porsche war ihm nicht wichtig. Als er nach Hause kam war Serena noch wach, sie hatte auf ihn gewartet und sie plauderten noch etwas über Richard. Dann krabbelten sie in ihre Koje und Serena küsste Johannes beim Ausziehen ohne abzusetzen. Sie verbrachten eine unvergessliche Nacht.

An einem schönen Herbsttag, ein Jahr später, hatte Johannes seine Pilotenprüfung. Die Theorie hatte er bereits bestanden, nun galt es, dem Prüfer das Erlernte in einer Flugstunde überzeugend zu präsentieren. Nach genau 68 Minuten setzte die Cessna mit Johannes und dem Prüfer wieder sanft in Münster Telgte auf der Piste 28 auf: BESTANDEN. Johannes war mächtig stolz, ein großer Traum erfüllte sich. Zu seiner Überraschung waren viele zum Gratulieren gekommen: Seine Eltern, Serenas Vater, ihre Mutter war erst vor kurzem verstorben. Mattes, der ihm eigentlich den Zugang zur Fliegerwelt eröffnet hatte, natürlich Joachim, sein Fluglehrer, Richard, die Jungs von der Werft mit Marco vorneweg, ein paar Flieger vom Platz.

Natürlich war Serena die Erste, die ihm mit einem dicken Kuss gratulierte. Alle gratulierten nacheinander und im Biergarten des Flugplatzes bestellte Johannes ein paar Flaschen Sekt zum Anstoßen.

Diese Hürde war geschafft und nun stand auch schon bald die Abschlussprüfung zum Flugzeugmechaniker an. Es war ein harter und langer Winter, es schneite viel und es war sehr kalt und ungemütlich im Münsterland. Fliegen konnte man über Wochen so gut wie gar nicht. Viele Flugzeuge waren in der Werft für Reparaturen oder für Routinechecks angemeldet. Es war also viel zu tun, und Marco erwartete von seinen Jungs auch Überstunden, schließlich mussten auch wirtschaftliche Durststrecken überbrückt werden. Abends und an den Wochenenden wurde gelernt, es war eine Menge Stoff über Technik, Triebwerke, Mathematik und ganz viel Rechtslehre. Auch Serena befand sich in den Vorbereitungen für das abschließende Examen der Humanmedizin. So verbrachten sie die meiste Zeit in ihren Zimmern am Schreibtisch, aßen sogar manchmal zu unterschiedlichen Zeiten und fielen dann sexlos tief in der Nacht, meist total erschöpft, in ihre Betten. Serena hatte auch an der Uni viele Prüfungsvorbereitungen, manchmal sahen sie sich tagelang nur ein paar Minuten und es gab auch hin und wieder ein paar Reibereien. Besonders, wenn der Kühlschrank leer war und keiner die Zeit zum Einkaufen hatte.

Johannes hatte als erster seine Abschlussprüfung bestanden, er hatte zwar in Luftrecht nochmal in die mündliche Prüfung gemusst, aber letztendlich stand unter allen Zensuren ein glattes „Gut". Er konnte in der Werft als Mechaniker bleiben, um Geld für die Ausbildung zum Berufspiloten zu verdienen. Die Fliegerei ließ ihn nicht mehr los, er wollte höher hinaus. Und wenn die Zeit es zuließ, dann machte er Rundflüge mit Fluggästen in der näheren Umgebung von Münster. Und an den Wochenenden bei gutem Wetter flogen Serena und er hin und wieder an die Nordsee, meistens zur Insel Juist, weil man da in wenigen Minuten am Strand ist. Manchmal war auch noch Richard dabei, aber der interessierte sich dort nur für Immobilien und traf sich meistens mit dem einzigen Makler der Insel. Bis zum Staatsexamen von Serena verbrachten die beiden eigentlich eine harmonische Zeit, obwohl Serena häufiger bei einem Kommilitonen übernachtete; sie müsse so viel lernen und das ginge zu zweit besser. Johannes war mit Flugstunden, auch nachts, zu sehr beschäftigt, als dass er wirklich wahrnahm, dass sich etwas zwischen ihm und Serena in eine andere Richtung entwickelte.

Trennung und Aufbruch nach Nairobi

Johannes saß im Airbus A 320 als Passagier auf dem Weg nach Nairobi, sie waren um 16:30 Uhr Ortszeit auf der Piste 25 L in Frankfurt International gestartet und flogen nun in die kurze Dämmerung hinein. Die Stewardessen verteilten Kopfkissen für die Nacht, das Licht in der Kabine wurde gedimmt und Johannes nippte nachdenklich an einem Rotwein. Vorne im Cockpit saß ein Fliegerkollege, sie hatten die Ausbildung zum Berufspiloten in Frankfurt Egelsbach gemeinsam gemacht. Johannes hatte sich auch sehr intensiv um einen Arbeitsplatz im Cockpit einer Airline bemüht, doch die Stellen waren rar und bis dato bekam er nur Absagen. Er dachte an Serena, wie ihr es wohl ginge bei ihrer Arbeit als Ärztin beim Roten Kreuz in Frankfurt? Sie hatten sich seit der Trennung in Münster nur noch zufällig mal in Frankfurt gesehen. Es tat ihm immer noch unglaublich weh, dass sie ihn ohne eine wirkliche Chance verlassen hatte und mit diesem Medizinheini Dirk von der Universität in Münster zusammen nach Bad Homburg in eine noble Villengegend zog. Er hatte eine dermatologische Privatpraxis, fuhr einen Porsche und im hiesigen Golfclub war er der Wellemacher.

Hatte sich Serena so blenden lassen, oder hatte er sich so in Serena getäuscht, oder beides? Auch dachte er an seinen Freund Richard, sie hatten bis gestern eine Wohngemeinschaft in Egelsbach die recht gut funktionierte. Jeder machte sein eigenes Ding. Johannes war mit der Fliegerei sehr beschäftigt, oft auch tagelang auf Tour und Richard war mittlerweile Werksleiter des neuen Betriebes der WEG EX in Egelsbach. In Gedanken an diese Zeit schlief er im Sitz 15 A ein und wurde Stunden später jäh aus dem Schlaf gerissen, als der Airbus ohne Vorwarnung durch Turbulenzen so stark geschüttelt wurde, dass er froh war, angeschnallt zu ein. Die Turbulenzen waren so heftig, dass nicht angeschnallte Passagiere aus ihren Sitzen an die Decke geschleudert wurden und sich verletzten. Trotz des weiterhin unruhigen Fluges schnallte sich Johannes los und kümmerte sich mit zwei an Bord befindlichen Ärzten um die Verletzten. Zum Glück gab es keine ernsthaften Verletzungen und auch keine relevanten Schäden in der Kabine, sodass Johannes noch bis zur Landung in Nairobi etwas duseln konnte. Das ist ja mal ein kleiner Vorgeschmack auf meine neue Aufgabe die mir bevorsteht, dachte er. Demnächst würde er es überwiegend nur noch mit Kranken und Verletzten im Flugzeug zu tun haben.

Auf der Suche im Internet nach einer beruflichen fliegerischen Tätigkeit landete Johannes vor einigen Monaten auf der Seite der DOCFLY in Nairobi.

>> Wir suchen sie, junge Piloten mit CPL-IFR, Piston Engine Rating und 2 Mot-Rating, mind. 500 Std. als Pilot in Command,

für unsere neue Station in Kenia. Ihre Aufgabe ist es, mit unseren Ärzten/Ärztinnen und Helfern, Verletzte und Kranke aus entlegenen Gegenden des Landes in die Städte zu den Kliniken zu fliegen. Dazu kommen Versorgungsflüge in entlegene Regionen des Landes. Wir erwarten eine hohe Flexibilität. Bewerbungen bitte per Mail. >>

Noch zwei Flugstunden trennten die A 320 vom Nairobi International und Johannes von seinem möglichen neuen Arbeitgeber. Johannes fragte sich immer wieder, ob er das Richtige tat. So etwas Verrücktes, warum konnte er nicht einfach als Ferienflieger, wie viele andere auch, bei einer Airline arbeiten? Der Arbeitsmarkt für Piloten war aber gerade nicht besonders prickelnd und hier in Kenia könnte er natürlich viel Flugpraxis bekommen. Außerdem schien diese Tätigkeit etwas Sinnvolles zu sein. Menschen zu helfen, das war ja immer schon so in seiner Grundhaltung zum Leben angelegt. Nein, das ist richtig so was du machst, sagte er zu sich. Tomatensaftsüchtige, schon morgens betrunkene Passagiere nach Malle oder sonst wohin zu fliegen und sonnenverbrannte, nach Knoblauch stinkende Reisende wieder in den Dunst der deutschen Großstädte zurückzubringen, das wird doch langweilig. Und nur fürs Geld? Johannes stellte zunehmend Fragen an das Leben und er spürte deutlich, dass er selbst angefragt war und auch gefragt war, Antworten zu geben.

Der Anflug auf Nairobi war spannend. Sie wurden, auf Grund erhöhtem Verkehrsaufkommens, offensichtlich noch in eine Warterunde geschickt. Aber dann setzte der Airbus sanft auf der Piste 07 des "Wilson International Airport" auf und rollte über das Vorfeld zur Parkposition. Johannes verabschiedete sich von den Mitreisenden und ging die Gangway herunter und zum Passagierbus, der sich dann zum Glück umgehend in Richtung Terminal in Bewegung setzte.

Es war sehr heiß und die Klimaanlage war entweder defekt, oder vermutlich gab es gar keine. Johannes war in Afrika!

Das Taxi wurschtelte sich durch den Verkehr der Großstadt Nairobi. Hier herrschten wohl andere Verkehrsregeln als es Johannes gewohnt war. Jeder schien irgendwie ohne Rücksicht zu fahren, unzählige Mopeds und Fahrräder ergaben ein kaum zu durchschauendes Gemisch von Blech. Fußgänger hechelten irgendwie dazwischen herum, es erinnerte ihn an einen Ameisenhaufen. Also musste das ganze Gewirr irgendeinen, nicht zu durchschauenden Plan haben. Der Taxifahrer sprach ein gutes Englisch und erzählte Richard auf dem Weg zum Hotel, dass man in Kenia sowohl Swahili als auch Englisch spreche, mit der deutschen Sprache käme man hier aber selten zurecht und, dass er auch schon mal in Deutschland gewesen wäre, aber das schlechte Wetter hätte ihm zu schaffen gemacht. In Kenia wäre es dann doch besser, auf jeden Fall durchgehend wärmer. Er habe eine große Familie, acht Kinder und wohne am Rande der Stadt in einer kleinen Hütte. Sie hätten nicht viel, aber zum Leben würde es reichen und somit sei man damit schon sehr zufrieden. Viele hätten deutlich weniger. Johannes dachte gerade an so einige Bekannte aus seiner Heimat, die immer nur unzufrieden sind, immer noch mehr haben wollen. Das größere Haus, das schnellere Auto, die aktuellsten Kleidungsstücke und und und … Er dachte dabei auch an Richard, der es sich offensichtlich zum Ziel gemacht hatte, reich zu werden, zu welchem Preis auch immer.

Aber jetzt war er in Afrika, freute sich auf das Gespräch am nächsten Tag bei DOCFLY und auf eine mögliche spannende Tätigkeit in einem interessanten Land, welches so ganz anders zu sein schien, als das, was er als Europäer kannte. Tief in sich spürte er eine gewisse Verbundenheit zu diesem Teil der Erde, konnte sich das aber nicht erklären und ahnte überhaupt noch nicht, dass das Leben ihn nicht zufällig hier her gebracht hatte.

Das Hotel lag zentral, das Zimmer sprühte nicht gerade vor Scharm afrikanischer Kultur, war aber sauber und gepflegt und vor allen Dingen: klimatisiert. Johannes war von der langen Reise müde und geschafft und nach einer ausgiebigen Dusche legte er sich auf das große Bett. Es dauerte wohl keine ganze Minute, da war er auch schon tief eingeschlafen.

Es war schon dunkel, da wurde Johannes vom Klingeln seines Handys geweckt: "Hello Mister Jo, welcome in Nairobi, this is your telephone provider, if you want, please touch the button on the right and you get the best mobile chart in Africa." Johannes war noch schlaftrunken und tippte versehentlich auf diesen Button. Er hatte soeben einen Telefonvertrag für zu viel Geld abgeschlossen. So ein Mist, dachte er, man sollte hier doch etwas vorsichtiger sein. An der Hotelrezeption erkundigte er sich nach einem guten Restaurant in der Nähe. Man empfahl ihm etwas zwei Straßen weiter, aber nach dem Studium der Speisekarte zog er es vor, etwas Bekanntes bei MC Donalds zu sich zu nehmen. Nach einem fetten Burger kaufte er sich noch zwei Dosen Bier und zog sich damit in sein Hotelzimmer zurück, um sich auf das Gespräch am nächsten Tag bei DOCFLY vorzubereiten.

Pünktlich um 10.30 fuhr das vorbestellte Taxi am Hotel vor und brachte Johannes zum Büro der DOCFLY, die sich erst vor ein paar Monaten am "Jomo Kenyatta International Airport", im Süden Nairobis, angesiedelt hatten. Auf dem kurzen Weg vom Taxi zum Eingang zogen ihm die Abgase einer gerade startenden Maschine durch die Nase. Ja das ist es, das war seine Welt, die Fliegerei. Guten Mutes meldete er sich am Empfang bei DOCFLY an. Eine sehr freundliche Dame begrüßte ihn und begleitete ihn zum Büro von Mr. Pit Ashton, dem Chef des Unternehmens, mit dem Johannes auch von zu Hause per Mail kommuniziert hatte.

„Guten Morgen, nennen sie mich Pit. Ich bin der Chef vom Ganzen, ich freue mich, sie hier bei uns begrüßen zu dürfen. Kaffee?" „Oh ja, gerne, sagen sie bitte auch einfach Johannes zu mir. Ich bedanke mich für die Einladung."

Pit war sehr sympathisch, eine sehr charismatische Erscheinung, mehr nur als ein Pilot und Unternehmer, offensichtlich ein Mensch, der sein Leben in den Dienst derer stellt, die Hilfe benötigen. Sie unterhielten sich mehr als zwei Stunden lang, es war ein Dialog auf Augenhöhe. Johannes berichtete von seinem Leben, über seine bisherigen fliegerischen Aktivitäten und über seine Intentionen, zumindest für eine bestimmte Zeit hier in Afrika zu arbeiten. Er überreichte Pit seine kompletten Unterlagen, Lebenslauf, Pilotenlizenzen, Zeugnisse und Ausweise. „Das könnte passen", sagte Pit und stellte Johannes sehr ausführlich das Unternehmen DOCFLY vor.

„Das Unternehmen ist noch recht jung, erst vor einem Jahr haben wir diese Räumlichkeiten bezogen. Vorher operierten wir von einem kleinen Flugplatz weit außerhalb Nairobis mit zwei kleinen Maschinen, um Verletzte und Kranke aus den ländlichen Regionen medizinisch zu versorgen und gegebenenfalls auch per Flugzeug nach Nairobi zu fliegen. Jetzt haben wir hier einen guten Standort gefunden. Unsere Flugzeugflotte besteht mittlerweile aus fünf Maschinen. Unsere neueste Errungenschaft ist eine 2-motorige King Air, mit einer mobilen kleinen Intensivstation für schwer Erkrankte. Wenn nötig, fliegen wir auch nachts, allerdings sind viele Pisten im Landesinneren nur bei Tag anzufliegen und es bedarf einer intensiven Schulung der örtlichen

Gegebenheiten und manchmal auch etwas Mutes. Finanziert wird das Ganze weitestgehend vom Internationalen Roten Kreuz, allerdings sind wir auch auf Spenden angewiesen. Kommen sie, wir machen mal einen Rundgang durch den Hangar. Dann können sie sich mal unsere Flieger anschauen und wir sprechen dabei über ein paar Details einer möglichen Zusammenarbeit."

Alles wirkte recht ordentlich, die Maschinen waren zumindest äußerlich in einem guten Zustand, es roch nach Öl und Treibstoff, nach Schweiß und irgendwie spürte Johannes, so langsam in einer anderen Welt zu sein. Ein wenig mulmig wurde ihm aber schon bei dem Gedanken, in diesem fremden Land zu arbeiten. Pit merkte das und beruhigte ihn etwas. Auch er habe vor Jahren hier mal angefangen und seine Heimat in Südengland verlassen. „Das braucht etwas Zeit", sagte er zu Johannes und signalisierte ihm, dass er sich eine Anstellung bei DOCFLY gut vorstellen könne, insbesondere da er auch Flugzeugmechaniker sei, was bei Einsätzen in der Wildnis draußen von Vorteil sein kann.

Auf dem Vorfeld wurde gerade eine Maschine beladen. Viele Holzkisten verschwanden im Rumpf der einmotorigen Cessna Caravan, zwei Männer in sauberer Arbeitskleidung schienen den Vorgang sehr genau zu beobachten. „Komm wir trinken einen Kaffee zusammen", sagte Pit. Die beiden setzten sich vor die kleine Cafeteria am Ende des Hangars auf zwei zur Sitzgelegenheit umfunktionierte alte Ölfässer und erzählten von ihrer Pilotenausbildung, von Familie und Freunden. Pit berichtete ihm von der Schönheit Afrikas, von der Freundlichkeit und Dankbarkeit der Menschen draußen auf dem Land. Wie sie sich freuen über die Versorgung aus der Luft, über die vielen Menschen, die durch DOCFLY gerettet werden konnten. Noch letzte Woche hatten sie im Busch einen jungen Mann gerettet, der schlichtweg von einem Baum gefallen war und mit schwersten Verletzungen nach Nairobi geflogen wurde. Johannes fragte sich, wie man wohl auf die Idee kam, so hoch auf einen Baum zu klettern. Aber darauf würde er wohl keine Antwort bekommen. In Deutschland kletterten sogar irgendwelche Adrenalin-Junkies auf Hochspannungsleitungen herum. Irgendwie sind die Menschen sich überall sehr ähnlich, dachte er.

„Was haben die da gerade verladen?", fragte Johannes neugierig. Pit mochte diese Frage nicht wirklich beantworten, konnte sie aber auch nicht ignorieren und so erzählte er ihm, dass das Versorgungsgüter für einen Nachtflug nach Somalia seien. Nachts würde man eh selten Rettungseinsätze fliegen und somit könne man die Maschinen besser auslasten. „Was da in den Kisten ist, das weiß ich nicht", sagte Pit, „das ist mir auch egal. Hauptsache es bringt Geld." Das war der erste Augenblick, wo Johannes innerlich etwas zusammenzuckte und sich fragte, ob hier alles mit rechten Dingen zugehen würde.

Am Abend im Hotel lag er auf dem Bett, es war heiß und stickig. Es gingen ihm so viele Gedanken durch den Kopf. Er dachte an Serena und merkte auf einmal, wie sehr er sie doch vermisste. Er liebte sie noch immer, obwohl sie ihn mit diesem Medizinmann betrogen hatte. Er wurde sauer. Hatte er sich so in ihr getäuscht. War es nur das viele Geld, was erotisch machte? Und er dachte an Richard, auch der war wohl auf so einem Geld Trip. Ist es das, was glücklich macht?, fragte sich Johannes, der bis dato nie wirklich viel Geld zur Verfügung hatte. Das meiste davon hatte er in seine Ausbildung gesteckt und für die Reise nach Kenia hatte sogar sein Girokonto überziehen müssen. Und trotzdem fühlte er sich bei dem Gedanken, vielleicht hier demnächst etwas Sinnvolles tun zu können, ganz gut. Er zog sich etwas Leichtes an, verließ das Hotel und steuerte eine Bar an, die der Portier im Hotel ihm empfohlen hatte. Dort wurde er offensichtlich schon erwartet und es wurde ihm ein Platz an der Bar zugewiesen.

Also hier ticken die Uhren wohl anders, dachte Johannes und kaum, dass er auf dem Barhocker saß, gesellte sich auch schon eine bildhübsche Afrikanerin zu ihm und sprach ihn im gebrochenen Englisch an. Diese Frau war so unfassbar gut aussehend, sie duftete nach einem ihm nicht bekannten Parfüm und Johannes hatte alle Mühe, ihr höflich zu verstehen zu geben, dass er doch lieber heute Abend alleine sein wolle. Sie kam ihm etwas näher, beugte sich leicht nach vorne. Der Blick auf einen Traum von Busen wurde frei; sie flüsterte ihm etwas Erotisches ins linke Ohr und ließ dann ihre Zunge die Ohrmuschel von innen zärtlich berühren. Sie legte ihre rechte Hand auf seinen linken Oberschenkel und bestellte mit einem Wink mit der anderen Hand irgendetwas zu trinken.

„Mein Name ist Ela, ich möchte dich gerne kennenlernen. Du siehst gut aus mein Lieber, was machst du hier in Nairobi?" Johannes fühlte sich sehr geschmeichelt, hatte er doch seit der Trennung von Serena keine Frau mehr so nah neben sich verspürt. Er erzählte ihr sicherheitshalber nichts von seinen wirklichen Plänen und sagte unverfänglich, er sei auf Urlaub hier. Sie nippten an den Getränken, welche der Barkeeper ihnen servierte. Es schmeckte, wie die gesamte Atmosphäre, sehr fremd und Johannes hatte das Gefühl, dass er sich so langsam etwas einfallen lassen sollte, hier aus der Nummer wieder herauszukommen. Doch dazu war es scheinbar schon zu spät, auf den Drink folgten weitere und die enorme erotische Ausstrahlung von Ela verlieh ihm das Gefühl eines enormen Verlangens nach körperlichem Kontakt. So ließ er sich in den Arm nehmen, ließ es zu, dass

Elas Hände ihn auf der Brust berührten und langsam nach unten wanderten.

„Ich habe hier in der Nähe ein kleines gemütliches Zimmer, wir können es uns dort sehr bequem machen", flüsterte sie ihm leise ins Ohr. Bei dem Gedanken wurde es ihm etwas schwindlig. Offenbar hatte er die Kontrolle über sich verloren. Eigentlich wollte er das nicht, aber als Ela ihm einen zärtlichen Kuss auf den Mund gab, war es um ihn geschehen. Er zahlte die Drinks, achtete schon nicht mehr auf den Preis, dachte nur, dass das wohl ganz schön teuer sei. 12.000 Schilling, das entsprach etwa 120 Euro. Draußen an der frischen Luft konnte er seine Sinne wieder etwas ordnen. Er spürte, dass das nicht gut sei, sich auf Ela einzulassen. Johannes war zwar hoch erregt, aber das Ganze fühlte sich trotzdem nicht gut an. Ihm wurde etwas mulmig. Johannes krabbelte in seiner Hosentasche herum, drückte Ela einen Teil seines Geldes in die Hand und sagte, er müsse jetzt ins Hotel und würde nicht mehr mitkommen. Ihr Gesichtsausdruck versteinerte sich, sie zählte das Geld und beschimpfte ihn ohne Vorwarnung.

„Das reicht nicht, ich verlange das Doppelte, sonst rufe ich die Polizei und sage denen du wolltest mich vergewaltigen", sagte sie plötzlich. Johannes wollte nur noch weg, gab ihr das verlangte Geld und rannte auf der Stelle los in Richtung Hotel. Ela schimpfte lautstark auf Swahili hinter ihm her und erst als er sie nicht mehr hörte, verlangsamte er seinen Schritt und suchte sich den Weg zum Hotel zurück. Als er die Zimmertür hinter sich abschloss, fühlte er sich wieder sicher. Er nahm eine kalte Dusche und räuberte die Minibar, trank zwei Flaschen Wasser auf EX. In dem Getränk in der Bar war wohl irgendetwas hineingemischt worden. Johannes war in einem anderen Land, in einem ihm sehr fremden Land. Das wurde ihm jetzt deutlich bewusst. Er musste aufpassen; mit diesen Gedanken schlief er ein.

Am nächsten Morgen holte ihn Pit vom Hotel ab. Johannes sah etwas mitgenommen aus und erzählte Pit vom vergangenen Abend. „Und war´s schön?", fragte Pit und ließ Johannes dann verstehen, dass er hier sehr aufpassen müsse. Mehr als die Hälfte der Menschen seien HIV positiv. „Ich nehme dich demnächst mal auf eine Party mit, das sind jede Menge Frauen, bei denen du sicher sein kannst."

Johannes antwortete nicht darauf, er dachte an Serena. Und obwohl sie getrennt waren, empfand er jeden näheren Kontakt mit einer anderen Frau als Fremdgehen.

Pit ließ Johannes auf dem Weg zum Flugplatz noch ein wenig Dösen. Dort angekommen rüttelte er ihn wach und lud ihn erst mal zum ordentlichen Kaffee ein. „Ich möchte mit dir morgen einen Checkflug machen, dabei weise ich dich in die Besonderheiten der hiesigen Lufträume ein. Es gibt vieles, was du hier wissen musst. Und übermorgen findet ein ganztägiges Theorieseminar statt, da lernst du alle Mitarbeiter von DOCFLY kennen. Mit jedem wirst du ein persönliches Gespräch führen und am Ende werden wir gemeinsam beraten, ob wir zusammen passen. Das erscheint dir vielleicht etwas ungewöhnlich, aber unsere Einsätze finden oft unter extremen Bedingungen statt, hier muss jeder zu jedem passen. Und jetzt zeige ich dir mal die Werft, damit du einen Einblick in unsere eigene Maintenance bekommst. Wir machen das meiste hier selber, das gibt uns Sicherheit und Verlässlichkeit."

Sie verließen das Büro und fuhren mit dem Auto ein paar Minuten zu den Hangars, wo die Werft untergebracht war. Dort erwartete ihn Julio, der Werftleiter, ein quirliger Italiener, der vor vielen Jahren wegen einer großen Liebe nach Kenia ausgewandert war. „Also wenn du willst, hole ich

dich morgen um acht Uhr ab. Vergiss deine Lizenzen nicht!"
Johannes nickte, bedankte sich für den lebensrettenden
Kaffee und ließ sich dann von Julio weiter durch die Werft
führen.

Auf was hatte er sich da wohl eingelassen. Aber es war ja
noch nichts unterschrieben. In 24 Stunden konnte er wieder
in Deutschland sein, wenn er wollte. Aber er wollte sich auf
das jetzt hier einlassen, das Spannende und Neue auf sich
zukommen lassen. Es wird sich schon zeigen was richtig sein
wird, dachte Johannes. Und es wird sich fügen, was zu
zusammengehört.

Am nächsten Morgen war Johannes pünktlich und
ausgeschlafen zur vereinbarten Zeit am Flugplatz. Pit hatte
schon im Briefingraum einige Flugkarten auf einem Tisch
ausgebreitet, dazu duftete Kaffee und ein paar Kekse standen
in einer nostalgischen Fliegerdose auf Tisch. „Wir nehmen
heute die Cessna Caravan und werden zunächst einmal etwas
trainieren, was dir eher unbekannt vorkommen wird: das
Anfliegen von unbefestigten Pisten im Busch ohne
Befeuerung, ohne Funk und ohne Windsack." Johannes hatte
auf dem Flugzeugmuster ein gültiges Rating, sodass er als
Pilot in Command fliegen durfte. Das Anfliegen von
unbefestigten Pisten hatte er schon während seiner
Ausbildung trainiert, aber hier war das schon eine andere
Nummer. Der Urwald war dicht, die Schneisen kurz und eng,
die Pisten oft vom Regen durchnässt und auch mit wilden
Tieren ist auf den Pisten zu rechnen.

Nach den üblichen Flugvorbereitungen wie Wettercheck,
Sprit- und Gewichtsberechnung, dem Aufgeben eines
Flugplans für den beabsichtigten Flug und dem Studium der
An- und Abflugverfahren, begaben die beiden sich zum
Flieger. Johannes fühlte sich endlich wieder in seinem
Element, bis auf wenige Instrumente war ihm alles vertraut.

Er fütterte den Flightdirector mit allen notwendigen Daten, dann begann der erste Flug in Kenia mit dem Abarbeiten der Checklisten. Nach dem Start flogen sie in westliche Richtung, flogen ein paar Steilkurven, machten Überziehübungen und arbeiteten Notfallprozeduren theoretisch durch. Pit erkannte schnell, dass Johannes ein echter Profi war und ließ ihn nun den ersten Strip im Busch anfliegen.

„Wir landen da mal, es kann sein, dass wir einen kranken Mann nach Nairobi fliegen müssen, ihm ging es schon letzte Woche sehr schlecht, vielleicht lebt er auch nicht mehr." Die Cessna Caravan ging mit vollen Landeklappen und absoluter Mindestspeed in den Endanflug, 480 m Grasstrip standen ihr zur Verfügung, nach 320 m stellte Johannes das Triebwerk aus und in wenigen Sekunden war der Flieger von unzähligen Bewohnern eines kleinen Dorfes im Busch umzingelt. Johannes war der Neue, er wurde angefasst, wie im Supermarkt eine Ware begutachtet wird. Herzlich wurde er dann begrüßt, alle wollten ihn wenigstens einmal berühren. Johannes spürte eine besondere Herzlichkeit und Warmherzigkeit in den Gesichtern der Menschen, die so dunkelhäutig waren, dass ihre Augen wie Sterne am nächtlichen Himmel leuchteten. Er war sichtlich berührt und wäre gerne noch etwas länger geblieben, aber Pit drängte zum Aufbruch. Schließlich mussten sie doch den alten Mann nach Nairobi fliegen, sein Zustand war sehr kritisch. Es dauerte ungefähr eine halbe Stunde bis sie den kranken Mann im Bauch der Maschine auf der Pritsche flugfertig gemacht hatten. Er murmelte immer wieder etwas Unverständliches. Pit übersetzte es sinngemäß. Er sage wie dankbar er sei und, dass wir dafür belohnt werden würden.

„Die Menschen hier sind alle sehr dankbar. Sie sind bescheiden, freuen sich über kleine, scheinbare unwichtige Dinge und sie sind einfach unglaublich freundlich."

„Vielleicht gerade weil sie so wenig haben sind sie so", murmelte Johannes. Pit nickte zustimmend. Wieder auf Kurs Richtung Homebase besprachen sie noch mal einige Besonderheiten dieser Buschflüge.

„Es ist schon spannend und sehr anspruchsvoll", sagte Johannes. „Ich würde gerne diese Herausforderung annehmen", erklärte er Pit, der gerade damit beschäftigt war, die Anflugkarten für Nairobi International herauszusuchen, denn der kranke Passagier musste in eine Spezialklinik dort gebracht werde. Der Controller schickte sie wegen starken Verkehrsaufkommens für zehn Minuten in eine Warterunde, bevor sie ins Final auf Piste 25 eindrehen durften. Ein „Follow Me-Car" leitete sie zur Parkposition und noch als das Triebwerk lief, kam schon der Sanitätswagen, um ihren kranken Passagier abzuholen.

Der kurze Flug danach zur Homebase war dann nur noch Routine und anschließend beim Debriefing brachte Pit zwei Flaschen Bier und sagte zu Johannes: „Du hast dich gut geschlagen. Es macht Spaß mit dir zu fliegen. Ich kann mir dich in unserem Team gut vorstellen." Nach dem Erledigen der Formalitäten bestellte sich Johannes ein Taxi zum Hotel. Er war geschafft, müde und brauchte dringend eine kühle Dusche. Es war sehr heiß in Kenia, das Thermometer zeigte um 19:00 Uhr immer 28 Grad Celsius. Die Luftfeuchtigkeit lag bei über 90 Prozent.

Johannes war stolz auf seine Leistung heute und fragte sich, ob er sich diesen Job für eine längere Zeit vorstellen konnte. Die Klimaanlage in seinem Hotelzimmer war Schrott, somit lag er textilfrei auf dem Bett und ließ seinen Gedanken freien Lauf. Er dachte an Serena, er spürte, dass er sie immer noch liebte. Warum konnte er nicht bei ihr sein, warum hatte sie ihn verlassen? Aber vielleicht liebte sie ihn ja doch noch und wusste jetzt gar nicht wo er war? Er überlegte lange, ob er ihr eine SMS schreiben sollte, schlief dann aber mit diesem Gedanken tief und fest ein. Am nächsten Morgen riss ihn sein Mobiltelefon jäh aus dem Schlaf.

Es waren noch ungefähr sechs Stunden bis Frankfurt International. Johannes hatte keinen Fensterplatz mehr bekommen und saß nun auf dem Gangplatz in der Reihe 14. Er hasste diese Plätze, war er es doch gewohnt im Flugzeug woanders zu sitzen. Aber selbst als Pilot hatte man bei der Sitzwahl keinen Sonderstatus und da der Flug kurzfristig gebucht war, musste er nehmen was noch frei war. Es war eine 4er Reihe. Neben ihm saß eine dreiköpfige Familie, Vater, Mutter und am Fenster der Sohn im Kindergartenalter, welcher es sich wegen fehlender Beschäftigung offensichtlich zur Aufgabe gemacht hatte, so alle halbe Stunde auf die Bordtoilette gehen zu wollen. Immer wieder musste Johannes aufstehen, um ihn mit seiner Mutter oder seinem Vater rauszulassen. Und jedes Mal blinzelte der Junge mit Vornamen Cedric-Robert ihn hinterhältig an, mit dem offensichtlichen Plan, das ganze Spiel in Kürze zu wiederholen. Er spürte es wohl sehr deutlich, dass er Johannes damit ärgern konnte. Als wieder einmal die Mutter mit dem Kind auf dem Klo war, richtete Johannes vorsichtig und sehr höflich den Vorschlag an den Vater, vielleicht die Plätze für den Rest des Fluges zu tauschen, dann könne er möglicherweise etwas schlafen. Zumal der Airbus A 320 komplett ausgebucht war und es sonst offensichtlich keine Sitzplatzalternativen gab.

Der Vater von diesem Bengel fühlte sich offenbar sofort angegriffen: „Ja hören sie mal, ich habe für die Sitzplatzreservierung bezahlt und zwar 10 Euro pro Platz, jetzt wollen sie sich einfach kostenlos ans Fenster setzen? Sie haben wohl etwas gegen Kinder? Kommt überhaupt nicht in

Frage, wir bleiben da sitzen, basta." Johannes merkte, wie ihm der Hals dick wurde. In solchen Momenten musste er sich beherrschen, schließlich hatte er nur höflich angefragt. Es ging ihm ja nur um eine für alle Beteiligten sinnvolle Lösung der Situation. Am liebsten hätte er ihm die ganze Flasche Tomatensaft über den Kopf gegossen, aus der sich der Vater von Cedric-Robert gerade noch mal von der Stewardess nachschenken ließ.

„Entschuldigen sie mein Herr, ich hatte gedacht es wäre vielleicht für alle Beteiligten eine sinnvolle Lösung, aber es kann auch so bleiben", sagte Johannes und stand wieder auf, um dem Jungen und seiner Mutter die Möglichkeit der Einnahme ihrer bezahlten Sitze zu ermöglichen. „Ja es bleibt so wie es ist", sagte der Cedric-Vater forsch. „Was war denn?", fragte die Mutter des Jungen ihren Mann und setzte sich diesmal neben Johannes, sodass der Vater einen Platz weiter rücken musste. Sie hatte im Waschraum wohl ihr Parfum neu aufgelegt, es kam dem Lieblingsparfum von Serena sehr nahe, vielleicht war es das sogar. Den Namen dieses Duftes hatte Johannes vergessen, er erinnerte sich nur noch daran, dass es wohl von Christian Dior sein musste. Irgendwie machte dieser Duft seine Sitznachbarin auf einmal sympathisch. Sie streckte ihre gebräunten Beine aus, berührte dabei versehentlich den linken Fuß von Johannes, sodass er aus Reflex nach unten schaute.

„Entschuldigung", sagte sie, „ich heiße übrigens Mona." Durch ihre feinriemigen Sandalen glänzten ihre rot lackierten Fußnägel im Schummerlicht der Kabinenbeleuchtung und ihre langen schwarzen Haare berührten ihn wie eine Vogelfeder am linken Oberarm. Ihr Mann schien wohl eingeschlafen zu sein und somit ergriff sie die Chance, sich etwas mit Johannes zu unterhalten. Sie schien wirklich ganz nett zu sein und am Ende des kleinen Smalltalks entschuldigte sie sich noch ganz leise für ihren Mann. Sie wisse zwar nicht, was vorgefallen war, aber ihr Mann würde sich bei jeder Kleinigkeit immer direkt angegriffen fühlen. Johannes fragte sich, wie solche Typen eigentlich immer an so nette Frauen kamen. Er versuchte etwas zu dösen, was ihm jedoch nicht so recht gelingen wollte. Mona war aber eingeschlafen und ihr Kopf neigte sich in Richtung Johannes. Jetzt konnte er erst recht nicht einschlafen und genoss die weibliche Nähe und den Duft von Poison. Ja, jetzt fiel es ihm auch wieder ein, so heißt der Lieblingsduft von Serena. In der Kabine war eine unglaubliche Geräuschkulisse, und nicht zuletzt sein heißgeliebter Cedric-Robert raschelte unentwegt mit einer riesigen Tüte Weingummi herum. Mit großer Sorge musste Johannes erkennen, dass der Bengel ohne Maß diese Tüte leerte, aber seinen Vater, der wieder aufgewacht war, interessierte das offenbar nicht. Er trank ebenfalls maßlos Tomatensaft mit ganz viel Pfeffer, sodass die ganze vordere Reihe ununterbrochen niesen musste. Mona war tief und fest eingeschlafen und fühlte sich anscheinend geborgen bei ihm.

Offensichtlich waren viele Passagiere auf dem Rückflug aus dem Urlaub, wahrscheinlich zwei Wochen All-In für 698 Euro. Zeitgleich wuchs der Bierkonsum im näheren Umfeld der 14. Sitzreihe mit jeder Stunde um ein Vielfaches. Hoffentlich gibt es keine Turbulenzen, dachte Johannes. Und dann ertönte auch schon der Gong und die Symbole zum Anschnallen erleuchteten, die Chefstewardess forderte zusätzlich über Bordlautsprecher alle Passagiere zum Anschnallen auf, man erwarte in Kürze Turbulenzen. Und die ließen auch nicht lange auf sich warten.

Cedric-Robert war der Erste. Offensichtlich erreichte sein Mageninhalt sogar noch die 10. Reihe, denn von dort aus schien sich ein kollektives Kotzen durch die ganze Kabine wie ein Dominoeffekt fortzusetzen. Mona war auf einmal hellwach, versuchte noch mit mütterlichem Einsatz Schlimmeres bei ihrem Sohn zu verhindern, aber es war zu spät. Nachdem die Turbulenzen vorüber waren und die Anschnallzeichen wieder erloschen waren, öffnete Johannes seinen Gurt und ging in den hinteren Teil der Kabine, um dort die Toilette aufzusuchen, ihm war ebenfalls etwas übel geworden. Die Stewardessen hatten jetzt alle Hände damit zu tun, die Spuren der Übelkeit zu beseitigen, der Geruch von Erbrochenem war beißend und viele Passagiere kämpften immer noch mit der Peristaltik von Magen und Speiseröhre.

Als er die Bordtoilette wieder verließ, rief jemand: „Johannes, bist du es?" Er drehte sich um und erkannte eine alte Bekannte aus seiner Heimat Senden. Sie waren zusammen zur Schule gegangen. Sie ist Stewardess geworden und saß als Passagierin in der letzten Reihe. Sie hatte heute dienstfrei.

„Das ist ja ein Zufall", sagte sie, „komm setz dich neben mich, der Platz ist frei." „Mensch Carin", sagte Johannes, „da freue ich mich aber dich wiederzusehen und das in Flightlevel 340 über Afrika." Sie hatten sich so viel zu erzählen und somit wurden die noch verbleibenden viereinhalb Flugstunden bis Frankfurt einigermaßen erträglich und kurzweilig.

Am Gepäckband 212 in Frankfurt verabschiedeten sich Johannes und Carin. Johannes war etwas traurig, hatte er doch Carin früher sehr gemocht. Er war sogar mal in sie verliebt gewesen, hatte sich aber nie getraut, ihr das zu sagen.

Überhaupt konnte er sich manchmal nicht wirklich vorstellen, was eine Frau an ihm eigentlich gut finden würde. Äußerlich sah er doch aus, wie jeder andere Mann auch, aber irgendetwas musste er ja schon an sich haben. Vielleicht war er zu respektvoll, möglicherweise sind die meisten Männer mehr draufgängerisch und von narzisstischer Grundhaltung.

Er fand nicht wirklich eine Antwort. Jedenfalls hatte er Carins Handynummer bekommen.

Cedric-Robert und Anhang bekamen so ziemlich als erstes ihre Koffer und Vater und Sohn, kreidebleich und von oben bis unten mit Weingummiresten und Tomatensaftfragmenten besudelt, gingen erhobenen Hauptes an Johannes vorbei. Offensichtlich waren sie erstaunt, dass er den Rest des Fluges woanders sitzen durfte. Mona tat ihm leid, sie blinzelte Johannes nochmal zu, aber ihr Gesichtsausdruck verriet, dass nun für sie die schönsten Wochen des Jahres vorüber waren.

Pilot in Afrika

Johannes hatte die Zusage zur Anstellung bei DOCFLY bekommen, das Gehalt war angemessen und man stellte ihm in der Nähe des Flugplatzes und der Zentrale eine kleine gemütliche möblierte Wohnung zur Verfügung, sodass er im Wesentlichen keine große Umzugsaktion zu bewältigen hatte. Zwei Wochen blieben ihm jetzt zum Erledigen aller Formalitäten, zum Verabschieden der Familie, von alten Bekannten und Freunden. Johannes wohnte in dieser Zeit bei seinen Eltern in Senden, in seinem alten Zimmer. Es hingen immer noch die gleichen Poster an der Wand und irgendwie hatte er das Gefühl, hier gar nicht lange weg gewesen zu sein. Seine Mutter machte ihm Kummer, sie hatte offensichtlich eine schlimme Erkrankung über die sie nicht sprechen wollte. Das war schon immer so bei seinen Eltern, über Probleme wurde nicht wirklich gesprochen. Johannes besuchte auch Marco, Mattes und Joachim am Flugplatz in Münster Telgte. Alle waren ein bisschen neidisch auf ihn und versicherten ihm, dass sie ihn mal in Kenia besuchen würden.

Als Johannes alles soweit geregelt hatte, verabschiedete er sich von Senden und allem Vertrauten, um in einen neuen, spannenden Lebensabschnitt einzutauchen. Nun, es war ja auch nicht für immer geplant, schließlich war der Vertrag bei DOCFLY erst mal auf drei Jahre befristet und außerdem hatte er ja auch Urlaubsanspruch.

In Frankfurt hatte sich Johannes bis zum endgültigen Abflug nach Nairobi noch für ein paar Tage ein Hotelzimmer gemietet. Er wollte sich noch mal mit seinem alten Freund Richard treffen. Mit einem Porsche Carrera Turbo kam er vorgefahren, gekleidet mit feinstem Tuch und edlen Schuhen stand er vor Johannes. Sie umarmten sich herzlich und verbrachten den Abend bei gutem Essen. Anschließend nahmen sie in der Hotelbar noch ein paar Drinks bis tief in die Nacht. Johannes erzählte ihm von den Aufgaben die auf ihn zukämen. Richard war sichtlich beeindruckt vom Mut seines alten Freundes.

Richard berichtete, dass er mittlerweile eine gute Position bei der WEG EX hätte und bereits einen Teil Vorzugsaktien zu Mitarbeiterkonditionen erworben hatte. Da er so viel verdiene, plane er noch mehr Aktien zu erwerben. „Mensch, gönn dir doch mal etwas. Genieße das Leben, was willst du denn mit dem ganzen Geld machen?", fragte Johannes, „also ich habe da eine andere Einstellung zum Leben. Ich möchte Menschen helfen. Fliegen ist immer noch meine große Leidenschaft und da kann ich Schönes mit Sinnvollem verbinden." Richard schaute etwas sparsam drein, wusste offensichtlich nicht so recht, was er antworten sollte. „Naja", sagte er, „jeder geht halt seinen Weg. Für mich ist viel Geld von großer Bedeutung, es gibt mir Sicherheit und Halt." Aber keine Erfüllung und keinen Sinn, dachte sich Johannes und ließ das von Richard Gesagte so im Raum stehen. Er fragte ihn lieber, ob er irgendetwas von Serena gehört hätte. „Ja", sagte er so, als ob es unwichtig wäre, „ich hatte sie mal am Flughafen in Frankfurt getroffen. Sie war auf dem Weg nach Peru, würde dort wohl als Ärztin beim Roten Kreuz arbeiten. Mit diesem Wellemacher Dirk, diesem Dr. med., scheint wohl Schluss zu sein", meinte Richard. Das Herz von Johannes schlug plötzlich schneller. „Hast du eine Handynummer von ihr?" „Nein, leider nicht. Ich weiß nur, dass sie in Lima, in der Zentrale vom Roten Kreuz, arbeitet." Nach ausgiebigem Alkoholkonsum verabschiedeten sich die beiden und wünschten sich für die Zukunft alles Gute. Nicht ahnend, dass sie sich erst nach ganz langer Zeit wiedersehen würden.

Johannes konnte nicht einschlafen, vielleicht war es der viele Alkohol, aber in erster Linie waren seine Gedanken bei Serena. Was war denn da mit diesem „Medikus" vorgefallen? Warum ist sie jetzt beim Roten Kreuz in Peru? Warum hat sie sich nicht gemeldet? Er hatte schließlich immer noch die gleiche Mobilfunknummer. Möglicherweise war da bei der Tarifumstellung in Kenia etwas schiefgelaufen. Johannes wurde ganz unruhig, möglicherweise hatte sie sogar versucht ihn anzurufen und konnte ihn nicht erreichen. Jedenfalls beschloss er, sobald er wieder in Nairobi war, mit der dort ansässigen „RK-Zentrale" einen Kontakt nach Peru herzustellen.

***

Zwei Tage später saß Johannes wieder im Airbus A 320 auf dem Weg nach Nairobi, diesmal für eine längere Zeit. Dieses Mal ahnte er gar nicht, was das Leben für ihn vorgesehen hatte. Wie ein Teppich, der auf die Klopfstange aufgehängt wird, entrollte sich seine Zukunft. Das Muster wird sichtbar und erst am Ende zeigt sich dem staunenden Schauenden die ganze Geschichte. Aber was kommt, das wissen wir nie im Voraus. Wir sind immer gefragt, im Dasein unsere

Entscheidungen zu treffen, mit einem JA zum Leben und mit dem Blick auf eine Vergangenheit in der Zukunft.

Total verschlafen grabbelte Johannes nach dem Handy auf dem Nachttisch, sah dabei auf die Uhr und war sofort hellwach. „Scheiße", rief er laut, „ich habe verschlafen." Pit war dran und vermittelte ihm sehr deutlich, dass er bitte wie verabredet um 10:00 Uhr zum Unterzeichnen des Anstellungsvertrages bei ihm im Büro zu erscheinen habe. Johannes hatte noch fünfzehn Minuten. Von seiner neuen Wohnung aus waren es sieben Minuten zu Fuß, also blieben ihm noch acht Minuten zum Duschen und Anziehen. Es war ihm außerordentlich peinlich, zu spät zu kommen. 09:59 Uhr klopfte Johannes an die Bürotür von Pit, welcher sich sichtlich freute, dass er es zum vereinbarten Termin dann doch noch pünktlich geschafft hatte.

„Solche Menschen brauchen wir", sagte Pit mit einem Lächeln, umarmte Johannes und dann gingen sie in den Konferenzraum wo alle Mitarbeiter von DOCFLY, der Werft und die Ärzte vom Roten Kreuz ihn herzlich begrüßten und im gesamten Team willkommen hießen. Nach der Vertragsunterzeichnung trafen sich alle Führungskräfte, um Johannes über die normalen Abläufe und Besonderheiten des Unternehmens zu informieren. Anschließend bekam er seinen ersten Einsatzplan für die kommenden Tage. Auf einer Plantage im Westen des Landes hatte es einen Brand gegeben. Zwei Verletzte mussten in den nächsten Tagen nach Nairobi in eine Spezialklinik gebracht werden, aber noch war das Wetter für diesen Einsatz zu schlecht. Für den nächsten Abend war ein Versorgungsflug nach Mogadischu in Somalia vorgesehen, hier würde Pit mitfliegen.

Mit seinem Pilotenkoffer, gefüllt mit persönlichen Utensilien und jeder Menge Kartenmaterial, schlenderte Johannes über das Vorfeld des Jomo Kenyatta Airport. Er hatte jetzt mit einem Ausweis Zugang zu den für ihn relevanten Bereichen der gesamten Anlage.

In Gedanken versunken steuerte er, ohne es wirklich vorgehabt zu haben, auf das Büro des Roten Kreuzes zu, hier waren die Ärzte, Helfer und die medizinische Ausrüstung der DOCFLY untergebracht. Obwohl seine Chipkarte des Ausweises ihm direkten Zugang zur Station ermöglicht hätte, schellte er am Eingang und eine hübsche, sehr freundliche junge Ärztin öffnete ihm mit den Worten: „Hi, du bist bestimmt der neue Flieger, Johannes, ist richtig oder? Pit hat mir schon eine Menge von dir erzählt. Ich heiße Lara. Komm, ich mach uns erst mal einen Kaffee. Ich habe Rufbereitschaft und außer etwas Papierkram gerade nichts zu tun." „Hi Lara, schön dich kennenzulernen. Kaffee klingt super." Bei einem guten Kaffee war Johannes immer dabei und außerdem schien Lara ziemlich nett zu sein.

Während sie den Kaffeeautomaten präparierte, schellte sein Handy. Es war Pit, der Johannes bat, nachher noch mal in sein Büro zu kommen, er hätte ihm noch etwas Wichtiges zu sagen. Lara servierte den Kaffee ganz professionell in ausgefallenen Kaffeetassen, mit einem Keks und einem Glas Wasser. „Bei diesen Temperaturen muss man viel und regelmäßig trinken", sagte sie zu Johannes. „Rauchst du eine Zigarette mit?" Johannes winkte ab, „du ich rauche ganz selten mal eine Zigarre, so Weihnachten oder Silvester, aber es stört mich nicht wenn du rauchst. Aber als Ärztin solltest du doch eigentlich von der Schädlichkeit des Nikotins wissen."

Lara lächelte und sagte zu Johannes, dass alles in Maßen nicht schade. Entscheidend sei, dass es Spaß macht, das wäre doch mit vielen Dingen im Leben so. Sie hatte eigentlich Recht, alles in Maßen. Johannes nippte am Kaffee und überlegte, ob er Lara direkt auf Serena ansprechen sollte. Vielleicht kannten sie sich oder möglicherweise hatte sie sogar Kontaktdaten von ihr. Aber irgendetwas hielt ihn davon ab, vielleicht sollte er nicht gerade an seinem ersten Arbeitstag den wirklich netten Erstkontakt mit einer Kollegin ausnutzen. Lara war Schweizerin, hatte in Zürich studiert und sich bewusst für diesen Job hier beworben. Sie machte gerade ihre Facharztausbildung in der Chirurgie und möchte hier, befristet für ein Jahr, in der Notfallmedizin Erfahrungen sammeln. Sie plauderten noch eine ganze Weile und dann verabschiedete sich Johannes mit dem Hinweis, er müsse nochmal zu Pit rüber.

Pit sah Johannes schon durch sein Bürofenster ins Gebäude kommen, öffnete ihm die Tür und bot ihm auch einen Kaffee an. Johannes lehnte dankend ab, er hätte gerade genug Kaffee im Büro des Roten Kreuzes getrunken.

„Du bist herzlich eingeladen, nächsten Sonntag zum Brunch zu mir nach Hause zu kommen. Ich habe Geburtstag und möchte ganz entspannt mit ein paar Freunden feiern. Außerdem lernst du dann mal meine Familie kennen und kannst bei der Gelegenheit ein paar Kontakte knüpfen. Es kommen auch einige vom Unternehmen. Es ist ja schon eine riesige Umstellung jetzt hier in Afrika zu sein. Ein paar Kontakte sind immer wichtig." Damit hatte Johannes zwar weniger Probleme, aber trotzdem nahm er die Einladung dankend an. „Und noch etwas", sagte Pit, „es gibt hier ein paar Dinge, da stellst du besser keine Fragen!"

Was meinte Pit damit? Johannes lag auf dem Sofa in seinem Appartement und dachte über seine gesamte Situation nach. War es das, was er wirklich wollte? Ja, das schien es zumindest für ein paar Jahre zu sein. Er konnte seinen Beruf als Pilot ausüben und die gesamte Tätigkeit hier bei DOCFLY war ja offensichtlich etwas sehr Sinnvolles. Hier konnte er Menschen helfen, aus Not und Gefahr retten, das war schon etwas, was er immer wollte. Das Transportieren von Massentouristen mit Tomatensaft und Dosenbier, das wollte er sicher nicht zu seiner Lebensaufgabe machen. Er studierte die Karten für den morgigen Abendflug nach Somalia. Was da wohl transportiert werden soll? Mit dem Gedanken sank er in den Schlaf. Sein erster Arbeitseinsatzbeginn war für 16:00 Ortszeit vorgesehen, also hatte er genug Zeit, um sich richtig auszuschlafen.

Johannes war der fliegende Pilot und Pit saß als Copilot rechts neben ihm und war oberflächlich eingedöst. Der Autopilot verrichtete seinen Dienst und der Bordcomputer zeigte im Display noch 65 Minuten bis Mogadischu. Die Cessna Caravan war randvoll beladen mit Kisten, die mit Draht verplombt waren und nur ein Barcode auf den Deckeln ließ irgendeine Identifikation zu. Johannes hatte das Gefühl, dass da keine Lebensmittel für die hungernde Bevölkerung in Somalia drin waren, sondern irgendetwas Anderes. Hoffentlich nichts Illegales, dachte er, denn er als Kapitän war auf diesem Flug auch verantwortlich für die Fracht. Er würde Pit nach seinem Nickerchen einfach mal danach fragen. Johannes überprüfte gerade die Temperaturwerte der Turbine, da gab es einen mächtigen Schlag. Die Maschine wurde hin und her und rauf und runter gewirbelt, alles was lose im Cockpit lag, wirbelte durch die Luft, Höhenmesser und Wendezeiger spielten verrückt. Pit war auf der Stelle hellwach und schrie kreidebleich: „Was ist das denn?" Zum Glück waren beide angeschnallt, sodass sie unverletzt und handlungsfähig blieben. „Piiiiit! Bitte bloß nicht Kotzen", rief

Johannes, denn das konnte er gar nicht ab. Das hatte er einmal auf einem Rundflug mit Fluggästen erlebt, die Frontscheibe von innen und das Cockpit waren nur mit sehr viel Mühe und Disziplin zu reinigen. Und kaum, dass sie realisierten was denn da gerade los war, war der Spuk auch schon vorbei und die Maschine ließ sich ohne Einschränkungen wieder in eine stabile Fluglage recovern. „Das war wohl eine heftige Turbulenz", sagte Johannes zu Pit, der damit beschäftigt war, die aufgewirbelten Utensilien im Cockpit wieder einzusammeln und zu sortieren. „Hoffentlich ist die Ladung nicht beschädigt", grummelte Pit so vor sich hin und schielte über die Schulter in den Kabinenraum. „Sieht ganz okay aus", sagte er, „allerdings können wir nicht in das Gepäckfach unter dem Rumpf schauen, ich vermute, da ist etwas verrutscht." Die Maschine war etwas hecklastig geworden und musste neu ausgetrimmt werden.

„Was ist da eigentlich in den Kisten drin?", fragte Johannes seinen Copiloten vorsichtig. „In den Frachtpapieren steht Lebensmittel und technische Bauteile für Wasserpumpen." Johannes blickte auf die Anzeigen im Cockpit und ohne Pit zu sehen spürte er, dass sein Nachbar in Verlegenheit geriet. „Ach weißt du mein Lieber, so ganz wirklich interessiert mich das nicht. Der Auftraggeber ist irgendeine Firma in Deutschland, sie zahlen richtig viel Geld für diese Transporte. Du brauchst keine Angst zu haben, es werden in Mogadischu keine Fragen gestellt. Nach dem Ausladen trinken wir einen ordentlichen Kaffee und dann sind wir auch schon wieder weg."

Es war genauso wie Pit es voraussagte. Nach der Landung auf Piste 23 des Mogadischu International Airport Aden Adde wurden sie schon nach dem Abrollen auf dem Taxiway von einem "Follow Me" abgeholt und zu einer abgelegen

Ecke des Airports geleitet. An der Parkposition stand bereits ein LKW bereit und das Triebwerk war noch nicht ganz ausgelaufen, da kamen auch schon zwei sogenannte Handling Agents auf die Maschine zu. Johannes öffnete die Kabinentür und verließ hinter Pit den Flieger.

Es war unbeschreiblich warm, bestimmt über 30 Grad und Johannes fing sofort an zu Schwitzen. Die Frachtraumtüren wurden aufgeschlossen und mit einer ungewöhnlichen Routine fingen die beiden Agents an, die Kisten aus dem Rumpf der Cessna herauszuholen. Während Pit den formalen Teil erledigte, kümmerte sich Johannes um die Betankung der Cessna Caravan.

Irgendwie erschien ihm das alles total unwirklich. Was mache ich hier eigentlich?, fragte er sich. Während das Kerosin in die Tanks gepumpt wurde, untersuchte er noch mal sorgfältig den Gepäckraum auf mögliche Spuren einer Beschädigung durch eine der Holzkisten. Eine Kiste hatte sich offensichtlich im hinteren Rahmen verkeilt, der Deckel war aufgesprungen und mit Mühe konnte Johannes zwischen dem Verpackungspolster etwas erkennen. Es sah aus wie ein Gewehrlauf und noch bevor ein Agent das Interesse von Johannes bemerkte und die Kiste ganz schnell aus der Ecke befreite, sah Johannes für den Moment einer gefühlten Millisekunde auf diesem Metallrohr das Firmenemblem, welches er am Revers seines Jacketts während seiner Führungen bei der WEG EX getragen hatte. Johannes war geschockt. Er hatte zittrige Knie und musste um Fassung ringen. Sollte er an einem möglichen illegalen Waffentransport beteiligt sein?

Schweigend saßen beide im Cockpit. Der Flieger war auf Reiseflughöhe ausgelevelt und der Autopilot bis zum Anflug auf Nairobi International programmiert. „Ich glaube, ich muss dir etwas erklären“, sagte Pit leise. „Das glaube ich wohl auch", erwiderte Johannes umgehend mit forschem Ton, „da bin ich mal gespannt."

„Weißt du, dieses DOCFLY würde es nicht geben, wenn wir diese Transporte nicht machen würden. Diese Cessna und die große Zweimot gehören einer deutschen Finanzgesellschaft, welche uns diese Flugzeuge für Rettungsdienste zur Verfügung stellt. Auch gibt es für jeden dieser Flüge eine Sonderzahlung und zwar in bar, damit können wir hier dann so einiges bezahlen. Du bist in einer anderen Welt Johannes, das ist hier nicht Deutschland. Es gibt ein Abkommen zwischen der deutschen Regierung und den Verantwortlichen in Somalia, aber was genau da drin steht, wissen wir auch nicht. Ich bin zwar der Geschäftsführer von DOCFLY und darauf konzentriere ich mich auch in erster Linie. Wir wollen hier Menschen helfen und das ist für mich Grund genug gewisse Dinge nicht zu hinterfragen. Ach, kommst du am Sonntag eigentlich zu meinem Geburtstag? Ich würde mich freuen, Lara vom Roten Kreuz ist auch eingeladen, ist eine wirklich Nette. Ihr werdet euch bei den Einsätzen gut verstehen." Offensichtlich wollte Pit von dem Thema, welches Johannes unter den Nägeln brannte, ablenken. Aber so einfach konnte Johannes das nicht auf sich beruhen lassen, entschied sich aber, zunächst darauf nicht mehr einzugehen. „Ja Pit, ich komme gerne am Sonntag", sagte er und begann mit den Vorbereitungen für die Landung in Nairobi. Er dachte an seine ersten Anflüge während der Ausbildung in Münster Telgte und jetzt saß er als Kapitän einer Turbo-Prop Maschine im afrikanischen Luftraum im Anflug auf Nairobi, rückkehrend von einem möglichen Transport von Waffen nach Somalia. Ob legal oder illegal, sie dienen nicht immer nur dem Frieden.

Kurz nach Mitternacht schloss Johannes die Tür zu seinem Appartement auf und ließ sich müde auf sein Bett fallen.

Einschlafen konnte er nicht, zu viel ging ihm durch den Kopf. Er sehnte sich nach Serena. Bei ihr fühlte er sich so geborgen. Ihr Duft. Ihr warmer, weicher Körper. Ihre funkelnden Augen wenn sie sich liebten. Er musste sie wiedersehen. Vielleicht konnte ihm ja Lara dabei helfen. Johannes vermutete, dass sie Zugang zu den Daten des Internationalen Roten Kreuzes haben könnte. Er schlief ein und wurde erst am nächsten Morgen vom Handy geweckt. Sein nächster sofortiger Einsatz war angesagt. Der an diesem Tage diensthabende Pilot hatte sich kurzfristig krank gemeldet und somit saß Johannes eine Stunde später im Cockpit zu einem Rettungsflug in einen entlegenen Teil des Landes. Eine Person hatte sich beim Baumfällen schwer verletzt und musste dringend in eine Klinik gebracht werden. Es bestand Lebensgefahr. An Bord war ein Rettungssanitäter und Lara als Ärztin.

Sie erreichten das Ziel nach gut einer Stunde, die Piste war sehr kurz und offensichtlich bedingt durch vorangegangenen Regen auch nass. Johannes schaffte es bereits im ersten Versuch die Maschine sicher zu landen. Der Verletzte wurde an Bord gebracht und nach einer halben Stunde waren sie bereits wieder in der Luft mit dem Ziel Nairobi. Durch die offene Cockpittür konnte Johannes beobachten, wie liebevoll und fürsorglich sich Lara um ihren Patienten kümmerte. Ach könnte er doch mit Serena diese Einsätze fliegen, dachte er. Es muss doch möglich sein herauszufinden, wo sie sich aufhielt. Als ob sie es spürte kam Lara zur Cockpittür. „Der Patient ist stabil. Ich freue mich übrigens auf die Party am Samstag. Dann können wir uns mal in Ruhe etwas unterhalten", sagte sie zwinkernd und verschwand wieder im hinteren Teil der Kabine.

Pit hatte alles perfekt organisiert. Er hatte einen riesigen Grill aufgebaut und servierte landestypische Grilladen. Vor allem waren seine perfekt gegrillten Antilopensteaks eine echte Delikatesse. Es gab dazu gute Weine und einen landestypischen Schnaps, genannt Chang´aa. Johannes erfuhr, dass dieser häufig illegal gebrannt wird. Es waren so an die 30 Gäste gekommen, einige von DOCFLY, aber auch ein paar Nachbarn waren da. Viele waren von farbiger Haut und die zusammengewürfelte Gesellschaft wirkte so lustig wie an einem Migrationsabend in der heimatlichen Gemeinde in Telgte. Aber Johannes war in Kenia. Hier war er der Migrant und es fühlte sich gut an hier zu sein. Alle waren sehr freundlich, gaben ihm Tipps für Ausflüge rund um Nairobi und er bekam jede Menge Einladungen. Lara kam mit zwei Gläsern gefüllt mit einem tiefrotem Wein zu Johannes und setzte sich dicht neben ihn. Der Duft von dem Wein und das dezente Parfüm von Lara stimulierten seine Sinne auf so angenehme Art und Weise, dass es Johannes während ihrer angeregten Unterhaltung kaum registrierte, dass sie bereits zwei Flaschen getrunken hatten und so ziemlich die letzten Gäste der Party waren.

Am nächsten Tag nachmittags war Einsatzbesprechung für die nächsten Wochen. Pit erläuterte die routinemäßigen Versorgungsflüge, erstellte Besatzungspläne und teilte ein, wer mit wem Rufbereitschaft habe. Auffällig oft waren er und Lara als Besatzung vorgesehen und am Ende schlenderten beide über das Vorfeld des Flugplatzes. „Das war schön mit dir gestern", flüsterte Lara ihm ins Ohr. „Ich möchte dich gerne mal zum Essen einladen. Ich entführe dich mal in ein richtig typisches kenianisches Restaurant und anschließend trinken wir bei mit noch einen Absacker. Ich habe einen richtig guten Obstbrand aus meiner Heimat der Schweiz zu Hause. Dieses kenianische Zeug kann man nicht wirklich trinken, das macht vermutlich blind." Offensichtlich wollte sie ihn nicht nur zum Essen entführen, sondern auch noch danach verführen. Sie hatte ja schon etwas und er sehnte sich auch mal wieder nach körperlichem Kontakt. Aber im Gegensatz zu ihr hatte Johannes sich nicht verliebt. Er dachte an seine große Liebe Serena und wie er wohl aus dieser Nummer wieder rauskommt, zumal Lara Einblick in die Logistik des IRK hatte. Sie war somit zum gegenwärtigen Zeitpunkt die einzige, die ihm über Serenas Aufenthaltsort Auskunft geben könnte.

Johannes saß in seinem Appartement, sortierte seine Flugkarten, trug seine Einsätze in seinen Terminkalender ein und fing an nachzudenken. Was mache ich hier eigentlich? Illegale Waffenlieferungen um im Gegenzug damit Menschen zu helfen? Eine Ärztin, die es offensichtlich auf ihn abgesehen hatte? Ein ihm immer noch relativ fremdes Land mit vielen Gefahren und einer ganz anderen Kultur? Ein bisschen verrückt muss ich wohl sein, dachte er, aber gut, der Vertrag ist befristet, danach kann man ja immer noch was anderes machen. Was wohl Richard macht? Hat er etwas mit den Waffenlieferungen zu tun? Johannes versuchte ihn anzurufen, jedoch meldete sich nur sein Anrufbeantworter mit dem Hinweis, dass er geschäftlich unterwegs sei und erst in zwei Wochen wieder erreichbar wäre. Was treibt der? Ein wenig vermisste er ihn, hatten sie doch trotz ihrer Unterschiedlichkeit eine schöne Zeit miteinander verbracht. Johannes machte sich so seine Gedanken und versuchte sich dann mit Fernsehen abzulenken. Es gab via Satellit auch ein paar deutsche Programme. Er bekam etwas Heimweh. Vielleicht nehme ich mir mal ein paar Tage Urlaub und fliege für einen Besuch in die Heimat, dachte Johannes etwas wehmütig.

Es fing an zu regnen. Nicht wie in Deutschland mal ein paar Schauer, sondern lang anhaltender Landregen. Das machte die Pisten im Busch nicht gerade einladend und Johannes hoffte, dass es nicht gerade jetzt zu einem Einsatz kommt. Aber am übernächsten Tag war ein Noteinsatz angesetzt. Eine hochschwangere Frau aus einem kleinen Dorf musste dringend in eine Klinik geflogen werden. Der Zielflugplatz lag anderthalb Flugstunden weit entfernt im Landesinneren und die Flugkarte ließ erkennen, dass es sich um einen kleinen, sogenannten Grasplatz mit einer maximalen Länge von 450 Metern handelte. Für Pilot und Maschine eine echte Herausforderung und es hatte viel geregnet. Die Cessna Caravan hob vollgetankt mit Kapitän Johannes, Sanitäter Su und Ärztin Lara von der Piste 07 des Wilson Airports mit Steuerkurs 285° ab und tauchte unmittelbar in die dicken Wolken ein; am Ziel sollte das Wetter laut Vorhersage offen sein. Hoffentlich, dachte Johannes.

Der Flug verlief relativ ruhig, die Caravan flog on top oberhalb der Wolken und es lockerte zunehmend auf. Lara saß auf dem Sitz des Copiloten, versorgte Johannes mit Kaffee aus einer Thermoskanne und Su schlief entgegen der Vorschrift auf der Patientenliege tief und fest. Sie sprachen kaum miteinander und konzentrierten sich beide auf das, was da gleich zu tun sein würde. Lara sortierte die Medikamente und bereitete schon mal eine mögliche Infusion vor. „Das muss gleich schnell gehen", sagte sie, „viel Zeit haben wir nicht." „Laß mich erstmal den Vogel sicher runter kriegen", sagte Johannes, „das wird eine rutschige Angelegenheit." Lara legte ihre Hand auf den Oberschenkel von Johannes und sagte leise, dass sie ihm voll vertraue und er einer der besten Piloten der Base sei, das hätte auch Pit schon mal erwähnt. Johannes fühlte sich geschmeichelt. Er schaltete den Autopiloten aus, um den bevorstehenden Anflug auf den kleinen Platz per Hand zu machen. Hoffentlich finde ich diesen Strip auf Anhieb, dachte er, das ist manchmal nicht so einfach aus der Luft zu sehen.

Die Einwohner des kleinen Buschdorfes hatten kleine Rauchfeuer an der Piste positioniert, offensichtlich wurde die Rettungscrew erwartet und Johannes konnte sich daran gut orientieren. Zur Einschätzung des Anflugbereiches flog er zunächst einmal im Tiefflug über das Landegebiet um sich davon zu überzeugen, dass keine Hindernisse die Landung unmöglich machen könnten. Oft blockierten wilde Tiere die Piste und die konnten sehr hartnäckig an ihrem Standort bleiben. Aber es war alles frei. Jedoch bereitete der offensichtlich matschige Untergrund Johannes Unbehagen. Er leitete den Anflug ein, setzte volle Landeklappen und versuchte mit minimaler Geschwindigkeit den anvisierten Aufsetzpunkt zu erreichen, jeder Zentimeter zählte. Die Caravan setzte am äußersten Anfang der Piste auf, hüpfte wieder etwas hoch und setzte dann wieder mit einem Schlag auf und fing an zu Schlingern. Noch waren 50 Knoten auf dem Geschwindigkeitsmesser, zum Durchstarten war es zu spät, also voll in die Eisen. Du musst das Ding jetzt zum Stehen kriegen, dachte Johannes.

Lara saß kreidebleich auf dem Copiloten Sitz und zog ihren Gurt nochmal enger. Der Flieger rutschte nach links, Johannes ruderte wie wild, aber die Bremsen reagierten nur einseitig und der Flieger war kaum noch zu halten. Er aktivierte den vollen Umkehrschub und mit einem Ruck rutschte die Caravan von der Piste, blieb dann mit dem linken Rad in einer Mulde stecken und kippte mit der Tragfläche leicht nach links ab. Sie standen, Su und Lara wirkten wie schockgefroren und sagten kein Wort. „Scheiße", brüllte Johannes laut, „so ein verdammter Mist, was war das denn?" Die Einwohner des Dorfes hatten sich fluchtartig in ihre Hütten verzogen und kamen nun ganz langsam wieder zum Vorschein. Lara öffnete die Cockpittür und nacheinander verließen sie das Flugzeug. „Ich kümmere mich erst mal um die Schwangere", sagte Lara und verschwand begleitet von ein paar Dorfeinwohnern mit ihrem medizinischen Equipment. Johannes und Su inspizierten den Flieger. Offensichtlich hatte die Tragfläche keinen erkennbaren Schaden und auch sonst konnten sie auf den ersten Blick keine relevanten Beschädigungen feststellen. Das linke Rad hatte sich in einer vom starken Regen gebildeten Mulde festgesetzt, das gesamte Flugzeug stand am linken Ende der Piste und zu einem Start müsste erst mal das Rad aus der Mulde befreit werden. Johannes war zunächst ratlos. Mittlerweile hatte sich das halbe Dorf um das Flugzeug versammelt, alle redeten irgendetwas Unverständliches durcheinander.

„Was machen wir denn jetzt?", fragte Su. Johannes holte das Satellitentelefon aus dem Cockpit und informierte erst mal die Basis. Pit war direkt am Telefon und ließ sich in relativer Ruhe von Johannes über die Situation informieren. „Es ist offensichtlich am Flieger nichts beschädigt", sagte er, „wir müssen nur genau überlegen, wie wir hier wieder rauskommen. Ich denke wir werden mit Schaufeln eine Spurrinne graben und mit Holzbrettern ausfüttern, sodass ich dann mit viel Schub und etwas Glück die Maschine wieder befreie und in die Startrichtung drehen kann. Wenn es aufhört zu regnen, könnte uns das gelingen, aber vor morgen Mittag werden wir hier auf keinen Fall wegkommen. Ich melde mich wieder, wenn ich mehr weiß. Sorry." Pit reagierte gelassen professionell und signalisierte Johannes, dass er ihm voll vertraue und er aus seiner Sicht aus der Distanz heraus alles richtig gemacht hatte. Er sagte ihm, dass er rund um die Uhr zu erreichen sei und machte ihm Mut, die Situation zu meistern.

Ein paar Dorfbewohner kamen hinzu und boten ihre umgehende Hilfe an. Sie sprachen etwas Englisch, sodass Johannes ihnen sein Problem schildern konnte. „Heute machen wir nichts mehr", meinten ein paar Bewohner, „es wird gleich dunkel, ihr kommt jetzt mit zu uns zu den Hütten und dann beraten wir, was wir machen können."

Johannes und Su holten ihre persönlichen Sachen aus dem Flieger und gingen mit den Bewohnern zum nahegelegen Dorf. Offensichtlich war einer von ihnen der Dorfälteste. Dingo nannte er sich und führte sie in seine bescheidene Hütte. Obwohl Dingo und seine Familienmitglieder sehr freundlich und hilfsbereit wirkten, fühlte Johannes sich nicht besonders wohl. Es roch irgendwie alles so fremd, es erinnerte ihn an die Atmosphäre von Kuhställen aus seiner Heimat. Eine der Frauen reichte Johannes mit einem dezenten Lächeln irgendetwas was wie Tee aussah. Er schaute etwas skeptisch, aber Dingo meinte, das könne er trinken, das schadet nicht. Dieser Tee schmeckte abscheulich, aber Johannes machte gute Miene zum bösen Spiel, schließlich wollte er auch nicht unhöflich sein.

Als er gerade den letzten Schluck dieses eigenartigen Gebräus herunter gewürgt hatte, platzte Lara in die Hütte und fragte sehr aufgeregt, wie denn der Stand der Dinge sei. Obwohl sie sonst eher etwas schroff wirkte und sie auch sprachlich die Herkunft aus der Alpenregion nicht leugnen konnte, machte sie in diesem Moment einen eher hilflosen Eindruck. Ohne Worte vermittelte sie Johannes, dass sie ihn unter vier Augen sprechen müsse. Sie verließen die Hütte und setzten sich draußen auf eine Holzbank. Zum Glück hatte es aufgehört zu regnen und es sah so aus, als ob sich das Wetter beruhigen würde. „Also meiner Patientin geht es sehr schlecht, sie hat Wehen, leichtes Fieber und soweit ich es hier vor Ort mit meinen bescheidenen Mitteln diagnostizieren kann, sind die Herztöne des Kindes sehr schwach. Ich kann versuchen, mit den vorhandenen Medikamenten Mutter und Kind zu stabilisieren, das heißt aber, wir müssten spätestens gegen 17:00 Uhr morgen in der Klinik sein. Kriegst du das hin?" Lara flehte ihn fast an und in ihren Augen war plötzlich so eine Wärme. Sie wirkte wie ein kleines Kind, das darum bat, noch etwas länger draußen spielen zu dürfen. „Wie sieht es denn aus. Haben wir eine Chance?" Johannes legte seinen Arm auf ihre Schulter und wischte ihr mit seinem Taschentuch eine dicke Träne von der Wange, die sich in Zeitlupentempo Richtung Mundwinkel bewegte. „Ich denke, wir könnten es schaffen, wenn ich mindestens zehn kräftige Männer habe und wir die ganze Nacht durcharbeiten. Wir müssen eine Rinne graben, die dann mit Holzplatten ausgefüttert wird. Dann kann ich versuchen mit viel Triebwerksleistung aus der Mulde herauszukommen. Es wird aber eine heiße Kiste, das sage ich nur dir. An erster Stelle steht unsere Sicherheit. Nur wenn wir es safe schaffen, haben deine beiden eine Chance." Lara gab Johannes einen Kuss auf die Wange und verschwand in der übernächsten Hütte mit den Worten: „Du weißt, wo du mich findest, halte mich auf dem Laufenden."

Johannes rechnete. Wenn die Patientin morgen um 17:00 Uhr in der Klinik sein soll, dann müssten sie spätestens um 14:00 Uhr hier raus sein. Also galt es einen Plan zu machen. Er ging wieder in die Hütte, bat noch mal um so ein Teegebräu, offensichtlich hatte dieser eine aufputschende Wirkung. Er setzte sich mit Dingo auf einen Bodenteppich und mit den sprachlichen Möglichkeiten, einer Mischung aus Englisch und Französisch, erklärte Johannes ihm seinen Plan und das Zeitfenster. Dingo nickte, rief irgendetwas Unverständliches in den Raum und sagte dann mit freudiger Stimme zu Johannes: „Let´s go." Er murmelte noch etwas zu den im Raum Verbliebenen und dann begaben sie sich mit Su ins Freie. Dingo schnallte sich eine Trommel um und fing an, in einem bestimmten Rhythmus diesem Instrument Leben einzuhauchen. Johannes kam das hier vor wie in einem Film, er biss sich auf die Lippe um sicher zu sein, dass er das alles nicht wirklich träumte. Aber es war die Realität, er hatte eine Notlandung im Busch mitten in Afrika gemeistert. Zum Glück wurde keiner verletzt und nun galt es zwei Menschenleben zu retten.

Es vergingen keine zehn Minuten, da standen mindestens 20 Männer vor ihnen im Dämmerlicht, die Sonne war bereits untergegangen und Johannes konnte erkennen, dass sie sehr kräftig wirkten. Das ganze machte auf ihn einen eher bedrohlichen Eindruck, Gedanken an spannende Kinderbücher von kriegerischen Buschbewohnern kamen in ihm hoch. Hoffentlich werden wir nicht alle im großen Suppentopf gegart, dachte er und musste dann aber innerlich lachen. Dingo gab den Männern Anweisungen und so schnell wie sie gekommen waren, waren sie auch wieder verschwunden. Dingo signalisierte Johannes, dass er ihm genau sagen solle was er beabsichtigte, er würde es seinen Männern dann erklären. Sie gingen ein paar Meter zu einem großen Schuppen. Hier lagerten Holzbretter unterschiedlicher Längen und Stärken. In Johannes breitete sich leichter Optimismus aus. Die Bretter sind gut, dachte er und ohne Zeit zu verlieren sortierte er aus, was davon zum Bau seiner Spurrinne zu gebrauchen wäre.

Es brannten Fackeln im sicheren Abstand zum Flieger, sie erhellten mehr schlecht als recht den Arbeitsbereich. Dingo und Johannes führten Regie, Su versorgte alle Männer mit frischem Wasser und kümmerte sich nebenbei um Lara und ihre Patientin. „Was meinst Du", sagte er, „soll ich den Transport der Patientin schon vorbereiten?" Johannes nickte und Su verschwand umgehend im Dunkel des Dorfes. Einige Kinder hatten sich als Zaungäste dazu gesellt, mit ihren fast nackten braunen Körpern und ihren funkelnden Augen im Lichte der Fackeln wirkten sie wie Statisten in einem Hollywood Film.

Um Mitternacht war die halbe Spur ausgehoben, ein riesiger Kraftakt, aber die Männer schienen nicht müde zu werden. Die weiblichen Dorfbewohner versorgten ihre Männer mit frischem Tee, auch Johannes hatte sich daran gewöhnt und immerhin blieb man davon wach. Was für eine Stimmung. Alle arbeiteten, als wenn es keinen Morgen geben würde. Johannes war tief beeindruckt. Dingo schien seine Gedanken zu lesen und sagte: „Wir haben ein Ziel, wir wollen unsere Dala und ihr Baby retten. Und ihr sollt natürlich auch gesund nach Hause kommen." Ein Ziel, ja das ist es, dachte Johannes. Und was für eins. Er dachte zum ersten Mal über den Sinn des Lebens nach. Trotz der Müdigkeit, die sich so langsam doch in ihm breit machte, fühlte sich das für ihn richtig gut an. Er konnte helfen, Menschenleben zu retten. Also weiter, alles geben, dann konnte es zu schaffen sein.

In Gedanken ging Johannes schon mal das Prozedere im Cockpit durch. Wenn sie es schaffen wollen, dann wird er der Turbine viel abverlangen müssen. Aber wo ist die Alternative? Anders konnten Dala und ihr Baby nicht weg und der Flieger auch nicht. Also, weitermachen. Es fing leicht an zu dämmern, da kam Lara zu Johannes und fragte ihn, wann sie wohl fertig seien. „Der Zustand meiner beiden ist recht kritisch, ich würde gerne schon mal den Transfer zum Flieger vorbereiten", sagte sie mit leicht zittriger Stimme. „Ich sage dir Bescheid, wenn ich mehr weiß", sagte Johannes und ging zu Dingo, um sich über den Stand der Dinge zu informieren. Dingo meinte, dass sie noch drei Stunden bräuchten, dann könne er es probieren. Eine Generalprobe wird es nicht geben, dachte Johannes, entweder es klappt, oder das Ganze endet in einer Katastrophe. Also, in drei Stunden haben wir 10:00 Uhr, vielleicht noch eine Stunde Reserve, dann könnten wir um elf hier raus sein.

Johannes ließ Lara und Su ausrichten, dass sie um 10:00 Uhr an Bord könnten, um die kleine Intensivstation für den Transport vorzubereiten. Für 11:30 Uhr setze er dann die Startzeit an, telefonierte über das Satellitentelefon nochmal mit Pit der ihm versicherte, er würde den Flugplan aufgeben, den Rettungsdienst für Nairobi Int. bestellen und der Klinik schon mal die notwendigen Informationen übermitteln. „Ihr schafft das", sagte Pit noch. „Gott steht euch bei." Johannes erwiderte mit einem leisen „Dankeschön" und schaltete dann das Telefon ab, um den Akku zu schonen. Wer weiß, ob er das Telefon heute noch mal braucht. Gegen 10:00 Uhr erklärte Dingo die Vorbereitungen für beendet. Alle hatten Großartiges geleistet. Johannes war zutiefst beeindruckt. Die Frauen des Dorfes versorgten alle mit einem Frühstück, es gab "Nyama Choma" und "Ugali", das ist gegrilltes Fleisch mit Maisbrei, und den Tee, welcher alle wohl die Nacht wachgehalten hatte. Johannes spürte, dass es nicht nur der Tee war, sondern dieser unglaubliche Wille, ihre Dala und ihr Baby zu retten. Was für eine tolle Gemeinschaft, was für ein bedingungsloses Ja zu Leben.

Johannes schloss die Maschine auf, ließ die Leiter herunter und fing an die Vorbereitungen zu treffen. Su kam dazu und sie lösten die Trage aus ihren Halterungen und brachten sie ins Freie, wo schon zwei Männer des Dorfes bereit standen. Su und die beiden verschwanden mit der Trage, um Dala für den Transport abzuholen. Jetzt wird es ernst, dachte Johannes und überprüfte nochmal die Bretterkonstruktion unter dem linken Fahrwerk; gute Arbeit, es kann funktionieren. Jetzt ging alles sehr schnell, Su und Lara brachten die Patientin auf der Trage, angeschnallt und mit einer Infusion am Haken. Dala schaute ängstlich ohne Worte in die Augen der um sie Herumstehenden. In ihrem Blick spiegelte sich Hoffnung und Sehnsucht wieder, ihr schmerzverzerrtes Gesicht ließ erahnen, was sie die letzten Stunden erleiden musste.

„Sie ist so tapfer", sagte Lara, „ich kann ihr leider kein Schmerzmittel geben, der Zustand des Babys ist hochkritisch. Hoffentlich schaffen wir es." Johannes war für einen kurzen Augenblick so gerührt, dass er sich eine Träne von der Wange wischte. „Ja wir schaffen das", sagte er, „bringt die beiden in den Flieger, in 30 Minuten geht es los." Eine kurze, warmherzige Verabschiedung von Dingo, stellvertretend für das ganze Dorf und dann ging Johannes an Bord, zog die Treppe hoch und verriegelte sie für den Flug. Lara und Su kümmerten sich um Dala und signalisierten ihm mit Daumen hoch, dass sie startbereit sind.

Johannes arbeitete routinemäßig seine Checkliste ab und ließ das Triebwerk an. Es lief sofort reibungslos und als die vorgesehene Betriebstemperatur der Turbine erreicht war, schob er den Leistungshebel nach vorne. Jetzt würde sich zeigen, ob sich die nächtliche Schwerstarbeit gelohnt hatte. Die Caravan fing an zu rütteln, das linke Fahrwerk saß schon recht tief in der Mulde und Johannes erhöhte den Schub. „Jetzt komm schon", murmelte er. „Komm, komm, komm endlich." Ein heftiger Ruck erschütterte die Maschine und sie machte einen Satz nach vorne. Sie waren frei, die Konstruktion hatte gehalten. Johannes nahm den Schub etwas zurück, rollte dann bis zum Ende der Piste, drehte die Maschine in die Startrichtung und gab auf der Stelle Vollgas. Bloß nicht stehenbleiben, dachte er. Die Caravan nahm zunächst schwerlich Fahrt auf. Der Untergrund war noch sehr feucht, aber dann auf den letzten Metern war die Abhebegeschwindigkeit erreicht. Johannes zog am

Höhenruder und mit Einsatz der Startklappen schraubte sich der Propeller mit dem Flieger in die Luft über dem afrikanischen Busch. Startzeit: 11:24 Uhr, notierte er in seinem Flugbuch. Geschafft!

„Der Zustand von Dala verschlechtert sich", flüsterte Lara Johannes zu. „Wann treffen wir denn wohl in Nairobi ein? Ich versuche alles um beide Leben zu retten!" Sie nahm sich das Satellitentelefon und wählte die gespeicherte Nummer der Klinik, um das Ärzteteam mit den notwendigen Informationen zu versorgen. „Ich denke in 45 Minuten erreichen wir den Luftraum von Nairobi Int., die Fluglotsen sind informiert und wir bekommen ein "Direkt" auf die Piste 07. In einer Stunde sind wir unten", sagte Johannes.

Nach der Landung wurden sie direkt von einem Notarztwagen zum Abstellplatz geleitet, eine halbe Stunde später lag Dala im OP der Kinderklinik von Nairobi und die Ärzte retteten Mutter und Baby quasi in letzter Minute per Kaiserschnitt. Dala weinte vor Freude mit dem Baby im Arm, als Lara, Su und Johannes die Intensivstation betraten. Zur Sicherheit wollte man die beiden hier für eine Nacht zur Beobachtung dabehalten. Ein leises, schwaches "Thank you" kam über ihre Lippen. Die Krankenschwester reichte allen im Raume Papiertaschentücher, hier hatte vor Freude keiner seine Gefühle mehr im Griff. Es war ein Mädchen. Dala flüsterte, sie soll auf den Namen Helina hören.

Vor dem Krankenhaus wartete Pit auf seine Mannschaft, nahm sie in den Arm und bedankte sich für die großartige Leistung. „Die Maschine kommt sicherheitshalber hier in die Cessna-Werft zur Inspektion, aber es sieht so aus, als wenn kein Schaden am Fahrwerk vorliegt", sagte Pit. „Sicher ist sicher." Mit dem Auto fuhren sie dann zur Basis zurück und dort gab es Sekt und etwas zu Essen zur Begrüßung. Pit zollte allen noch mal seine große Hochachtung und gab ihnen drei

Tage Sonderurlaub um sich von den Strapazen zu erholen. Beim Verabschieden flüsterte Lara Johannes noch ins Ohr: „Morgen Abend lade ich dich dann zum versprochenen Essen in ein ganz besonderes Restaurant in Nairobi ein. Ich hole dich um 19:00 Uhr von deinem Appartement ab."

Nach einer ausgiebigen Dusche legte sich Johannes auf sein Bett und ließ seinen Gedanken freien Lauf. Ich bin stolz auf mich. Was für eine tolle Erfahrung, das ist sinnvolles Leben; ich mache weiter hier. Dann schlief er ein und wurde erst am nächsten Tag nach 14 Stunden Schlaf wach.

Lara war pünktlich, sie hatte sich richtig schick gemacht, ein perfektes Make-Up und ein dezent aufgelegtes Parfum versprühten einen Hauch von Erotik. „Wir lassen das Auto nachher am Restaurant stehen und fahren mit dem Taxi dann noch zu mir, da habe ich dann noch ein Dessert für uns vorbereitet."

Johannes spürte, wie sich Spannung in ihm breit machte. Er ließ sich aber nichts anmerken und vermittelte Lara mit einer vorsichtigen Umarmung, dass er sich auf den Abend und das Essen in dem besonderen Restaurant sehr freute. Es war ein außergewöhnliches Restaurant. Außergewöhnliche Speisen begleitet mit hervorragenden afrikanischen Weinen ließen bei guter Unterhaltung die Stunden wie im Fluge vergehen. Mit jedem weiteren Glas Wein legte Lara ihre leicht schweizerische Schroffheit ab und Johannes empfand zunehmend ein Gefühl des Begehrens für sie. Darf ich das eigentlich?, fragte er sich, ich liebe doch immer noch Serena. Das Ambiente des Restaurants war sehr bemerkenswert, dekoriert mit Elfenbein und afrikanischen Pflanzen, die landestypischen Speisen waren hervorragend zubereitet, alles wurde perfekt auf den Punkt serviert.

„Es war ein ganz toller Abend, ein tolles Restaurant und eine wirklich interessante Küche", sagte Johannes eng neben Lara auf der Rückbank des Wagens sitzend. Er fühlte sich in ihrer Gegenwart sehr gut. War es nur die Anwesenheit einer sehr charmanten Frau, die offensichtlich den Abend mit einem besonderen Dessert noch fortführen wollte? „Woran denkst du?", fragte sie ihn. Offensichtlich war ihr nicht entgangen, dass er an etwas Bestimmtes dachte. „Ach nichts, nur so, es ist alles so spannend hier in Afrika." Das Taxi hielt vor Laras Appartement und die beiden gingen die Treppe hoch in die 12. Etage. „Das hält fit", sagte sie. Etwas außer Atem schloss sie die Tür auf und signalisierte Johannes, er solle bitte schon mal auf die kleine Terrasse gehen, sie würde sich noch etwas frisch machen. Johannes verspürte eine leichte Regung unterhalb der Magengegend. Ist das jetzt wirklich okay?, fragte er sich. Während Lara sich frisch machte inspizierte er diskret das Wohnzimmer, welches sehr groß war und offensichtlich auch als Schlafzimmer diente. Es wirkte alles sehr aufgeräumt, in den Regalen standen unzählige medizinische Bücher, ein Stethoskop lag auf ihrem Schreibtisch, ein Bild vom Matterhorn und ein Handbuch des Internationalen Roten Kreuzes.

Von der Terrasse hatte man einen fantastischen Blick auf Nairobi, auf dem Tisch wartete ein Sektkühler und eine Schale mit frischen Früchten. Johannes hatte das Gefühl James Bond zu sein, nur hatte er keinen Smoking an. Lara näherte sich ihm und fragte mit leiser Stimme: „Gefällt es dir hier? Mach schon mal den Schampus auf, ich hole noch einen Teller für das Obst." Das ist alles zu perfekt um wahr zu sein, dachte er, befand sich aber umgehend wieder in der Realität als Lara ihm ein gefülltes Sektglas reichte und mit ihm auf diesen Moment anstieß. Johannes wurde es heiß, das lag nicht nur an der Außentemperatur von immer noch 25° Grad

Celsius. Ich möchte sie nicht enttäuschen, dachte er, aber ich muss die ganze Zeit an Serena denken. Sie schnibbelte das Obst und reichte ihm ein paar Stückchen zum Probieren. Mit dem Champagner zusammen schmeckte das Obst hervorragend, Johannes wähnte sich im Paradies.

„Du", sagte Lara mit zarter Stimme, „ich möchte dir etwas sagen." Johannes verschluckte sich fast an einem Stückchen Kiwi, jetzt ist es soweit, dachte er. „Du bist ein sehr gut aussehender Mann, deine feine Art, dein Charme und deine Professionalität als Pilot beeindrucken mich zutiefst. Als ich dich zum ersten Mal sah, dachte ich, der ist es, mit diesem Mann möchte ich gerne zusammen sein, ich hatte schon die wildesten Träume. Auch hatte ich bewirkt, dass wir zusammen für den letzten Einsatz eingeteilt wurden, ich konnte es gar nicht abwarten. Und am liebsten würde ich dich jetzt auf der Stelle vernaschen, aber wir bleiben besser beim Obst mit Champagner." Johannes wusste nicht, wie ihm geschah.

„Vielleicht verstehst du nicht was ich damit jetzt meine, aber du bist zu wertvoll, als dass ich eine wirkliche Chance bei dir hätte und das möchte ich nicht missbrauchen." Johannes versank im Kissen des Terrassenstuhls, so, als wenn er nicht wüsste, wohin er jetzt sollte. Lara rückte ihren Stuhl ganz dicht an seinen. „Möchtest du auch eine Zigarette? Ich brauche jetzt mal eine." „Ich rauche nur gelegentlich mal eine Zigarre", sagte Johannes, „aber jetzt sage ich nicht nein. Ich weiß gerade gar nicht, was ich dazu sagen soll."

„Letzte Woche bekam ich eine Rundmail vom Hauptquartier des Internationalen Roten Kreuzes aus Peru", sagte Lara, „dort arbeitet eine Kollegin von mir in ähnlicher Mission. Sie hatte eine Suchanfrage nach einem gewissen Johannes aufgegeben. Sie wäre mal mit ihm befreundet gewesen und würde ihn gerne wiedersehen. Er ist Pilot und möglicherweise irgendwo als Rettungsflieger tätig. Das bist dann wohl du mein Lieber. Ich habe ihr aber noch nicht geantwortet, wollte dich erst mal damit konfrontieren, ob du das überhaupt möchtest. Mein Gefühl sagt mir aber, dass sie dir viel bedeutet, das spüre ich sehr deutlich. Sonst hättest du mich vorhin schon flachgelegt, oder? Genau das ist es, was ich an dir so schätze, dein verlässlicher Charakter, deine feine Art möglichst keinen zu verletzten, ich bewundere dich dafür. Sie heißt Serena und wartet auf eine Nachricht."

Johannes steckte sich noch eine Zigarette an. Wenn er nicht sitzen würde dann wäre er vermutlich umgefallen, so sehr zitterten ihm die Knie. „Das ist ja unglaublich Lara. Ja es stimmt, ich habe immer noch Gefühle für Serena, obwohl ich sie lange nicht gesehen habe." Er kratzte sich verlegen am Kinn. „Die Situation ist mir gerade sehr unangenehm, aber ich danke dir sehr für deine Offenheit. Ich glaube, ich brauche jetzt erst mal einen Schnaps." Lara signalisierte, dass sie einen guten Obstbrand aus ihrer Heimat im Regal stehen hat. Es wurde langsam hell, Champagner, Obstbrand und Zigarettenschachtel waren leer, aber sie saßen nach einer intensiven Unterhaltung noch immer auf der Terrasse. „Kannst bei mir schlafen?", fragte Lara mit schwerer Zunge, „wir sind doch richtige Freunde und müssen uns jetzt nichts mehr vormachen." Beide fielen ins gleiche Bett, kuschelten sich freundschaftlich aneinander und wurden erst wieder wach als es schon wieder dunkel wurde. Was für eine Nacht, dachte Johannes unter der Dusche. Was für eine menschliche Größe Lara hat und Serena, offensichtlich sucht sie mich. Vielleicht liebt sie mich ja immer noch! Lara hatte ein paar Croissants aufgebacken und einen starken Kaffee gemacht. Sie verabredeten sich für den nächsten Tag bei Johannes um gemeinsam zu überlegen, wie sie auf die Anfrage von Serena antworten wollten. Beim Abschied umarmten sie sich innig und gaben sich einen freundschaftlichen Kuss.

Johannes schlief sich erst mal bis zum späten Nachmittag aus und telefonierte dann mal wieder mit seinen Eltern zu Hause. Seiner Mutter ging es nicht besonders gut. Sein Vater meinte, dass er vielleicht doch bei nächster Gelegenheit mal für eine paar Tage nach Hause kommen sollte. Johannes war beunruhigt, ihm wurde bewusst, dass er doch ziemlich weit von seiner Heimat entfernt war und es überkam ihn etwas Heimweh. „Ich werde die Tage mal mit Pit sprechen", sagte er, „vielleicht kann ich ja mal für eine Woche Urlaub nehmen." Nachdem er sich von seinen Eltern verabschiedet hatte, versuchte er auch mal wieder Richard anzurufen. Es meldete sich aber wieder nur die Mailbox und er hinterließ eine Nachricht.

Anschließend machte er sich auf den Weg, um im nahegelegenen Store etwas einzukaufen, schließlich wollte Lara ja am nächsten Tag zu ihm zu Besuch kommen. Eigentlich hatte er sich vorgenommen am Abend einfach vorm Fernseher abzuhängen, aber die Gedanken an Serena ließen ihn nicht zur Ruhe kommen. Er bestellte sich ein Taxi und ließ sich in die City von Nairobi bringen, vielleicht würde ihn das etwas ablenken. Er bummelte durch die Altstadt und entdeckte in einer kleinen Nebenstraße ein kleines gemütliches Restaurant. Als er die Speisekarte am Eingang studierte, rief jemand: „Hi Johannes, komm setz dich zu mir, ich kann dir beim Bestellen helfen. Manche der Speisen sind für unseren mitteleuropäischen Magen nicht so ganz bekömmlich." Es war Julio, der Werftleiter der Basis.

Warum nicht, dachte Johannes. Sie bestellten sich nach Empfehlung von Julio ein wirklich leckeres einheimisches Gericht und tranken dazu einen guten südafrikanischen Wein. „Sag mal Julio, was sind das eigentlich für Lieferungen

nach Somalia da jede Woche, was ist da eigentlich drin?",
fragte Johannes zu später Stunde. Julio zögerte lange mit
einer Antwort und signalisierte Johannes, dass er das auch
nicht so ganz genau wisse und auch wie alle anderen zum
Schweigen verpflichtet sei. Aber irgendwie mochte er
Johannes und plauderte dann doch etwas aus dem
Nähkästchen.

„Es sollen Waffenlieferungen aus Deutschland sein, von
einer Firma aus Frankfurt oder so. Sie kommen alle paar
Wochen mit einer Transportmaschine nach Nairobi und
werden dann nachts in unsere Lagerhallen gebracht. Und
dann finden die sogenannten Versorgungsflüge nach Somalia
statt, mit dir und anderen Piloten, immer im Wechsel. Was
dann damit passiert, entzieht sich meiner Kenntnis", sagte
Julio, „ich vermute, dass die Kisten weiter transportiert
werden, sicherlich sind die Waffen nicht zum Schießsport in
Schützenvereinen gedacht. Die Welt ist schlecht, es dreht sich
alles nur ums Geld, ich möchte das alles gar nicht wirklich
wissen."

Zu seiner Verwunderung war Johannes nicht so geschockt,
wie er es hätte sein sollen. Insgeheim hatte er schon geahnt,
dass etwas nicht mit rechten Dingen zugeht. Er nippte
nachdenklich an seinem Bier. „Ja, viele Menschen sind
schlecht", sagte er, „auf der einen Seite bekämpfen sich die
Menschen wegen Macht und Geld mit Waffen, auf der
anderen Seite sind es dann wieder die Guten, die sich nach
der Schlacht um Frieden bemühen. Das war in der Geschichte
schon immer so, die Menschheit scheint nicht dazu lernen zu
wollen." „Und es wird immer so bleiben", bemerkte Julio,
„wir müssen unseren eigenen Platz in dieser Welt finden und
uns um uns selber kümmern, es wird uns nichts geschenkt."

Nachdenklich lag Johannes später auf seinem Bett. Er
konnte nicht einschlafen und dachte noch lange über das

Gespräch mit Julio nach. Würde er sich durch seine Tätigkeit als Pilot auch schuldig machen, weil er offensichtlich Waffen transportierte? Sind das womöglich Waffen von WEG EX, würde vielleicht sogar Richard damit etwas zu tun haben? Sind das die Porschefahrer, die mit ihren Privatjets um die Welt fliegen, in noblen Hotels absteigen, sich für viel Geld Prostituierte auf ihre Zimmer bestellen? Nehmen diese Menschen es in Kauf, dass mit ihren Waffengeschäften auf der anderen Seite tausende von Menschen getötet und verletzt werden? Wofür? Johannes nahm sich vor, mal mit Pit zu sprechen, ob er vielleicht nur im Rettungsdienst eingesetzt werden könne. Diese Versorgungsflüge fühlten sich für ihn nicht gut an.

Am nächsten Morgen rief Lara an und teilte Johannes mit krächzender Stimme mit, dass sie mit 39,7 Grad Fieber im Bett lag und ihre gemeinsame Verabredung für heute nicht wahrnehmen kann. Johannes hatte natürlich Verständnis dafür, jedoch war er enttäuscht. Er hätte doch gerne Lara bei sich empfangen und über eine mögliche Kontaktaufnahme zu Serena mit ihr gesprochen. Naja, dachte er, auf ein paar Tage kommt es vielleicht auch nicht mehr an. Jedenfalls wollte er nicht in Eigenregie etwas unternehmen, das wäre Lara gegenüber nicht fair. Am Nachmittag ging er zur Basis, um sich über die nächsten Einsätze zu informieren. Vielleicht würde er ja auch Pit antreffen, um mit ihm mal über eine Woche Urlaub zu sprechen und je nach Situation auch über seinen Einsatz im Rahmen der Versorgungsflüge.

Pit saß an seinem Schreibtisch und machte Büroarbeit. „Das trifft sich gut, dass du hier bist", sagte er zu Johannes, „setz dich zu mir, ich muss etwas mit dir besprechen." Er zog zwei Kaffee aus dem Automaten, „schwarz wie immer nehme ich an?" Johannes nickte zustimmend und fragte sich, was Pit wohl so Dringendes mit ihm zu besprechen hatte.

„Mein Lieber", sagte Pit. „Du bist nun schon eine ganze Weile bei uns und du bist einer unserer besten Piloten. Auch zeichnest du dich durch einen sehr guten Charakter und besonderes Feingefühl im Umgang mit Menschen aus. Als Pilot hast du die vielen Einsätze bisher mit großer Professionalität durchgeführt, du bist bei der gesamten Mannschaft hochgeschätzt, dafür sollst du bald eine angemessene Prämie erhalten. Aber deswegen sitzen wir hier jetzt nicht zusammen, da ist noch etwas." Johannes wurde etwas unruhig. Was kommt denn jetzt? Will er mich vielleicht loswerden, sozusagen wegloben, oder war da etwas über seine kritischen Anmerkungen zu den Versorgungsflügen durchgesickert? Pit spürte die Nervosität von Johannes, beruhigte ihn aber umgehend und holte noch zwei Kaffee. Er schloss die Tür seines Büros. „Das was wir jetzt besprechen muss aber zunächst hochvertraulich behandelt werden, okay?" Johannes nickte und platzte fast vor Spannung.

„Wir haben gestern eine Anfrage von einer großen und renommierten deutschen Fernsehanstalt erhalten. Es soll im Rahmen einer neuen Serie eine Reportage über den Einsatz der DOCFLY gemacht werden. Nächste Woche werden zwei Mitarbeiter der TV Agentur hier eintreffen, um die ersten Vorbereitungen zu treffen. Ich möchte dich in dem Vorbereitungsteam vom ersten Tag an dabei haben, deine Meinung und Einschätzung für die geplanten Aktionen ist mir sehr wichtig. Die Dreharbeiten sollen ungefähr zwei Wochen dauern und sollen auch in Kürze beginnen. Ich finde das ungeheuer spannend und habe den Verantwortlichen der Fernsehanstalt bereits unsere Zusammenarbeit zugesagt. Natürlich müssen noch viele Details besprochen werden, insbesondere wird es in der Zeit keine Versorgungsflüge nach Somalia geben. Was sagst du dazu?"

Johannes hatte es fast die Sprache verschlagen, er musste sich erst mal mental sortieren. Damit hatte er nicht gerechnet. Er nippte an seinem heißen Kaffee, spürte zu spät die Hitze auf seiner Zunge und prustete reflexartig ohne Vorwarnung den gerade zu sich genommen Schluck frei in den Raum. Er verfehlte Pit dabei nur knapp, aber beide mussten herzhaft lachen. Johannes signalisierte Pit durchaus Interesse an der Aktion, schließlich hatte er bisher noch an keiner Fernsehproduktion teilgenommen.

„Ich fühle mich sehr geehrt Pit, das hört sich ja echt toll an. Aber ich würde gerne eine Nacht darüber schlafen", sagte Johannes. „Das mache ich immer bei wichtigen Entscheidungen, wenn es die Zeit erlaubt. Wir fliegen doch morgen beide morgen zusammen, dann können wir doch noch mal darüber sprechen." Pit akzeptierte den Vorschlag und sie verabschiedeten sich erstmals mit einer freundschaftlichen Umarmung.

Wie gerne würde Johannes jetzt Lara sehen, aber sie war krank, und über die Fernsehgeschichte durfte er sowieso noch nicht sprechen. Trotzdem rief er sie an und erkundigte sich nach ihrem Gesundheitszustand. „Mir geht es etwas besser. Ich denke, dass ich in einer Woche wieder einsatzfähig bin. Dann können wir gerne auch zu Serena Kontakt aufnehmen", krächzte sie ins Telefon. „Die nächsten Tage sollten wir uns wegen der Ansteckungsgefahr besser nicht sehen." Johannes hatte natürlich dafür Verständnis, nur er wollte eigentlich gar nicht mehr länger warten, um mit Serena in Kontakt zu kommen.

Johannes telefonierte mit seinen Vater in Telgte, er zeigte sich besorgt über den Gesundheitszustand der Mutter, es ginge ihr gar nicht gut, aber die Ärzte wollten noch etwas probieren, noch gaben sie die Hoffnung nicht auf. Leider habe ich keine Geschwister, dachte Johannes, vielleicht sollte ich mal für ein paar Tage nach Hause kommen. Er signalisierte das seinem Vater, welcher sich darüber riesig freute: „Junge, du bist immer herzlich willkommen." Sie sprachen über eine Stunde, Johannes berichtete von seiner Arbeit in Kenia, vom Land und den Menschen und von der Chance, möglicherweise Serena wieder zu sehen. Nach dem Telefonat fuhr er mit dem Bus in die City. Er setzte sich in ein Straßencafé, bestellte sich einen doppelten Espresso und ging seinen Gedanken nach.

Was mache ich hier eigentlich? Ist das richtig, hier zu helfen, und nicht zu Hause, sollte ich besser bei meiner Mutter sein? Oder sollte ich auf der Stelle nach Peru reisen, um Serena zu treffen? Vielleicht ist Richard bereits auf Abwegen im Waffengeschäft. Sollte ich mich auch um meinen Freund kümmern? Für was bin ich eigentlich verantwortlich? Er kam nach intensivem Nachdenken zu der Erkenntnis, dass er zunächst für sich selber verantwortlich ist. Nur wenn es ihm gut ginge, könnte er auch für andere Menschen da sein und im Grunde ging es ihm in Kenia recht gut. Das Fliegen und Helfen machte ihm viel Freude, die Menschen um ihn herum waren überwiegend sehr freundlich, besonders Pit und Lara mochte er sehr.

Johannes erinnerte sich an einen Satz eines berühmten Psychologen:

„Wir entscheiden jeden Augenblick unseres Lebens darüber, auf welche Vergangenheit wir schauen werden."
(Viktor Frankl)

Johannes schaute auf die Dinge, die jetzt zu entscheiden waren. Fliege ich nach Hause um meine Eltern zu sehen, lasse ich das Fernsehding hier sausen und versuche Serena in Peru zu finden, oder bleibe ich hier und lasse alles mal auf mich zu kommen? Er spürte in sich hinein, versuchte, sich die Vergangenheit in der Zukunft vorzustellen und kam zu der Erkenntnis, dass es sich gut anfühlte, hier in Kenia zu bleiben. Er bestellte sich noch einen doppelten Espresso und gönnte sich dazu einen Zigarillo. Er hatte diese kleine edle Lederbox mit Zigarillos immer dabei, war mal ein Geschenk von Serena zu Weihnachten. Johannes rauchte eigentlich selten, aber immer dann, wenn es ihm besonders gut ging, verspürte er eine gewisse Lust zu Rauchen.

Am nächsten Morgen standen Johannes und Pit auf dem Vorfeld des Flughafens am Bugrad der zweimotorigen King Air und schlürften Kaffee aus Pappbechern. „Was hast du denn da für eine Brühe gemacht?", fragte Johannes Pit, „da biegen sich ja die Fußnägel auf." Pit entschuldigte sich mit dem Hinweis, dass sie jetzt einen langen Flug vor sich hätten und hellwach bleiben müssten. Johannes nahm den linken Sitz in der Maschine ein, Pit saß rechts neben ihm und sortierte jede Menge Papiere. Auf diesem Flug in den Norden des Landes sollten Medikamente und medizinische Hilfsmittel in eine kleine Provinzstadt zu einem kleinen Krankenhaus gebracht werden, welches von der UNO gespendet wurde und vom Internationalen Roten Kreuz unterhalten wurde. Ihr Zielflugplatz war Moyale Airport, etwas südöstlich gelegen von der Stadt Moyale, welche durch die Grenze zwischen Kenia und Äthiopien geteilt ist. Auf dem zweistündigen Flug hatte Johannes Gelegenheit, seine jährliche Überprüfung seiner Fluglizenz zu machen. Außerdem würde eine Auffrischung der Prozeduren mit der Zweimotorigen nicht schaden, diese King Air war schon ein sehr anspruchsvolles Flugzeug. Pit hatte nicht nur die Lehrberechtigung, sondern auch die Prüferlizenz der kenianischen Luftfahrtbehörde und war berechtigt Prüfungen abzunehmen. Aber beide hatten damit kein Problem. Johannes wusste, dass Pit ihm sicher nichts schenken würde, das wollte er auch nicht.

Auf dem Hinflug arbeiteten beide alle möglichen Verfahren ab. Triebwerksausfall eines oder beider Triebwerke wurden simuliert, Notverfahren bei Brand und technischen Defekten, Notlandung in unwegsamen Gelände und vieles mehr wurde kontrolliert. Pit ließ ihn mächtig schwitzen, aber am Ende des Checks zollte er Johannes ein großes Kompliment für seine Professionalität. „Deswegen und gerade jetzt erst recht würde ich dich gerne als Pilot im Rahmen der Fernsehdokumentation einsetzen. Darüber sprechen wir nachher auf dem Rückflug, jetzt bring erst mal den Vogel in Moyale runter." Der Anflug war schön ruhig, auch im Funk war nichts los, sodass Johannes nach einem langen stabilen Endanflug nach Sichtflugbedingungen die Maschine butterweich auf der Piste in nordwestlicher Richtung aufsetzte. Ein Terminal gab es nicht, lediglich eine kleine Baracke mit einem kleinen Vorfeld und einem Windsack machten neben der Piste den gesamten Flugplatz aus. Aber die örtliche Polizei war vor Ort und nach dem Abstellen mussten sie jede Menge Kontrollen über sich ergehen lassen. „Es geht um Drogen", flüsterte Pit Johannes zu, „die drehen hier sofort durch wenn sie etwas finden, lass sie einfach machen und lächle; auch hier freut man sich über ein freundliches Gesicht." Die Überprüfung verlief ohne Beanstandung und als Pit ihnen einen kleinen Briefumschlag zusteckte, lächelten sie mit allen mimischen Muskeln die der Schöpfer ihnen gegeben hatte. Johannes hatte gelernt, dass hier manches ohne Bakschisch nicht läuft, das ist normal. Der Tankwagen kam auf der Stelle, die Ladung wurde in das bereits eingetroffene Fahrzeug des IRK umgeschlagen; nach

75 Minuten standen sie wieder am Holding Point zur Piste und signalisierten über Funk ihre Abflugbereitschaft.

Als die Maschine in Reiseflughöhe ausgelevelt war, berichtete Pit über die bevorstehende Fernsehreportage. Dazu würde übermorgen eine offizielle Mitarbeiterversammlung stattfinden und er werde dann über alle bevorstehenden Aktivitäten Auskunft geben. „Nächste Woche Montag trifft das gesamte Team des Senders mit allem nötigen Equipment ein", sagte Pit über die Kopfhörer der Intercom, „es wird Interviews geben, Besichtigung der gesamten Anlage der DOCFLY, ausgenommen Hangar 12 aus bekannten Gründen. Es sind zwei Flüge mit der Chefredakteurin des Senders vorgesehen, einer in den Busch zu einem typischen kenianischen Dorf und einmal nach Moyale, da wo wir gerade herkommen. Dort soll dann das kleine Krankenhaus besichtigt werden. Den ersten Flug werde ich durchführen, den zweiten nach Moyale wirst du übernehmen. Neben dem Journalistenteam werden ebenfalls ein Arzt und ein Helfer an Bord sein. Wer das sein wird, weiß ich noch nicht." Johannes war zunächst sprachlos und signalisierte Pit, dass er sich sehr geehrt fühle. Was ist das für eine Nummer, jetzt komme ich noch ins Fernsehen, dachte er. Sie sprachen noch über viele Details und landeten dann nach zwei Stunden Flugzeit auf der Piste 24 des Jomo Kenyatta International Airport, der Basis der DOCFLY.

Abends saßen beide noch zusammen auf der Veranda bei Pit bei einem Glas Wein. „Sag mal Pit, was hat dich eigentlich mal motiviert hierher zu kommen und diese DOCFLY zu gründen?"

„Ja mein Lieber, das ist eine lange Geschichte. Anlässlich eines Sommerurlaubes mit Peggy in Namibia und Südafrika haben wir zum ersten Mal die Schönheit Afrikas verspürt, die freundlichen Menschen, die tolle Landschaft, es hat uns irgendwie sehr beeindruckt. Aber auch die Armut und das viele Elend auf diesem Kontinent haben uns berührt. Eines Abends stellten wir uns die Frage, was wir denn eigentlich in unserem Leben so machen. Ich war bei einer Billigfluglinie als Kapitän beschäftigt. Immer dasselbe, irgendwelche Touristen kreuz und quer durch Europa fliegen, es wurde fast langweilig. Und dann der ungeheure Druck, es musste überall gespart werden, wenn man mal ein paar Liter Kerosin zu viel verbraucht hatte, bekam man schon eine Abmahnung. Irgendwann wollte ich das nicht mehr. Wir sahen die tiefrote Sonne untergehen, spürten diese abendliche Frische des Urwalds, in der Ferne hörte man die Laute wilder Tiere, es war eine kaum zu beschreibende Atmosphäre. Wir spürten unausgesprochen, dass wir unserem Leben eine neue Richtung geben wollten. Wir wollten etwas Sinnvolleres tun, als nur Tomatensaft schlürfende Passagiere durch die Gegend zu fliegen. Peggy, als Bankkauffrau, hatte auch keine Lust mehr auf diese ständigen Ermahnungen der Anzugträger in den feinen Büros in der zehnten Etage, die noch mehr Profit machen wollen. Wir können zwar die Not und Armut in Afrika nicht alleine bekämpfen, aber wenn jeder sich ein wenig beteiligt, können wir einiges erreichen."

Johannes nickte anerkennend, wollte Pit aber nicht unterbrechen. Er war gefesselt, von dieser mutigen Geschichte. „Durch einen Zufall erfuhren wir später, als wir wieder in England zurück waren, von einer kleinen Ambulanzflugrettung hier in Nairobi. Diese sollte weiter ausgebaut werden; man suchte Investoren und Piloten. Das war dann das Signal, wenige Wochen später flogen wir hierher und nach reiflichen Überlegungen entschieden wir uns dazu, dann England zu verlassen, um hier etwas Neues aufzubauen. So wurde aus dieser kleinen Ambulanzfliegerei die heutige DOCFLY; aber glaube mir, das war ein langer, steiniger Weg. Und um deine Neugier bezüglich dieser Versorgungsflüge etwas zu stillen, diese waren Bedingung bei den Verhandlungen mit den Investoren. Sie sichern uns eine finanzielle Basis, denn ohne Geld läuft auch hier nichts." Johannes machte sich so seine Gedanken, sagte aber lieber nichts dazu.

Bei der am nächsten Morgen anberaumten Versammlung waren alle anwesend. Johannes saß neben Lara, sie war immer noch nicht richtig fit, ihre Stimmbänder waren durch die Infektion noch sehr angeschlagen und mit ihrem schweizerischen Slang wirkte ihre Stimme wie das Tröten der Überziehwarnung eines Sportflugzeuges. Pit benötigte mehr als zwei Stunden für seinen Vortrag, er ließ kein Detail unerwähnt und gab am Ende auch die Einsatzpläne für diese Zeit der Fernsehreportage bekannt. Johannes war mit Sanitäter Su und Ärztin Corinna für den Flug nach Moyale eingeteilt. Lieber wäre ihm Lara gewesen, Corinna ist so eine typische Frau Doktor, aber das entscheidet nun mal der Chef. Lara flüsterte ihm zu, dass sie das auch schade finden würde. Die nächsten Tage waren geprägt von unzähligen Aktivitäten. Hangars und Büroräume wurden einer Grundreinigung unterzogen, alle Flugzeuge wurden besonders intensiv gewaschen und poliert.

Johannes hatte Lara abends in sein Appartement eingeladen, er hatte Spaghetti mit frischen Meeresfrüchten gekocht und einen guten Wein dazu ausgesucht. Sie unterhielten sich noch viel über die bevorstehende Fernsehproduktion und was da so alles auf sie zukommen würde. Nach dem Essen holte Lara ihr Notebook aus der Tasche, öffnete ihren Email Account und las Johannes Folgendes vor:

Liebe Kollegin Lara am anderen Ende der Welt. Ich freue mich, dass sie den Kontakt zu mir gefunden haben. Mit besonders großer

Freude habe ich auf diesem Wege erfahren, dass mein lieber Johannes bei ihnen in der Basis DOCFLY als Pilot arbeitet. Er ist ein leidenschaftlicher Flieger, ein wirklich toller Mann und ein ganz besonderer Mensch. Obwohl ich ihn damals verlassen habe, vermisse ich ihn sehr. Ich bereue das sehr und möchte ihn gerne wiedersehen. Was meinen sie, würde er sich darauf einlassen? Ich habe ein wenig Angst davor, ich möchte ihn nicht noch mal verletzen. Ich möchte aber nicht mit ihm im Vorfeld kommunizieren, alles was ich ihm sagen möchte, würde ich gerne persönlich mit Augenkontakt aussprechen. Ich bin hier in Peru wie sie in einer Station des IRK. Mir ist jetzt bewusst geworden, was ich damals aufgegeben habe, ich würde es gerne wieder gut machen. Ich könnte so in ungefähr zwei Wochen in Kenia eintreffen, es gibt Flüge über Amsterdam Schiphol, das ist zwar ein langer Weg, aber ich würde es gerne auf mich nehmen. Ich freue mich auf ihre baldige Antwort. Serena.

Lara nahm Johannes in den Arm und wischte ihm die Tränchen von der Wange. Er war sehr gerührt, nicht nur von den Zeilen Serenas, sondern auch über die liebevolle Freundschaft mit Lara. „Ich mache jetzt mal einen guten Kaffee und dann schreiben wir eine Mail zurück", sagte Johannes nachdem er sich wieder gefangen hatte. Sie formulierten lange und sehr überlegt und zum Ende schrieb Johannes noch eine Liebeserklärung an Serena und, dass er es kaum abwarten könne, sie wiederzusehen. Noch am selben Abend schrieb Serena zurück, sie würde in den nächsten Tagen die Flüge buchen und dann eine genaue Information über den Zeitpunkt ihres Eintreffens mitteilen. Als Lara sich von Johannes verabschiedete, drückte sie ihn fest an sich und sagte ihm ganz leise, dass er ein echt toller Freund und Mensch sei. Johannes mochte sie auch sehr. Doch der

Gedanke Serena bald wiederzusehen, bescherte ihm eine komplett schlaflose Nacht.

Fernsehreportage

Die Basis der DOCFLY war hergerichtet. Selbst das Vorfeld der Station wurde per Hand gefegt, überall standen Kübel mit Blumen, die Cafeteria hatte plötzlich Schnitzel mit Pommes im Angebot und die Dienstkleidung aller Mitarbeiter war gewaschen und gegebenenfalls repariert. Wie alle anderen Piloten musste jetzt auch Johannes im Dienst weißes Hemd und lange blaue Hose tragen und sich die vier goldenen Streifen auf der Schulter befestigen; flog er doch sonst öfter nur mit sportlicher Kleidung. Es war noch sehr früh am Morgen, eine leichte frische Brise zog über das Vorfeld, es wirkte alles noch etwas verschlafen. Johannes liebte diese Stimmung. Der Tag lag vor ihm und er war gespannt, was ihn heute so alles erwartete. Ein Routineflug war für ihn heute angesetzt, ein Tourist, der sich auf einer Treckingtour einen komplizierten Beinbruch zugezogen hatte, musste von einem kleinen Buschflugplatz im Westen des Landes nach Nairobi zum Weitertransport in seine Heimat geflogen werden. Und heute Abend, da wurde der Airbus mit dem Fernsehteam aus Deutschland erwartet.

Also genoss Johannes noch diese jungfräuliche Ruhe. Er checkte gerade die King Air, als Corinna auf ihn zukam. Sie kannten sich natürlich schon von den Briefings und anderen Veranstaltungen, aber geflogen waren sie noch nicht gemeinsam. Sie begrüßten sich mit einer angedeuteten Umarmung und sprachen den Tagesplan für heute durch. Corinna schien eine typische Frau Doktor zu sein, es war schon eine besondere Auszeichnung sie Duzen zu dürfen. Sie hätte mit Sicherheit nicht interveniert, wenn sie jemand im Plural der Bescheidenheit angesprochen hätte. Aber Johannes fand sie trotzdem sehr nett. Erstaunlicherweise war sie trotz aller akademischen Korrektheit für ihre Unpünktlichkeit bekannt, was auch schon zu deutlichen Kritikgesprächen mit Pit geführt hatte. Umso mehr wunderte sich Johannes über die Entscheidung Pits, sie für den Flug mit dem Fernsehteam nach Moyale vorgesehen zu haben.

„In fünfundvierzig Minuten ist Boarding, unser Flugplan ist aufgegeben und der Slot ist wegen hohen Verkehrsaufkommens nicht verschiebbar", sagte Johannes zu Corinna in freundlichem, aber auch deutlichem Ton. Sie nickte so, als wenn sie sich jetzt schon im Voraus für eine Verspätung entschuldigen müsse, hatte aber wohl verstanden, dass mit ihm in Sachen Pünktlichkeit nicht zu scherzen war.

Su stand auch auf der Besatzungsliste für heute, aber der war schon da. In seiner Heimat Indien musste man immer irgendwo früh sein um etwas abzubekommen. Johannes mochte ihn, er war so bescheiden. Corinna war, wenn auch knapp, pünktlich im Flieger und mit ihr auf dem Sitz des Copiloten setzte sich die King Air zeitgerecht in Bewegung. Su hatte sich mal wieder auf die Patientenliege gelegt und war, bereits angeschnallt, in einen tiefen Schlaf gefallen. Eigentlich war es nicht erlaubt, auf dieser Liege als Nichtpatient zu schlafen, aber noch bevor Corinna auch nur ansetze das zu bemerken, erklärte ihr Johannes, dass das für ihn okay sei. Natürlich darf Su das bei dem offiziellen Flug mit dem Fernsehen die Tage nicht, aber warum nicht heute?

Der Flug dauerte fünfundneunzig Minuten, die Piste war recht schmal, aber mit ungefähr 800 Metern ausreichend lang und so konnte Johannes bei nahezu Windstille nach einem stabilen Endanflug die Maschine sauber auf dem Grasstrip in

Busch aufsetzen. Einige Einwohner der naheliegenden Dörfer waren bereits eingetroffen; schließlich hatte die King Air in ihrem Laderaum jede Menge Versorgungsgüter für die dort lebenden Menschen geladen. Was da so alles aus dem Bauch des Fliegers kam: Medikamente, Nahrungsmittel, Post und Pakete, auch so banale Dinge wie Küchensiebe und Trichter. Auf einer Trage brachte man den verletzten Touristen zum Flieger. Er hatte sich auf einer Treckingtour einen komplizierten Beinbruch zugezogen. Er war in unbefestigtem Gelände abgerutscht und konnte nur von Glück sagen, dass er nicht weiter in die Tiefe gestürzt ist. Nur mit großer Mühe und Unterstützung der anderen Treckingteilnehmer konnte er sich noch bis hierher retten.

Während Corinna ihn mit einer Infusion versorgte, war der Tourist nur am Schimpfen. „Die Wege waren so schlecht, dass das ja passieren musste. In den Dörfern gab es keine ärztliche Versorgung und überhaupt, bis ihr endlich mit dem Flieger gekommen seid. Hoffentlich zahlt das alles meine Reiseversicherung. Ich hatte ja wenigstens mit leckerem Essen gerechnet, stattdessen bekam ich von den Buschleuten irgendetwas, was man nicht genießen konnte, habt ihr was für mich mit?", fragte er. Das sind Sorgen, dachte Johannes, diese verwöhnten Reichen, wollen selbst im Urwald auf ihren Luxus nicht verzichten.

„Guten Tag mein Herr", sagte Johannes, „ich bin ihr Pilot, ihre Trage hält Su unser Rettungssanitäter und die junge Dame ist approbierte Ärztin. Wir sind heute Morgen früh für sie aufgestanden um sie hier rauszuholen. Etwas zu essen bekommen sie bestimmt im Krankenhaus in Nairobi, bis dahin werden sie von Corinna mit einer Infusion versorgt." Der Tourist schaute bissig drein, offensichtlich hatte er ein Buffet mit Champagner erwartet.

Johannes hatte in diesem Moment den Schalk im Nacken, blinzelte mit einem Auge zu Corinna herüber und frage laut und deutlich, sodass der Tourist das unbedingt hören sollte: „Sag mal Corinna, ist der Patient überhaupt transportfähig?" Der Tourist wurde noch blasser als er schon war, Corinna hatte den Wink verstanden und meinte, dass es wahrscheinlich gehen würde.

Der Tourist wurde laut, „natürlich fliegen sie mich in die Klinik, wissen sie eigentlich wer ich bin?" Corinna holte aus: „Jetzt hören sie mir mal sehr aufmerksam zu, es ist uns in dieser Situation vollkommen egal wer sie sind, sie sind ein Mensch wie jeder andere auch, sie sind verletzt und brauchen Hilfe. Wenn sie jedoch unsere Hilfe nicht wünschen, dann entscheiden sie sich bitte jetzt zum Hierbleiben, vielleicht heilt ihr Bein ja auch unbehandelt wieder und sie können dann zu Fuß bis Nairobi laufen. Wenn sie aber von uns betreut werden wollen, dann bitten wir darum, etwas freundlicher behandelt zu werden. Im Kopf scheinen sie ja nicht verletzt zu sein, ich bescheinige ihnen, das sie bei vollem Verstand und Bewusstsein ihre Entscheidung treffen können." Der Tourist wollte wohl noch mal ansetzten doch Corinna war schneller: „Und wenn sie ihren nächsten Urlaub planen, dann buchen sie besser eine Ferienwohnung in Grömitz an der Ostsee, mit Aufzug und Supermarkt direkt um die Ecke, Parkplatz für ihren Porsche und einen Stammplatz im Restaurant "Seedeich" für die Zeit ihres Aufenthalts; und abends gibt es dann gute Unterhaltung im Kurhaus an der Strandpromenade. Und, wie sieht es jetzt aus, wollen sie jetzt mit uns fliegen oder lieber hier bleiben?"

Johannes war beeindruckt von ihrer Schlagfertigkeit. Vielleicht ist sie ja doch nicht ganz so akademisch wie vermutet. Su und Johannes brachten den Touristen auf der Trage an Bord und schnallten ihn für den Rückflug an. An seinem linken Arm blitzte etwas, das Johannes nicht übersehen konnte, es war seine Traumarmbanduhr. Eine ganz besondere Limited Edition einer Fliegeruhr von IWC, seine begehrte Uhrenmarke. Johannes wollte gerade die Fliegertreppe einholen, da kam ein älterer Dorfbewohner mit einem kleinen Mädchen auf ihn zu, fragte ihn in gebrochenem Englisch, ob das kleine Mädchen, seine Enkeltochter Uzima, dem Verletzten einen kleinen Glücksbringer überreichen dürfe, das wäre in ihrem Dorf so Sitte. Johannes hatte nichts dagegen, auch Su und Corinna nickten. Eigentlich hatte er es ja nicht verdient, so wie er sich hier aufgeführt hat, aber nun gut, dieses Lächeln von diesem kleinen Mädchen hatte schon etwas. Sie krabbelte an Bord, sagte etwas auf Swahili zu dem Touristen und überreichte ihm eine kleine Holzfigur, ein Glücksbringer. Der Tourist war offensichtlich gerührt; wischte er sich doch in einem unbemerkten Augenblick eine Träne aus dem Gesicht. Dann schlossen sie Tür, die Crew bereitete sich auf den Abflug vor und winkte noch mal zu den Dorfbewohnern.

Die King Air schnurrte ruhig in Reiseflughöhe über den kenianischen Busch, der wie ein Meer von Farben sich unter ihnen scheinbar wie in Zeitlupe bewegte. Was für eine tolle Landschaft, dachte Johannes, wie schön doch die Welt ist. Corinna und er saßen schweigend im Cockpit und genossen diese fast poetisch anmutende Stimmung. Su schlief mal wieder und der Tourist lag sediert auf seiner festgezurrten Trage, die kleine Holzfigur von Uzima in der Hand haltend. „Womit verdient so einer sein Geld?", fragte Johannes Corinna. „Ich weiß es nicht, aber mit ehrlicher Händearbeit kommt man nicht wirklich zu Wohlstand, entweder man erbt, heiratet reich, oder verdient das Geld mit illegalen Geschäften, Waffenhandel zum Beispiel", antwortete Corinna. „Aber ich brauche das alles nicht, ich möchte

Sinnvolles im Leben tun. Und das ist hier eine wirklich sinnvolle Arbeit, auch wenn man dabei nicht so viel verdient, wie vielleicht in Deutschland mit einer eigenen Praxis. Den meisten Kollegen geht es doch nur noch ums Geld, was kann ich alles abrechnen, wie viele Patienten kann ich dank einer ausgeklügelten Software am Tag behandeln, was bekomme ich von den Pharmakonzernen an Zuwendungen. Auch das gibt es immer noch, trotz des neuen Antikorruptionsgesetzes, Geld ist wie Wasser und findet immer seinen Weg."

Johannes war überrascht, hatte er Corinna anfänglich doch etwas anders eingeschätzt. Er stimmte ihr zu, „deswegen sind wir ja auch hier", bemerkte er. Bis zum Anflug auf Nairobi unterhielten sie sich angeregt über die bevorstehende Fernsehgeschichte, beide waren gespannt, was da so alles auf sie zukommen würde, schließlich hatte Pit immer noch nicht die Katze aus dem Sack gelassen, wer denn die bekannte Fernsehjournalistin ist. „Wir lassen uns überraschen", sagte Corinna und Johannes stimmte ihr zu. Beim Verladen des Touristen in den Krankenwagen zum Transport in die Klinik entwich diesem sogar ein leises „Dankeschön für alles", und er entschuldigte sich für sein Verhalten vorhin. Geht doch, dachte Johannes, vielleicht steckt doch in jedem Menschen auch etwas Menschliches! Wer weiß.

Beim Debriefing in Pits Büro war eine gewisse Anspannung in Erwartung der in etwa zwei Stunden eintreffenden Maschine mit dem Fernsehteam aus Frankfurt zu spüren. Der Kaffeeautomat war im Dauereinsatz, Pits Schreibtisch überfüllt mit Faxen und gedruckten Emails, sein Nervenkostüm etwas überreizt. Sie gingen noch mal alle wesentlichen Punkte für die Aktivitäten der nächsten Tage durch, prüften Checklisten und versicherten sich noch einmal in dem vorbestellten Hotel in der Nähe über die ordnungsgemäße Unterbringung der Gäste. Mit jeder weiteren Minute erhöhte sich die Spannung, alle Mitarbeiter des Organisationskomitees hatten sich auf dem Vorfeld von DOCFLY versammelt. Pit hatte ein mobiles Handfunkgerät mit der Frequenz des Towers vom Jomo Kenyatta International auf laut gestellt, schließlich wollte keiner den sogenannten Einleitungsanruf der ankommenden Maschine aus Frankfurt verpassen. Es wurde langsam dunkel, die Lufttemperatur betrug immer noch stattliche 29° Celsius; alle waren an ihrem vorgesehenen Platz. Lara war auch da, sie hatte sich wieder bekrabbelt und wirkte recht fit. Johannes fand, dass sie umwerfend schön aussah. Sie hatte sich ein luftiges geblümtes Sommerkleid angezogen, dazu feine Riemchenpumps, die ihre rot lackierten Fußnägel sehr gut zum Ausdruck brachten. Sie umhüllte ein feiner Duft eines edlen Parfums. „Du Johannes", flüsterte sie in sein linkes Ohr, „Serena hat geschrieben, sie kommt nächste Woche, ich freue mich so für dich." Johannes war wie elektrisiert, er umarmte Lara spontan und gab ihr einen dicken Kuss.

"Jomo Tower, Good evening, Lufthansa 3476, destination Frankfurt, Localizer established Runway 06, altitude 3500 feet for landing."

Da sind sie, noch ungefähr 15 Minuten, rechnete Johannes, dann rollen sie hier vor. Ein "Follow Me" leitete den A 320 zu seiner Parkposition. Nach dem Abstellen der Triebwerke dockte die fahrbare Gangway an der vorderen Kabinentür an und die Tür öffnete sich. Zuerst verließen Geschäftsreisende und Touristen den Flieger und wurden von bereitstehenden Bussen zum Gate gefahren. Das Team des Fernsehens verließ zum Schluss die Maschine, sie wurden alle persönlich von der Mannschaft von DOCFLY in Empfang genommen, von Pit begrüßt und dann weiter betreut.

Sie war gar nicht so groß wie sie im Fernsehen wirkte, möglicherweise lag das auch nur an ihren flachen Mokassins, während ihrer Sendungen im Fernsehen trug sie oft hochhackige Pumps. Johannes erkannte sie sofort, das ist Cara, oft verfolgte er mit großem Interesse ihre Sendungen, die sie immer in einer sehr kompetenten und charmanten Art und Weise präsentierte. Wow, das ist ja schon wirklich eine Ehre, diese Dame die Tage fliegerisch zu betreuen, dachte Johannes. Alle verfügbaren Fahrzeuge des IRK und von DOCFLY standen wie eine Perlenkette aufgereiht, die ersten der ungefähr fünfunddreißig Mitarbeiter des Fernsehteams wurden zum Hotel gefahren. Cara und ein paar andere beobachteten noch das Ausladen des Equipments; es waren Unmengen an Kisten und Packungen. Johannes hatte das Gefühl, das würde wohl auch für einen James Bond Film reichen.

Pit brachte Cara höchstpersönlich zum Hotel. Nachdem alles Gepäck verladen und der Rest des Fernsehteams zum Hotel gebracht worden war, verwandelte sich das Vorfeld in eine fast gespenstisch anmutende Location. Der Airbus wurde mit einem Hubwagen zu einer anderen Parkposition gezogen, um für den nächsten Flug am morgigen Tag wieder betankt und vorbereitet zu werden. Bis auf ein paar Aufräumer waren alle weg; Lara schlug vor noch bei ihr im Appartement einen Wein zu trinken, zum Schlafen waren sie eh zu aufgeregt. Johannes nahm an, vielleicht könne er ja noch etwas über Serenas genaue Ankunftszeit erfahren.

Sie öffnete einen richtig guten spanischen Rotwein, zündete ein paar Kerzen an und fragte Johannes, welche Musik er hören möchte. „Leg mal was auf, das gefällt mir bestimmt." „Schade, dass ich nicht bei dem Flug mit Cara dabei sein werde", sagte Lara etwas wehmütig, „ich fühle mich nämlich wieder richtig fit, sehr fit sogar!" Irgendwie versprühte ihr Schweizer Dialekt in diesem Augenblick etwas Erotisches, dachte Johannes. Aus den Lautsprechern klang die Stimme von Nina Simone, eine fantastische Jazzmusikerin. Johannes liebte ihre Musik. Er wollte gerade nach Serena fragen, da spürte er Laras Arme, die sich von hinten auf seine Hüften legten. Ihre Nähe, ihr luftiges Sommerkleid, die edlen Pumps und ihr Parfum machten sie unwiderstehlich. Er spürte ihren Busen auf seinen Schulterblättern, er spürte ihren Atem an seinem Hals und wie ihre Zungenspitze seine linke Ohrmuschel berührte. Das war ein eindeutiges Zeichen. Johannes rang um Luft, die Vernunft schien dahin zu schwinden, wie von einem leichten Windzug verweht zu werden. Sie ließ ihn los, nahm die beiden Gläser. Sich ganz nah gegenüber stehend leerten sie diese beide zeitgleich. Sie schaute ihn dabei so liebevoll an, dass Johannes seine Gefühle nicht mehr kontrollieren konnte. Er nahm ihr das Glas aus der Hand, stellte ihres und seines auf dem Tisch ab und nahm sie in den Arm. Jetzt spürte er ihre volle Weiblichkeit, sie fühlte sich so warm und weich an; ihre Lippen kamen sich wie zwei Magnete immer näher und berührten sich in einem Ausbruch erotischer Leidenschaft. Das Sommerkleid hatte nur zwei Knöpfe zum Lösen, es fiel wie ein Hauch von Nichts langsam zu Boden. Lara stand vor ihm so wie Gott sie geschaffen hatte.

Lara weckte Johannes am nächsten Morgen mit einem zärtlichen Kuss, legte dann ihren Zeigefinger auf seine Lippen und signalisierte ihm damit, jetzt nichts zu sagen. „Ich weiß, dass du Serena liebst und ich weiß auch, dass ich dich nicht haben kann. Aber du sollst wissen, dass ich dich als Mensch liebe. Es ist mir eine große Ehre dich kennengelernt zu haben und...", sie druckste etwas rum, „...die Nacht mit dir war ein Traum wie aus tausend und einer Nacht, einmal wollte ich dich als Mann haben. Das ist wohl egoistisch, aber ich habe nur einen Wunsch, dass es dir auch heute Nacht gefallen hat, dass du das nicht bereuen

wirst. Hoffentlich können wir weiter Freunde bleiben."
Johannes war gerührt, so etwas hatte er nicht erwartet. „Du
bist ein echter Schatz", flüsterte er leise, „die Nacht war
wundervoll und ich hoffe, dass wir gute Freunde bleiben
können!"

Für 12:00 Uhr war die offizielle Begrüßung des
Fernsehteams aus Deutschland anberaumt. Im großen
Sitzungszimmer waren alle Verantwortlichen pünktlich
anwesend. Pit eröffnete mit einer kurzen Ansprache. Er
begrüßte nun offiziell das Team und nannte dabei Cara
namentlich als besonderen Gast. Nach Austausch der
formellen Ansprachen wurden jede Menge organisatorische
Dinge abgehandelt, Zeitpläne für die Produktion der
Fernsehsendung festgelegt und Arbeitsgruppen gebildet.
Nachdem alle gebrieft wurden und die wichtigsten Punkte
besprochen hatten, kam Pit mit Cara auf Johannes zu und
stellte sie ihm mit vollem Namen vor. „Sagen sie Cara zu mir.
Ich habe schon gehört, sie werden mein Pilot sein, Johannes."
„Wir sehen uns um 18:00 Uhr in meinem Büro zur
Besprechung der genauen Abläufe", ließ Pit ihn wissen. Eine
interessante Erscheinung diese Cara, dachte Johannes, ihre
Augen signalisierten Klarheit und Entschlossenheit; vielleicht
bekomme ich mal die Gelegenheit, mich ein paar Minuten
mit ihr zu unterhalten.
Diese Gelegenheit sollte er bekommen!

Johannes sortierte zu Hause seine Einsatzpläne für die
nächsten Tage. In diesen zwei Wochen während der
Dreharbeiten war natürlich manches anders, die Abläufe
differenzierter, die Aufgaben vielseitiger. So hatte er am
nächsten Tag einen ersten Dreh in der Werft zu betreuen.

Lara hatte eine Führung mit einem Kamerateam in den Räumen der Sanitätsstation des IRK zu leiten, andere kümmerten sich mit den Kameraleuten um Versorgung und Lagerung des sehr umfangreichen Equipments. Für den ersten Abend war ein gemeinsames Grillfest vorgesehen, am Tag darauf sollten dann die eigentlichen Dreharbeiten beginnen. Er dachte noch mal über den gestrigen Abend und an die sich anschließende Nacht nach. War das alles so okay, oder bin ich jetzt fremdgegangen? Er haderte noch etwas mit einer abschließenden Meinung; jedenfalls hatte sich Lara ganz toll ihm gegenüber verhalten, er hätte ja auch nein sagen können. Schließlich gibt es ja bis dato keine Beziehung zu Serena. Wann kommt sie eigentlich? Lara hatte etwas von einer Ankunftszeit nächste Woche angedeutet. Er würde sie Morgen danach fragen, heute wollte er nicht mehr bei ihr anrufen.

Am nächsten Tag war die Basis von DOCFLY kaum wiederzuerkennen, überall standen Kameras, wurden Interviews geführt, es gab Regiestühle, besetzt von offensichtlich wichtigen Leuten. Pit stand mit Cara im Briefingraum und erklärte ihr die gesamte Organisation des Unternehmens. „Komm einfach rein", sagte Pit zu Johannes, „ihr beide könnt gleich schon mal euren Einsatz für nächsten Montag durchsprechen." Johannes zog sich einen Espresso aus der Maschine und setzte sich zu den beiden. Der Flug mit Pit als Pilot war für Freitag vorgesehen, an Bord natürlich Cara, zwei Kameraleute, Lara als Ärztin und noch ein Rettungssanitäter der auf den Namen Tom hörte. Eine junge Frau mit undefinierbaren Beschwerden galt es aus dem Buschdorf zu retten und nach Nairobi zu fliegen. Bei der Gelegenheit sollten auch noch Ersatzteile für eine Wasserpumpe transportiert werden. Cara machte sich unaufhörlich Notizen, hinterfragte alles ganz genau mit journalistischer Professionalität. Sie überließ nichts dem Zufall.

„Darf ich ihnen einen Kaffee anbieten?", fragte Johannes Cara, „eine kleine Pause vor unserer Einsatzbesprechung tut bestimmt ganz gut." „Kaffee ja, Pause nein, wir können direkt loslegen. Ich habe heute noch mehr zu tun, schließlich muss ich alles dokumentieren, aber das kennen sie ja auch." Johannes holte zwei Kaffee und servierte sie mit einer kleinen Auswahl von Schokoladentäfelchen. Caras Augen wurden noch funkelnder, sie signalisierte ihm, dass sie bei Schokolade niemals vorbeigehen könnte. Bingo, dachte Johannes, damit habe ich mir einen Pluspunkt erobert. Er hatte schon mächtig Respekt vor ihr und in natura kam ihre bemerkenswerte Persönlichkeit noch mehr zum Ausdruck als im Fernsehen. Johannes erklärte ihr bis ins Detail den Einsatz am Montag nach Moyale, zeigte ihr auf einer Landkarte wo das genau liegt und stellte ihr seine Crew vor. „Corinna ist eine hervorragende Ärztin, sie wird uns mit Su, dem Rettungssanitäter, auf diesem Flug begleiten. Wir fliegen morgens um 08:00 Uhr Ortszeit los, werden dann dort mit Wagen vom IRK abgeholt, besichtigen die Klinik und fliegen dann gegen 18:00 Uhr zurück, sodass wir gegen 19:45 Uhr wieder hier eintreffen werden." „Ich bin gespannt und freue mich auf diesen Tag mit ihnen und ihrem Team, aber jetzt muss ich sie leider verlassen. Ich habe in zwanzig Minuten eine kleine Live-Reportage nach Deutschland. Wir sehen uns."

Im Gang nach draußen begegnete ihm Lara. Sie begrüßten sich mit einer innigen Umarmung. Johannes berichtete ihr in kurzen Zügen von dem Gespräch mit Cara und dass sie am Montag den Flug nach Moyale durchführen werden. Lara verzog leicht das Gesicht. „Ist etwas nicht in Ordnung?", fragte Johannes. Lara zeigte ihm die Mail von Serena, sie hatte noch einen Nachtflug ergattern können und würde am Montag um 08:10 Uhr Ortszeit in Nairobi eintreffen. Unterschrieben mit: "Ich liebe Dich. Johannes, ich kann es kaum erwarten dich wiederzusehen".

Für 08:00 Uhr war der Take Off mit Cara und Team nach Moyale angesetzt; das war fatal. „Ich werde sie in Empfang nehmen, abends bist du dann ja wieder da. Gib mir den Schlüssel von deinem Appartement, ich werde ein Willkommensdinner vorbereiten und dann lasse ich euch alleine. Was mag sie denn gerne essen?" Johannes konnte seine Gefühle kaum koordinieren, er wusste genau, dass er den Flug am Montag nicht tauschen konnte, außerdem war das eine Chance, die sich vermutlich nicht wieder ergeben würde. „Nun, dann ist das so. Vielen Dank, dass du das für mich machen würdest!" Er verabschiedete sich bei Lara mit einem Kuss und verschwand nachdenklich in den Gängen des Gebäudes auf der Suche nach einer Toilette. Der viele Kaffee entfaltete unaufhaltsam seine Wirkung.

Der große Tag

Es hatte in der Nacht zum Montag etwas geregnet, über dem Flugplatz hingen leichte Nebelschwaden, als wären Gebäude und Flugzeuge in einen Kokon von Watte gehüllt. Am Horizont versuchte die aufgehende Sonne an Stärke zu gewinnen. Die Wetterprognose war für diesen Tag recht gut, leichter Wind aus Nordost, geringe Bewölkung um 5000 Fuß und die Temperaturen sollten die 30° Celsius Marke nicht überschreiten. Zum Abend waren vereinzelte Gewitter für den Großraum Nairobi gemeldet, die jedoch dem heutigen Flug nach und von Moyale keine Schwierigkeiten bereiten sollten. Auf dem Vorfeld hatte sich bereits das gesamte

Fernsehteam rund um Cara versammelt. Pit kümmerte sich um das Verladen der Kameraausrüstung, Corinna und Su halfen alles fluggerecht zu verstauen. Johannes saß alleine im Briefingraum und bereitete sich auf den Flug vor. Wetterbericht und aktuelle Informationen für die Strecke lagen ausgedruckt vor ihm, er hatte die nötigen Flugkarten sortiert und verstaute nun alles in seinem Pilotenkoffer, den seine Eltern ihm seinerzeit zur bestandenen Pilotenprüfung geschenkt hatten. Er dachte an seine Mutter, wie es ihr wohl geht? Er beschloss, wenn diese Fernsehgeschichte hier gelaufen war, sich ein paar Tage frei zu nehmen um mal wieder nach Hause, nach Telgte zu fliegen. Es war jetzt 06:45 Uhr Ortszeit, in gut einer Stunde würde die KLM aus Amsterdam mit Serena an Bord hier aufsetzen. Es wurde ihm für einen Moment etwas wehmütig ums Herz. Er fragte sich noch mal, ob er das wirklich alles so richtig entschieden hatte.

„Hast du", flüsterte ihm Lara leise ins rechte Ohr, „ich weiß was du jetzt denkst, ich habe alles organisiert, heute Abend seht ihr euch wieder." Johannes hatte sie gar nicht kommen gehört. Sie gab ihm einen Kuss und steckte ihm noch etwas in die Tasche. „Das ist ein kleiner Talisman, der soll dir immer Glück bringen. So, und jetzt machst du deinen Job, wer hat schon die Gelegenheit so eine bekannte Fernsehjournalistin zu fliegen." Lara hatte sich in Johannes verliebt, das spürte er, aber er vertraute ihr und wusste, dass er in ihr eine echte Freundin hatte.

Es war nun Zeit zum Boarding, Johannes begrüßte Cara und besprach mit ihr erneut in wenigen Sätzen den Ablauf für den heutigen Tag. Corinna nahm auf dem Sitz des Copiloten platz, die restlichen Passagiere haben in der Kabine freie Sitzwahl. Außer Cara waren noch Su als Sanitäter und zwei Kameraleute als Passagiere vorgesehen. Cara fragte

Johannes, ob sie auch mal ins Cockpit kommen dürfe. Auf dem Flug am Freitag mit Pit wäre das auch möglich gewesen, schließlich wollte sie in ihrer Reportage kein Detail auslassen. Johannes nickte. „Kein Problem, sobald wir in Reiseflughöhe sind, melde ich mich."

Die Bordtür der zweimotorigen King Air wurde von Su geschlossen, alle hatten sich angeschnallt, die Radklötze wurden vom Bodenpersonal entfernt und der Daumen vom Handling Agenten zeigte nach oben. Die Maschine war bereit zum Anlassen der Triebwerke. Nach dem Einleitungsfunkspruch an den Jomo Kenyatta Tower bekam die King Air umgehend die Anlassfreigabe und die Rollfreigabe zum Haltepunkt Piste 06. Sie würden also in östliche Richtung starten und dann mit einer leichten Linkskurve auf Kurs Richtung Moyale eindrehen.

07:55 Uhr, sie standen mit laufenden Triebwerken am Rollhalt Piste 06 und warteten auf die Startfreigabe. Johannes drehte den Funk etwas lauter: "Jomo Tower, good morning, KLM 243 from Amsterdam, Localizer runway 06 established, for landing please." Da saß sie drin, durch das linke Cockpitfenster sah er die blitzenden Landescheinwerfer der anfliegenden Boeing 747. Corinna machte Johannes darauf aufmerksam, dass der Tower ihn bereits schon einmal angefunkt hatte und er sich wohl jetzt umgehend melden sollte. Er entschuldigte sich beim Tower und bekam dann umgehend die Freigabe direkt nach der gelandeten KLM aus Amsterdam auf die Piste zu rollen um dort auf die Startfreigabe zu warten. Mit seinem riesigen Fahrwerk und voll ausgefahrenen Landeklappen wirkte der Jumbo wie ein Monster als er vor den Augen von Johannes und Corinna auf die Piste einschwebte. Ob Serena wohl auf der Steuerbordseite saß und vielleicht die King Air am Rollhalt stehen sah? Er würde es ihr heute Abend erzählen. Johannes freute sich wie ein Kind auf das Wiedersehen mit ihr.

Nun konzentrierte er sich auf die bevorstehende Aufgabe. Nachdem der Jumbo die Piste über den Rollweg zum Terminal verlassen hatte, brachte Johannes die King Air auf dem Abflugpunkt in Startposition und bekam dann auch wenige Augenblicke später direkt die Startfreigabe. Er schob beide Schubhebel nach vorne und nach vorher genau berechneter Startstrecke hoben sie ab und folgten der angewiesenen Ausflugstrecke Richtung Norden.

Nach Erreichen der Reiseflughöhe tauschten Corinna und Cara die Plätze. Bei einem Kaffee aus dem bordeigenen Kaffeeautomaten besprachen sie den Ablauf der Reportage am heutigen Tag. Schwerpunkt der Berichterstattung sollte heute die medizinische Versorgung in der Klinik in Moyale sein und das Zusammenwirken von IRK und DOCFLY. Dazu war auch ein hochrangiger Vertreter des IRK eingeladen. Cara wirkte sehr professionell, alle Fragen und Kommentare waren präzise formuliert, nichts wurde im Unklaren gelassen. Das gesamte Team war perfekt vorbereitet. Ihre leicht gewellten braunen Haare loderten unter dem Headset wie kleine Flammen hervor, ihre Augen funkelten wie kleine Blitzlichter, sie reflektierten das grelle Licht der Displays im Cockpit. Ihr Makeup verriet manuelles Geschick um Stress und Sorgen nahezu unkenntlich zu machen. Johannes erinnerte sich an so manche Fernsehsendung mit ihr. Sie hatte immer ein perfektes Outfit, besonders hatte er die oft farbigen Pumps in Erinnerung. Heute trug sie eine dezente Bluse, dazu eine perfekt sitzende Jeans und sportliche flache Schuhe. Bis zum Anflug auf Moyale hatten sie eine angeregte Unterhaltung über die Fernsehwelt und deren Strukturen, über Vorgesetzte und Vorgaben der Sender. Eine spannende

Welt, dachte Johannes und signalisierte Cara großes Interesse, davon mehr zu erfahren.

Zum Anflug auf Moyale tauschten Corinna und Cara wieder ihre Plätze und Johannes meldete die Ankunft der King Air per Funk. Nach der Landung wurden sie von einem Follow Me Car direkt zum Vorfeld geleitet, dort warteten bereits drei große Land Rover vom Roten Kreuz auf das Fernsehteam aus Deutschland. Nach dem Verladen der Kameraausrüstung wurden sie auf die Fahrzeuge aufgeteilt. Johannes und Su fuhren nach Erledigung der Formalitäten und Verschließen des Flugzeuges als letzte eine halbe Stunde später nach. Die Landschaft wirkte unwirklich, so eine Mischung aus Wüste mit vertrocknetem Waldgebiet, es hatte wohl wochenlang nicht geregnet. Der Range Rover zog eine kilometerlange Staubfahne hinter sich her. Eine Panne könnte hier auch zum kleinen Abenteuer werden, dachte Johannes. Nach einer knappen Stunde erreichten sie die Klinik, die anderen waren bereits eingetroffen.

Alle wurden förmlich von der Klinikleitung und vom IRK begrüßt. Die Kameraleute richteten derweil ihr Equipment und dann begann der Rundgang durch die Klinik. Es gab unzählige Interviews mit Mitarbeitern und Patienten, Filmaufnahmen der Behandlungsräume und Cara war unermüdlich im Sammeln von Informationen. Während der Dreharbeiten wurde ein kleiner Junge eingeliefert. Er hatte schwere Verletzungen am Oberkörper und an den Beinen. Sein Dorf wurde von Rebellen überfallen, unzählige Bewohner wurden verletzt. „Wir sind an der Grenze zu Äthiopien", sagte eine Krankenschwester zu Johannes, „hier gibt es immer wieder Überfälle, oft kommen sie mit Waffen und schießen einfach wild darauf los. Sie suchen nach Drogen, damit kann man hier viel Geld verdienen, hier wird sehr viel geschmuggelt. Die Menschen haben hier nur ganz wenig zum Leben, es gibt kaum Wasser und Lebensmittel, die Politik kümmert sich um nichts, die sind da oben alle korrupt. Somit sind sie hier auf Anbau von Mohn und anderen Pflanzen zur Drogenherstellung angewiesen. Und manchmal kommen sie einfach, die Rebellen mit ihren Gewehren und plündern ohne Rücksicht."

Johannes machte sich so seine Gedanken. Was ist das für eine Welt? Es wäre doch genug für alle da, aber es sind wohl immer nur ein paar Wenige die den Hals nicht voll kriegen, und wofür? Für Geld, für Luxus und Macht! Der kleine Junge hatte noch mal Glück gehabt, das Team der Klinik konnte ihn so behandeln, dass er in ein zwei bis drei Wochen wieder zu seiner Familie zurück kommen konnte.

Am frühen Nachmittag gab es im bescheidenen Rahmen noch ein kleines Buffet für die Besucher. Die Einheimischen hatten ortsübliche Speisen zubereitet, die für einen mitteleuropäischen Verdauungstrakt gewöhnungsbedürftig waren. Aber die Gastfreundschaft kam von Herzen und bis auf Johannes ließen es sich alle scheinbar schmecken. Er musste unbedingt fit bleiben, eine Magenverstimmung oder sogar ein Durchfall hätte womöglich zur Flugunfähigkeit geführt. Er knabberte an seinem mitgebrachten Müsliriegel und lauschte den Abschiedsworten des Klinikchefs und anschließend Caras Dankesrede. Was für eine tolle, warmherzige Persönlichkeit, dachte er. Im Fernsehen wirkte sie oft sehr kühl und berechnend. Cara machte deutlich, dass sie zutiefst beeindruckt von der selbstlosen Hilfe der Menschen hier war; von dem unermüdlichen Einsatz die Wunden zu heilen, die andere verursachten.

Auf dem Rückweg zum Flugplatz war Cara sehr still. „Ist alles in Ordnung?", fragte Johannes, der neben ihr auf der Rückbank des zweiten Range Rovers der Kolonne saß. „Das hat mich schon alles sehr beeindruckt", sagte sie nachdenklich. „Es ist schon etwas anderes das mal so wirklich vor Ort zu erleben. Aber jetzt mal etwas anderes, ich glaube mir ist das Essen nicht bekommen. Wir müssen sofort anhalten, mir ist kotzübel. Schnell bitte!" Johannes signalisierte dem Fahrer einen sofortigen Stopp. Der schien davon gar nicht begeistert, denn das sei hier nicht ungefährlich. Er ließ sich dann aber doch überreden; wohl aus Angst um den Innenraum seines Autos. Brechtüten waren nicht an Bord, damit hatte keiner gerechnet. Über Funk stimmte er sich mit den anderen beiden Fahrzeugen ab, die Kolonne hielt am Rande der staubigen Asphaltpiste und Cara stürzte aus dem Fahrzeug um sich hinter einem Strauch augenblicklich zu übergeben. Johannes folgte ihr mit respektvollem Abstand und fragte, ob alles soweit in Ordnung wäre. Er wartete ein paar Minuten in ihrer Nähe bis es ihr wieder etwas besser ging, dann gingen sie zurück.

Auf einmal hörten sie Schüsse. Die anderen beiden Fahrzeuge fuhren wieder los. Cara und er blieben zurück.

Entführung

Unter Schock realisierte Johannes, dass ihr Fahrzeug komplett von vier schwer bewaffneten Männern umzingelt war. Sie waren komplett in schwarz gekleidet und ihre Gesichter waren bis auf kleine Augenschlitze komplett vermummt. Sie brüllten irgendetwas Unverständliches und hatten ihre Gewehre auf Johannes und Cara gerichtet. Ach du Scheiße, dachte Johannes, was ist das denn jetzt? So weit hatten sie sich doch gar nicht entfernt und so lange hatte das doch gar nicht gedauert! Die Männer waren wie aus dem Nichts aufgetaucht. Cara musste noch mal kotzen, aber das interessierte die Männer nicht. Sie drohten mit ihren

Gewehren, fesselten ihre Hände, durchsuchten sie schamlos und brutal nach irgendwelchen Dingen, nahmen den beiden ihre Handys und Schlüssel ab und stießen sie brutal in den Land Rover. Wo war ihr Fahrer? Johannes wunderte sich und schaute nach vorne in den Frontraum des Fahrzeugs. Sie hatten ihn erschossen. Ihm wurde kotzübel. Cara zitterte am ganzen Leibe und fragte Johannes was denn jetzt passieren wird. „Ich weiß es nicht", sagte er mit zittriger Stimme. Er hatte eine solche Angst, dass er sich fast in die Hose gemacht hätte.

Zwei der Männer krochen auf die hintere Rückbank, ihre Gewehrspitzen in den Nacken von Johannes und Cara gedrückt. Der dritte setzte sich auf den Beifahrersitz, der vierte zog die Leiche aus dem Auto, setzte sich ans Steuer und fuhr auf der Stelle wie ein Gestochener los. Johannes biss sich auf die Lippe um zu spüren, ob er das hier vielleicht alles nur träumte; aber es war die Realität, wie ein schlechter Film mit fraglichem Ausgang. Nach wenigen Kilometern bogen sie von der Hauptstraße ab und fuhren gefühlt zwei Stunden durch den Busch auf einer nicht befestigten Straße bis zu einem Gebäude, das eher wie ein Bunker aus Holz aussah. Brutal wurden sie aus dem Auto gezerrt und in das Gebäude geführt, wo sie in einem stickigen, verdunkelten Raum auf zwei Stühlen gefesselt wurden. An der Decke hing eine 40 oder 60 Watt Glühbirne, die Atmosphäre glich einer gut inszenierten Gängsterszene eines amerikanischen Actionfilms. Zwei der Männer bewachten sie mit ihren Gewehren. Es passierte zunächst nichts. Johannes und Cara konnten sich nicht in die Augen sehen, spürten aber ihre unglaubliche Angst, ja Todesangst. Johannes musste niesen, irgendetwas hatte seine Nasenschleimhäute irritiert, es roch leicht süßlich. DROGEN?!? Der eine von den beiden Aufsehern drehte fast durch und fuchtelte so wild mit seinem

Gewehr herum, dass Johannes im Lichte dieser elendigen Glühbirne auf dem Gewehrlauf ein Emblem kurz aufblitzen sah. Es war das Firmenzeichen der WEG EX.

Es sollte sich noch als großes Glück erweisen, dass sie Johannes die Armbanduhr nicht abgenommen hatten. Es war zwar eine einfache, eher unscheinbare Fliegeruhr, aber sehr präzise und mit automatischem Aufzug, sodass er diskret die Uhrzeit erkennen konnte. Es war bereits 18:45 Uhr, in einer Stunde sollten sie eigentlich in Nairobi wieder landen. Und er sollte Serena wiedersehen. Aber jetzt war es fraglich, ob sie überhaupt noch jemand wiedersehen würden. War das jetzt das Ende hier?

Die Tür zu dem miefigen Raum öffnete sich und ein großer Mann trat ein. Er war vermummt wie die anderen und stank so extrem nach Schweiß, dass bei Cara augenblicklich wieder ein Würgereiz aufkam, sie konnte sich aber zum Glück beherrschen. Auf relativ gutem Englisch brüllte er sofort los: „Wo ist das Heroin? Es sollte heute mit dem Flugzeug in Moyale ankommen. Ihr habt es getarnt als Ärzte verkauft, ihr Schweine, wo ist es? Ich will das Geld. SOFORT." Johannes hatte das Gefühl eine Eisenstange verschluckt zu haben. Offensichtlich lag hier eine Verwechslung vor, aber wie sollten sie das jetzt erklären. Johannes nahm alle Kraft zusammen und versuchte mit ruhigem Ton zu erklären, dass sie weder Geld noch Drogen hätten und in rein humanitärer Gesinnung unterwegs sind. Der große Mann brüllte noch lauter, er würde sich nicht anlügen lassen, er würde schon seine Mittel haben an das Geld zu kommen. „Abführen, wir werden euch schon klein kriegen."

Johannes und Cara wurden von den Stühlen losgebunden, man führte sie durch mehrere Gänge zu einer Tür. Dahinter verbarg sich ein Raum mit einem kleinen Fenster in

Augenhöhe und einem Loch im Boden, offensichtlich die Toilette. Eine große dreckige Matratze lag in der Mitte des Raumes und es gab einen Wasserhahn ohne Becken an der Wand mit einem kurzen Schlauch dran; das war's.

Die Tür schnappte mit einem heftigen Schlag ins Schloss, sie waren gefangen.

Vollkommen unter Schock saßen beide stundenlang auf der Matratze, keiner brachte ein Wort heraus, sie waren wie paralysiert. Es wurde dunkel, Licht gab es nicht, da hörten sie Geräusche an der Tür. Die Tür öffnete sich, irgendein Vermummter warf wortlos eine Tüte in den Raum und verschwand wieder. Die Tür war sofort wieder zu. Im letzten Büchsenlicht untersuchten sie die Tüte. Da waren zwei Plastikflaschen mit Wasser und irgend so ein steinhartes Gebäck drin. Trinken mussten sie ja und so leerten sie eine Flasche umgehend aus, in der Hoffnung, dass das Wasser nicht verunreinigt war. „Was machen wir denn jetzt?", flüsterte Cara mit immer noch zittriger Stimme. „Ich weiß es nicht, Cara, ich weiß es noch nicht. Lass uns Duzen, das macht es schon mal etwas einfacher." Cara nickte und fing an zu weinen. Johannes legte seinen Arm um ihre Schulter und sprachlos saßen sie bis gegen Mitternacht so zusammen. „Wir müssen jetzt in einen anderen Modus umschalten", brach Johannes das Schweigen, „es ist alles anders um uns herum. Ich habe auch große Angst, aber wir schauen mal was wir haben. Wir sind zu zweit, sind schlauer als diese Verbrecher hier und wir haben den absoluten Willen hier wieder lebend rauszukommen. Wir halten zusammen und dann können wir vieles schaffen."

Cara stimmte ihm zu, sie hatte sich zunächst etwas beruhigt. „Ich muss jetzt mal auf diese Toilette in der Ecke, tut mir leid", sagte sie, „aber ich kann es nicht mehr halten." „Ich werde mich gleich revanchieren, es ist wie es ist", erwiderte Johannes. Sie legten sich nebeneinander auf die Matratze, mit Blick auf dieses kleine Fenster, zwei Sterne funkelten und außer dem Ruf eines Wildvogels war es totenstill. Außer Warten konnten sie jetzt nichts tun; eine Flucht schien ausgeschlossen, das Fenster war zu klein zum Durchkrabbeln, die Tür fest verriegelt und sie wussten auch nicht wer und was sich dahinter verbarg. Offensichtlich waren sie mitten im Busch, vermutlich bereits in Äthiopien. Cara verfiel dann doch in einen kurzen unruhigen Schlaf. Johannes lag wach und versuchte zu realisieren, was da in den letzten Stunden passiert war. Er dachte an Serena, an die ganze Basis. Was mag da wohl jetzt los sein. Was ist mit Corinna und Su passiert, was mit den Kameraleuten, was ist mit der King Air, wird man hier nach ihnen suchen? Johannes wusste, dass er keine Antwort darauf bekommen würde. Erst jetzt realisierte er, in welch aussichtsloser Lage er sich befand. Kalter Angstschweiß stand auf seiner Stirn.

Lara stand am Ausgang des Flughafens mit einem großen Schild vom IRK mit der Aufschrift "DOCFLY, Welcome Serena". Es dauerte unendlich lange bis Serena durch die Kontrollen war und ihren Koffer vom Gepäckband holen konnte. Sie entdeckte Lara mit ihrem Schild sofort, sie begrüßten sich sehr herzlich, luden den Koffer in den Wagen vom IRK und fuhren los. „Wo ist Johannes?", fragte Serena. „Johannes hat heute einen wichtigen Auftrag. Wir haben einen deutschen Fernsehsender zu Gast, sie drehen hier eine Reportage über unsere Arbeit. Er ist heute Morgen mit der Chefredakteurin Cara und ihrem Fernsehteam nach Moyale in den Norden Kenias geflogen um dort eine Klinik vom IRK zu besuchen. Sie sind aber heute am frühen Abend wieder zurück. Ich bringe dich jetzt zum Appartement von Johannes, da kannst du dich etwas ausruhen. Wenn du möchtest, komme ich später wieder und helfe dir, ein Wiedersehensdinner für euch vorzubereiten. Ist ja bestimmt alles sehr fremd hier für dich." Serena war sehr dankbar für die Hilfe, hatte sie aber doch insgeheim gehofft, Johannes eher zu sehen. Sie tauschten noch ihre Handynummern aus, Lara verabschiedete sich und ließ Serena dann alleine. Serena schaute sich im Appartement von Johannes um. Sie erkannte sofort seine Ordnung, es lag alles an einem vergleichbaren Platz, so wie sie es von ihm in der gemeinsamen Wohnung in Münster gewohnt war. Sie entdeckte auf einem Schrank ein Foto von ihnen beiden, geknipst auf dem Vorfeld des Flugplatzes in Münster-Telgte. Sie verdrückte vor Freude auf das baldige Wiedersehen ein paar Tränchen, legte sich auf das frisch gemachte Bett und schlief augenblicklich ein.

So gegen 17:00 Uhr schellte das Telefon im Headquarter der DOCFLY. Pit erkannte im Display die Nummer von Corinnas Mobiltelefon. Er hatte kaum den Hörer am Ohr, da überfiel ihn Corinna mit einem unglaublichen und weinerlichen Redeschwall. Er konnte sie kaum beruhigen und versuchte zu verstehen, was sie fast ins Telefon schrie: „Wir sind überfallen worden, auf dem Rückweg zum Flughafen, es ging alles ganz schnell, wir mussten mit zwei Wagen weiterfahren, Johannes und Cara haben sie entführt, wir wissen nicht wo sie sind und ob sie überhaupt noch am Leben sind. Su haben sie erschossen, den Fahrer von Caras Wagen auch, es war ganz schrecklich. Pit, ihr müsst uns hier rausholen, die Kameraleute und ich sind hier am Flughafen bei einer Polizeidienststelle, wir haben ganz große Angst." Pit wollte noch etwas fragen, aber Corinna hatte aufgelegt. Er musste sich erst mal setzen. Was hatte er da gerade gehört? Er drückte den Notfallknopf an seinem Schreibtisch, was bedeutete, dass alle wichtigen Leute vom IRK und DOCFLY per SMS über eine Notlage informiert werden und sich umgehend in Pits Büro zu begeben haben. Er informierte auch sofort die örtliche Polizei und die anwesenden Mitarbeiter des deutschen Fernsehens. Lara war die Erste und stürzte auf Pit zu: „Was ist denn passiert?", fragte sie mit holpriger Stimme, „ist doch nichts mit Johannes oder?" Pit nickte dezent. „Doch, ich werde gleich berichten, was ich bis jetzt weiß, warte bitte ein paar Minuten." Es dauerte weniger als 20 Minuten, da waren die wichtigsten Leute anwesend. Pit berichtete mit etwas zittriger Stimme von dem Telefonat mit Corinna. Alle waren entsetzt, so etwas hatte keiner erwartet. Pit gründete einen Krisenstab unter seiner Leitung, informierte sofort die örtlichen Behörden und die Leute vom Fernsehen überbrachten die bis jetzt vorhandenen Fakten nach Deutschland in die Senderzentrale. Daraufhin wurde direkt der deutsche Außenminister informiert. Innerhalb von weniger als einer Stunde waren alle wichtigen Personen und Institutionen informiert. „Ich kümmere mich mal um Serena", sagte Lara zu Pit, „wenn du mich brauchst, melde dich." Er nickte und verschwand mit den Teilnehmern des Krisenstabes wieder im Konferenzzimmer der DOCFLY. „Wir werden morgen früh um 06:00 Uhr mit der Caravan nach Moyale aufbrechen. Zwei Piloten, ein Mann vom Fernsehen, zwei Ärzte und ein Rettungssanitäter. Informationen an Dritte gibt es ausschließlich von mir oder nur mit meiner Zustimmung. Wir haben es mit einer sehr ernstzunehmenden Situation zu tun", sagte Pit. Er machte sich große Sorgen. Jetzt musste er erst mal die Angehörigen von Su informieren. Hoffentlich wird es nicht noch mehr Gespräche dieser Art geben, dachte er und griff zum Telefon.

Serena stand gerade unter der Dusche, als Lara die Tür zum Appartement von Johannes aufschloss. „Ich bin es, Lara", sagte sie, „ich warte im Wohnzimmer." Nur mit einem Handtuch bedeckt schaute Serena um die Ecke. „Bist du alleine?", fragte sie. Lara nickte und signalisierte ihr, sie solle sich einfach zu ihr setzten, sie müsse mit ihr sprechen. Nachdem Serena noch ruhig zugehört hatte, bekam sie einen Weinkrampf und fiel Lara um den Hals. Sie drückte sie ganz fest an sich; sie hatte das Gefühl den Boden unter den Füßen zu verlieren. Es schien ihr offensichtlich nichts auszumachen, dass das Handtuch zu Boden gefallen war, splitternackt umarmte sie Lara. „Ich bleibe jetzt bei dir wenn du das möchtest und wir warten gemeinsam auf Neuigkeiten." „Danke", bestätigte Serena mit einem weinerlichen Lächeln.

Johannes und Cara konnten abgesehen von einem kurzen Nickerchen die Nacht nicht schlafen. Jeder für sich ging seinen Gedanken nach und ab und zu flüsterten sie sich etwas zu. Es stank unglaublich in diesem Raum, die Luft war zum Schneiden, die Hitze kaum erträglich. Sie nippten hin und wieder sparsam an der zweiten Wasserflasche; sie wussten ja nicht, wann sie wieder etwas bekommen würden. Im Morgengrauen hörten sie Schritte, die Tür öffnete sich. Zwei maskierte Männer schrien sie umgehend an und signalisierten, dass Johannes und Cara ihnen folgen sollen. Ihre Hände wurden gefesselt, ihre Augen verbunden und so wurden sie irgendwohin nach draußen abgeführt. Der große Mann von gestern murmelte irgendetwas von Verlegung zu einem anderen Ort, weil man vermutlich hier nach ihnen suchen würde. Wo sie die Drogen oder das Geld versteckt hielten, das würde man dann dort aus ihnen herausbekommen. Sie wurden auf irgendeinen Transporter verladen, gefesselt an Händen und Füßen, bewacht von einem vermummten Mann mit Gewehr. Der Transporter setzte sich in Bewegung. Johannes hatte sich Uhrzeit und Datum gemerkt, so konnte er vielleicht je nach Länge der Fahrzeit zumindest ungefähr den Radius errechnen, auf dem sie verschleppt wurden. Während der Fahrt wurden ihnen die Augenbinden entfernt, sodass sie sich wenigstens sehen konnten. Der Vermummte sagte lange Zeit kein Wort. Irgendwann griff er zu einer Wasserflasche und fragte die beiden in exzellentem Hochdeutsch, ob sie etwas trinken möchten. Johannes und Cara schauten sich verdutzt an. Cara bestätigte mit einem zögerlichen „ja". Das Wasser war frisch und mit ihren gefesselten Händen gaben sie sich gegenseitig zu trinken. Was hatte das zu bedeuten, ein bewaffneter Deutscher der sie hier als Gefangene auf diesem Transport begleitete? Cara hatte den Mut ihn zu fragen, woher er denn aus Deutschland käme.

„Das kann ich euch leider nicht sagen, aber ich werde euch verraten, dass ich hier selbst Gefangener bin. Ich bin hier in diesem System so verstrickt, ich komme hier vermutlich lebend nicht mehr raus. Wenn ich das mal alles gewusst hätte, wäre ich niemals hierhergekommen und hätte mich dieser Organisation angeschlossen. Ihr könnt mir vertrauen, ich kann euch vielleicht helfen. Ich heiße übrigens Max." Johannes und Cara wussten zunächst damit nichts anzufangen, konnten sie ihm wirklich vertrauen? Aber möglicherweise war es eine Chance. Mit äußerster Vorsicht fragte Cara, wie lange denn diese Fahrt dauern würde. „Das weiß ich auch nicht", sagte er leise. „Vermutlich fahren wir in ein Lager unserer Organisation in den Norden an die Ostküste Äthiopiens. Im Großraum Moyale werdet ihr jetzt mit Sicherheit mit Hochdruck gesucht. Aber kein Wort zu den anderen, sonst seid ihr tot." Johannes und Cara und verabredeten durch Blickkontakt äußerste Zurückhaltung, das konnte auch eine Falle sein. Der Wagen verlangsamte seine Geschwindigkeit, kam zum Stillstand und draußen gab es ein lautes Palaver. Offensichtlich waren sie in eine Kontrolle geraten. War das vielleicht die Chance auf eine Befreiung? „Ihr verhaltet euch ganz still, kein Wort oder irgendetwas anderes, ihr werdet eure Chance noch bekommen."

Zum Führerhaus des Fahrzeugs gab es keinen Zugang, nur eine kleine, nicht zu öffnende Scheibe, verhangen mit einer schwarzen Gardine, welche es den beiden Männern vorne erlaubte, ihre "Fracht" hinten zu kontrollieren. Nachdem der Wagen wieder rollte, schaute der Beifahrer einmal nach hinten und vergewisserte sich davon, dass alles soweit in Ordnung war. „Die können uns nicht hören, wir sollten aber trotzdem nicht zu viel reden, man könnte misstrauisch werden." Also schwiegen sie bis zum nächsten Halt viele Stunden später. „Ich muss mal pinkeln", sagte Johannes, „geht das?" Max signalisierte den beiden Männern mit der Waffe, dass man wohl mal austreten müsse. Sie nickten und die Klappe hinten wurde geöffnet. Sie standen neben Johannes und Cara beim Urinieren mit den Gewehren im Anschlag und ließen sie nicht aus den Augen. Menschenverachtend, dachte Johannes. Er erkannte wieder das Emblem von WEG EX auf den Gewehrläufen. Was geht hier ab? Wenn das Richard wüsste. Aber vielleicht weiß er sogar davon und verdient viel Geld damit, für seinen Porsche und leichte Mädchen, für Luxus und Glamour? Jedenfalls war das hier alles andere als luxuriös, das Sitzen auf dem Boden des Transporters war extrem unbequem.

Es ging weiter, Stunden um Stunden fuhren sie irgendeinem Ziel entgegen. Cara dachte an ihre Familie, sicher hatten sie daheim schon die Information über ihre

Entführung erhalten; ach könnte sie ihren Lieben doch wenigstens eine Nachricht zukommen lassen. Max war offensichtlich eingeschlafen, der Wagen fuhr und fuhr wie ferngesteuert unaufhaltsam. Cara und Johannes waren vor Erschöpfung ebenfalls eingenickt. Sie sollten ihre Kraft noch brauchen. Sie fuhren die ganze Nacht durch, alle paar Stunden gab es eine Pinkelpause. Max versorgte die beiden mit Wasser und irgendwelchem Brot, das schmeckte zwar abscheulich, aber in der Not ist Hunger der beste Koch.

„Ich weiß jetzt wo wir hinfahren", flüsterte Max den beiden zu. „Es gibt ein Lager in Asha Addo, das liegt in Somalia, südlich von Dschibuti nahe der Küste zum Golf von Aden. Da werden sie euch einsperren und versuchen, aus euch etwas rauszukriegen. Vor allen Dingen wollen sie das Geld vom Drogenschmuggel, um damit neue Waffen zu kaufen. Ich glaube euch, dass ihr nichts damit zu tun habt, aber die dort nicht. Es könnte für euch sehr ungemütlich werden, aber ich werde euch versuchen zu helfen. Ich kenne mich in dem Lager gut aus, vertraut mir. Dafür bekomme ich eine Gegenleistung." Was kommt denn jetzt, dachte Johannes und seine Phantasie kannte in diesem Augenblick keine Grenzen. „Ich werde euch einen Brief geben", sagte Max, „solltet ihr jemals wieder nach Deutschland zurück kommen, bitte ich euch diesen Brief persönlich meiner Familie in Hannover zu übergeben. Ich komme hier nicht mehr raus, die würden mich überall auf der Welt suchen und finden und mich als Verräter umlegen. Ich bereue meine Entscheidung, mich auf das hier eingelassen zu haben, aber es ist zu spät!"

Johannes und Cara waren erschüttert, jetzt wussten sie mit wem sie es hier zu tun hatten. Max tat ihnen irgendwie leid, hoffentlich entsprachen seine Aussagen der Wahrheit. Er könnte eine Chance für sie sein, vielleicht die Einzige.

Im Morgengrauen hielt der Wagen an, Stimmen wurden laut und die Heckklappe öffnete sich. Mehrere schwarz gekleidete und vermummte Personen, darunter waren offensichtlich auch Frauen, hatten ihre Gewehre auf Johannes und Cara gerichtet und zerrten sie aus dem Wagen. Sie brachten sie schubsend und beschimpfend zu einem Lager mit festen Hütten. Alles war eingezäunt mit Stacheldraht, überall standen bewaffnete Männer und Frauen, es war eine unheimliche, beängstigende Atmosphäre. An Flucht war hier nicht zu denken. Johannes und Cara wurden zu einer Hütte geführt und mit irgendeinem Geschimpfe regelrecht hineingeschubst. Die Tür wurde verriegelt, wieder waren sie eingesperrt, diesmal in Somalia. In der Hütte gab es keine Fenster, lediglich ein kleiner Luftschacht brachte etwas Tageslicht herein, auf dem Boden lag Stroh und in der Ecke war wieder so ein Loch. Es stank erbärmlich. Cara hatte sich den linken Fuß verstaucht, am Knöchel bildete sich eine leichte Schwellung. Sie hatte starke Schmerzen. Sie setzen sich auf das Stroh. Johannes zog Cara vorsichtig den Schuh aus und massierte mit viel Feingefühl ihren Knöchel. „Vielleicht haben wir Glück und es wird schnell wieder besser", sagte er. Cara genoss die Fußmassage von Johannes, vermittelte ihr das doch etwas Sicherheit und Geborgenheit in dieser dramatischen Lage in der sie sich befanden.

Bis zum frühen Abend passierte nichts. Dann waren Stimmen zu hören, die Tür öffnete sich und zwei Vermummte traten ein. „Wo ist das Heroin und das Geld?", fragte einer der beiden in gutem Deutsch. „Ihr könnt eure Freiheit dann wieder haben, in wenigen Tagen seid ihr wieder zu Hause." „Wir haben nichts mit Drogen oder irgendwelchem Geld zu tun. Ihr müsst uns verwechseln", sagte Johannes ängstlich aber bestimmt. Der Ton des vermummten Wortführers veränderte sich augenblicklich. Er schimpfte irgendetwas auf Arabisch, dann knallte er die Tür der Hütte wieder zu. Wieder Stille. Es gab nichts zu trinken und zu essen und es war sehr heiß in der Hütte. Unter den beiden machte sich Verzweiflung breit. Sie lagen nebeneinander auf dem Stroh, jeder ging seinen Gedanken nach. Cara flüsterte zu Johannes, „du, ich habe unglaubliche Angst, kommen wir hier jemals wieder raus?" Sie kuschelte sich trotz der Wärme an ihn, seine körperliche Nähe gab ihr Sicherheit und Halt. Auch Johannes tat ihre Nähe gut. Er schaute in ihre funkelnden Augen und sagte: „Ich weiß auch nicht, wie es weitergeht, aber ich verliere nicht die Hoffnung. Ich glaube an eine übermenschliche Kraft, die uns beschützen wird. Wir werden das schaffen, wenn wir es wirklich wollen." „Ich will", sagte Cara ganz leise, „mit dir, keiner geht alleine." Sie nahm seine Hand und legte sie auf ihre Brust, so schliefen sie von Hoffnung getragen ein und wurden am nächsten Morgen so gegen vier Uhr von einem leisen Geräusch geweckt. Es war so ein Rascheln. Cara schreckte unvermittelt hoch, sie dachte, da wäre ein Tier, womöglich eine bissige Schlange. Es war Max, der durch ein kleines Loch in der Hütte einen Zettel geworfen hatte. Er flüsterte durch die kleine Öffnung in der Hüttenwand, dass sie nach dem Lesen seiner Nachricht den Zettel unbedingt aufessen sollten. Würde man diesen finden, wären sie auf der Stelle alle tot. Danach verschwand er in der Dämmerung, es war immer noch still im Lager.

Es gibt nur eine einzige Chance euer Leben zu retten, ihr müsst fliehen. Die werden hier euch so oder so irgendwann umbringen, es gibt hier keine Gnade. Nochmal, ich bereue es zutiefst, mich für diesen Weg hier entschieden zu haben, nicht ahnend, was das wirklich bedeutet. Ich werde das hier niemals lebend verlassen. Aber ich kann noch einmal in diesem Leben etwas Gutes tun, ich werde euch zur Flucht verhelfen, es wird nicht einfach sein, aber es gibt eine Chance. Es kann noch ein paar Wochen dauern, aber der Zeitpunkt muss perfekt sein. Es gibt nur diese eine Chance, nutzt sie ohne Wenn und Aber. Ich halte euch auf dem Laufenden. Die kleinen Zettel müsst ihr unbedingt runterschlucken, wenn die hier etwas finden, ist alles aus für euch. Kurz bevor es losgeht, bekommt ihr von mir noch einmal eine Info und den Brief für meine Eltern. Bitte erfüllt mir diesen Wunsch, mehr kann ich nicht tun. Danach seid ihr auf euch alleine gestellt, ihr werdet dann von mir nichts mehr hören. Max.

Cara und Johannes atmeten tief durch, diese Zeilen berührten sie schon sehr. Aber, es kam etwas Hoffnung in ihnen auf. Vorsichtig lasen sie den Zettel ein zweites Mal und teilten sich ihn dann zum Verzehr. Kurz darauf rissen die Vermummten die Tür auf, sie mussten raustreten und wurden dann zu so einer Art Dusche geschubst. Am Wasserrohr wurden sie festgebunden, der Wasserhahn aufgedreht. Der eine schrie, „wenn ihr reden wollt, drehe ich das Wasser wieder ab." Das Wasser war warm und mit der Kleidung war es natürlich äußerst unangenehm, aber zumindest war es das erste Wasser seit Tagen. Die Vermummten ließen sie nicht aus den Augen und warteten wohl offensichtlich darauf, dass die beiden aufgeben würden. Konnten sie aber nicht, selbst wenn sie es gewollt hätten. Aber die Vermummten gaben nicht auf, sie vermuteten bei ihnen immer noch das große Geld und stellten den Strahl der Dusche noch stärker. Das Wasser schmeckte leicht salzig. Nach gefühlten zwei Stunden hatten sie das Gefühl aufgeweicht und gepökelt zu sein. Einer der Chefvermummten kam auf sie zu, ließ das Wasser abstellen und fragte mit forschem Ton, aber in gutem Englisch, ob sie ihm denn jetzt verraten wollten, wo das Geld ist. Johannes versuchte noch mal zu erklären, dass sie nichts mit Drogen oder dergleichen zu tun hätten. Der Vermummte schrie irgendetwas Arabisches, die beiden wurden losgebunden und wieder in ihr Gefängnis gesperrt. Johannes und Cara zitterten trotz einer Lufttemperatur von 34° Celsius vor Aufregung. Sie ließen ihre Kleidung am Körper trocknen. Johannes schaute auf seine Armbanduhr. Offensichtlich ist sie wasserdicht, dachte er. Jetzt hieß es warten. In den nächsten Tagen meldete sich Max nicht, zweimal am Tag bekamen sie etwas Trinkwasser und irgendetwas Abscheuliches zu Essen. Sie sprachen so gut wie kein Wort miteinander aus Angst, es könnte jemand mithören. Nach fünf Tagen gab es wieder eine warme Dusche, diesmal aber für mehrere Stunden und der Obervermummte signalisierte ihnen, dass seine Geduld langsam am Ende sei. Es wurde langsam eng. Hoffentlich kam jetzt bald eine Info von Max, dachte Johannes. Und hoffentlich lebte er überhaupt noch. Er war ihre einzige Chance.

Es wurde dunkel. Johannes und Cara saßen auf dem Boden und teilten sich den Rest aus der Wasserflasche. Ihre Kleidung war getrocknet, mittlerweile wirkten sie wie zwei Schiffsbrüchige auf einer einsamen Insel. Johannes hatte einen kräftigen Bartwuchs. Cara wirkt ohne Schminke eigentlich noch interessanter, dachte er. „Du", flüsterte er, „das Wasser war heute wieder leicht salzig, ich vermute, wir sind in der Nähe der Küste. Vermutlich sogar in Somalia am Golf von Aden." In diesem Augenblick raschelte es an der Holzwand und Max schob einen Zettel durch den Schlitz.

Morgen noch mal lange Dusche, wenn sie nichts erfahren, werden sie euch baldmöglichst loswerden wollen. Sie wissen wer ihr seid und dass nach euch gesucht wird. Ihr wisst zu viel, deshalb wird man euch in jedem Falle verschwinden lassen. Haltet euch bereit. Zeitcheck: es ist jetzt 22:00 Uhr

137

Lokalzeit, bitte die Uhr aufgezogen halten und genaue Zeiten beachten. Es wird keine Spielräume geben, ihr müsst alles bedingungslos machen wie ich es euch schreibe; es wird keine weitere Chance geben!

Cara nahm ohne zu fragen die Hand von Johannes und drückte sie ganz fest an ihren Oberkörper. So saßen sie die ganze Nacht auf dem Boden ihrer Zelle und lauschten in die Nacht. Abgesehen von irgendwelchen Lauten einiger Buschtiere war es still, obwohl sie beide manchmal das Gefühl hatten, dass irgendjemand um ihre Hütte herumschleicht. „Beschütze mich", flehte Cara Johannes an, „ohne dich halte ich das hier nicht durch." „Mir geht es ebenso", flüsterte Johannes leise, „ich brauche dich auch." Mit der Morgendämmerung schlich so eine kleine kühle Brise durch das Lager, die beiden hatten kein Auge zu gemacht, immer in der Erwartung, eine Info von Max zu bekommen. Plötzlich wurde die Zellentür aufgerissen, der Obervermummte schrie: „Ihr werdet jetzt so lange duschen, bis ihr mir sagt, wo das Geld ist. Raus!" Beim Fesseln an die Wasserleitung dachte Johannes, dass zumindest Max davon wusste und Recht hatte. Sie konnten ihm offensichtlich vertrauen; sie mussten es auch.

Gefühlt ergoss sich in mehreren Stunden die gesamte Menge der Nordsee über Cara und Johannes. Sie konnten nicht mehr, sie hatten das Gefühl, unter den Wassermassen zu ersticken; es war reines Salzwasser. Cara hatte Erstickungsanfälle, ihr Gesicht lief mittlerweile blau an. Nach erfolglosem Anschreien der Vermummten, drehten sie das Wasser ab. Zumal sie mittlerweile wussten, wer die beiden sind, also musste man sie jetzt ohne Spuren loswerden. Sie wurden in ihre Zellen geschubst, es gab heute auch kein Wasser und auch nichts Essbares; offensichtlich mussten sie jetzt weg, für immer.

Als Johannes gerade auf seine Armbanduhr schaute, es war 22:00 Uhr, schob Max einen Zettel durch den Schlitz und verschwand.

Morgen werden sie euch vernichten. Sie wollen euch mit einem Sportflugzeug über dem Meer abstürzen lassen. Ihr werdet auf der Rückbank gefesselt, ein Pilot von uns wird mit euch auf das offene Meer fliegen und dann einfach aussteigen. Das Flugzeug soll dann in den Golf von Aden stürzen. Dort gibt es unglaublich viele Haie. So soll es nach einem Unfall aussehen. Ich kenne mich mit Flugzeugen aus, es handelt sich um eine Cessna 182. Ich werde entgegen der Anweisung die Tanks heimlich randvoll füllen und die Anzeigenadeln der Tankuhr auf drittelvoll festkleben, das merkt der nicht, der hat eh keinen Pilotenschein. Ihr habt dann eine Reichweite von ungefähr fünf Stunden, vielleicht könnt ihr den Jemen erreichen, ist zwar auch nicht gerade toll dort, aber es ist eure einzige Chance. Der Magnetkompass sollte funktionieren, ansonsten ist außer einem Funkgerät und ein paar wenigen Instrumenten nichts drin. In der linken Rückenlehne steckt in Munderreichbarkeit ein scharfes Messer, damit könnt ihr dann eure Fesseln durchschneiden, oder ggf. auch etwas anderes mit anstellen, scheut euch nicht!!! Stellt keine Fragen, verhaltet euch unaufgeregt, macht alles was sie sagen. Um 06:00 Uhr werdet ihr abgeholt, es ist eure einzige Chance. Denkt an den Brief. Und denkt dran, diesen Brief zu vernichten. Viel Glück. Max.

Der Brief an die Eltern von Max war in einer kleinen wasserdichten Tüte verpackt. Cara versteckte diese unter ihrem stramm sitzenden BH. Sie flüsterte mit bebender Stimme: „Ich habe Angst." Johannes hielt ihre Hand ganz fest. „Ich kann doch fliegen, eine C-182 habe ich oft während meiner Ausbildung geflogen, die kenne ich in- und auswendig. Wenn wir wirklich südlich von Dschibuti sind, dann könnten wir den Jemen erreichen." Cara zitterte am ganzen Körper. Obwohl alles an ihren Körpern von dem Salzwasser klebte, nahm Johannes sie in den Arm und gab ihr damit Halt. „Wir schaffen das", sagte er leise, „jetzt lassen wir das alles mal auf uns zukommen, mehr als warten können wir jetzt nicht." Sie teilten sich wieder den Zettel von Max und tranken dazu den kleinen Rest aus der Wasserflasche.

Flucht

Um kurz vor sechs hörten Johannes und Cara Stimmen und Motorgeräusche. Ihre Zellentür wurde aufgerissen und ein paar Vermummte zerrten die beiden in den vorgefahrenen Land Rover, mit dem sie in Moyale unterwegs waren. Während der Fahrt wurden ihnen die Augen verbunden. Wenn die beiden nicht wüssten, was jetzt kommen sollte, dann machte es den Eindruck, als wenn sie kurz vor der Exekution stünden; aber viel anders war es ja eigentlich auch nicht. Sie fuhren so etwa eine halbe Stunde durch unwegsames Gelände und erreichten dann ein freies Feld; da stand sie, eine alte Cessna 182. Jetzt ging alles ganz schnell, Cara und Johannes wurden auf der Rückbank der Cessna angeschnallt, eher gefesselt, dann setzte sich jemand links auf den Pilotensitz. Die Türen wurden geschlossen und der Motor gestartet. Johannes kannte das alles und nur durch Hören wusste er genau, was da vorne abging. Er saß hinter dem Piloten, somit hatte er auch die Möglichkeit, an das Messer in der Rückenlehne zu gelangen; sofern es denn vorhanden war. Caras und Johannes Oberschenkel berührten sich, damit konnten sie sich Zeichen geben. Der Flieger rollte zu irgendeiner Wüstenpiste um dann nach relativ langem Startlauf in den morgendlichen Himmel Somalias mit

140

unbekanntem Ziel abzuheben. Also sind die Tanks wohl wirklich voll, dachte Johannes, denn sonst hätten sie schon eher abgehoben. Nach wenigen Minuten wurde es unruhig, leichte Turbulenzen schüttelten das Flugzeug hin und her, sie überflogen die Küstenlinie mit Ost Kurs auf den Golf von Aden, auf das offene Meer. Der Pilot brabbelte irgendetwas auf Arabisch in den Funk, dann war es außer dem Motorengeräusch und der Luftströmung am Flieger still. So etwas hatte Johannes auch noch nicht erlebt, gefesselt auf der Rückbank eines Fliegers, scheinbar hilflos dem Tode durch einen provozierten Absturz geweiht. An seiner Seite eine sehr bekannte Journalistin, mit einem unbekannten Vermummten als Pilot und das alles über dem Golf von Aden. Er fühlte sich wie in einem schlechten Film, wusste aber, dass es die bittere Realität war.

Johannes beugte sich vorsichtig nach vorne, um mit seinen Mund nach dem möglichen Messer zu suchen. Tastend mit seinen Lippen suchte er an der Rückwand des Sitzes, konnte jedoch nichts finden. Scheiße, dachte er, wenn wir kein Messer haben sind wir verloren. Die Fesseln waren fest und solide gebunden. Johannes versuchte sich an die Rückwand der Cessna Sitze zu erinnern. Da war doch so ein Aschenbecher mit einem kleinen Metallgriff in der Mitte der Lehne. Als er diesen gefunden hatte, konnte er sich durch vorsichtiges Hin und Her einen kleinen unauffälligen Sehschlitz in seiner Augenbinde verschaffen. Er musste höllisch aufpassen, denn es gab gerade in den älteren Cessnas einen Rückspiegel auf dem Panel, so wie in einem Auto. Johannes schaute sich vorsichtig um, Cara hatte jegliche Gesichtsfarbe verloren und saß wie versteinert neben ihm. Den Spiegel gab es wirklich, dieser war aber zum Glück so eingestellt, dass er von dem vermummten Piloten nicht gesehen werden konnte, vermutlich Cara aber. Also äußerste

Vorsicht. Johannes konnte durch den kleinen Schlitz in der Augenbinde den Griff eines Messers in seiner Augenhöhe mit guter Erreichbarkeit durch seinen Mund erkennen; Max hatte alles perfekt organisiert. Danke. Er drehte sich leicht nach links und konnte ungefähr ihre Höhe abschätzten, sie waren so ca. 3000 Fuß über dem offenen Meer. Er ging in Gedanken das Szenario durch, sollte sich, wie von Max vorhergesehen, der Pilot aus dem Flieger stürzen. Johannes presste seinen Oberschenkel an Caras und versuchte ihr damit zu vermitteln, dass er bis hierher alles unter Kontrolle hatte. Bloß kein Wort, dachte er, noch waren sie dem Vermummten total ausgeliefert, noch konnte er sie mit in den Tod reißen.

Johannes konnte auf seiner Uhr die Zeit erkennen. Sie waren jetzt ungefähr eine Stunde in der Luft, also hatten sie noch für ungefähr vier Stunden Sprit an Bord, vorausgesetzt Max hatte wirklich vollgetankt. Die Anzeiger der Tankuhr gaben jedenfalls keine brauchbare Auskunft; sie waren vermutlich wirklich fixiert. Es galt unauffällig zu warten. Es vergingen noch vielleicht so zehn Minuten, da zog der Vermummte den Gashebel ganz raus, die Maschine verlor an Fahrt und ging augenblicklich in einen Sinkflug über. Er öffnete seine Tür und mit einem lauten Schrei verabschiedete er sich in die Tiefe.

„Wir sind jetzt alleine!", schrie Johannes und grabbelte mit seinen Lippen nach dem Messer, konnte es nur mit Mühe aus der Rückenlehne herausziehen und schnitt zunächst die Fesseln von Caras Händen durch. „Schnell!", schrie er. „Entfessle mich, ich muss sofort die Maschine wieder stabilisieren. Wir sinken stetig, der Höhenmesser verrät nur 1500 Fuß." Cara schaltete sofort, sie riss sich die Binde von den Augen, befreite Johannes von seinen Fesseln, welcher dann umgehend den Gashebel nach vorne schob. Dann krabbelte er zwischen den beiden Rückenlehnen der vorderen Sitze ins Cockpit und stabilisierte zunächst erst mal den Flieger, um dann wieder in den Steigflug überzugehen, denn sie hatten gerade noch 1000 Fuß über Wasser. Er verschloss die linke Tür wieder; der Vermummte war weg. Er zitterte am ganzen Körper, aber auch Freudentränen schossen ihm in die Augen. Die erste Hürde war geschafft. Cara hatte sich derweil von sämtlichen Fesseln befreit und krabbelte dann auch nach vorne ins Cockpit. Johannes hatte sie mit dem scharfen Messer in der Hektik am Arm leicht verletzt. Es blutete leicht, aber das konnte sie mit einer der Fesseln notdürftig verbinden. „Entschuldigung", sagte er mit lauter Stimme, denn sie hatten keine Kopfhörer und in dem Flieger, es war sehr laut.

„Ach Johannes, du hast mir das Leben gerettet, ich bin dir so unendlich dankbar." Johannes lächelte kurz und konzentrierte sich dann auf dieses Flugzeug. Es gab kein GPS, sie hatten keine Karten, sie waren auf dem offenen Meer mit nur einem einfachen Kompass und ein paar wenigen Instrumenten. Das Funkgerät war weg, der Vermummte hatte es aus dem Fach gezogen und wohl mitgenommen; vielleicht will er damit vom Meeresboden einen Funkspruch senden. Vielleicht findet man es auch mal in einem Hai-Magen wieder. Was tun? Das war jetzt die große Frage.

Es war kein Land in Sicht. Noch stand der Kompass auf Ost Kurs, das Wetter war gut, die Sichten mäßig. „Wir können nach Norden abdrehen und versuchen den Jemen zu erreichen, allerdings werden sie uns dort sofort verhaften. Es riecht hier leicht süßlich, vermutlich wurde das Flugzeug für Drogentransporte eingesetzt, damit landen wir umgehend im Gefängnis. Wie sollen wir das alles erklären?" „Lass es uns probieren, was haben wir für eine Alternative?", fragte Cara mit ängstlichem Gesichtsausdruck. Johannes überlegte, ob es vielleicht sinnvoll wäre, sich ein Schiff auf dem Meer zu suchen, dann eine Wasserlandung zu machen, um dann möglicherweise gerettet zu werden. Er verwarf diesen Gedanken aber wieder. Hier wimmelt es nur so von Piraten, die würden ihnen vermutlich sofort die Kehle durchschneiden. Er sagte Cara nichts von dieser Idee, sondern drehte Nord Kurs ein und so flogen sie solange der Sprit reichen würde Richtung Jemen, mit ungewissem Ausgang. Johannes stieg etwas höher, um gegebenenfalls die Küstenlinie vom Festland auszumachen. Beide schwiegen, sie waren fast paralysiert von den Ereignissen der letzten Stunden. Es verging mehr als eine Stunde, da zeichnete sich am Horizont eine dünne Linie ab. Das könnte der Jemen sein, dachte Johannes und vermittelte dies umgehend Cara, die immer noch kreidebleich neben ihm saß. Ohne Funk ist das ja wie Harakiri, dachte er, vermutlich werden sie uns als unbekannte Eindringlinge in ihren Luftraum abschießen. Es waren aber geschätzt immer noch 150 nautische Meilen, das könnte mit dem Sprit knapp werden.

Die Entscheidung wurde ihnen abgenommen, plötzlich stotterte der Motor, die Tankanzeiger waren auf ein Drittel fixiert und gaben somit keine Auskunft über den noch verfügbaren Treibstoff. „Scheiße", schrie Johannes, „was ist das denn?" Der Motor stotterte weiter, lief aber noch, wenn auch mit reduzierter Leistung. Cara schaute Johannes mit angstverzerrtem Gesichtsausdruck an. „Ich denke bis zum Jemen schaffen wir es nicht mehr, entweder wir müssen notwassern oder wir haben Glück und es taucht irgendeine Insel vor uns auf. Ich habe keine Karte, wir fliegen auf diesem Kurs weiter, solange der Motor läuft." Cara nickte. Sie hatte ja auch keine andere Wahl. Eine Viertelstunde später fuchtelte sie ganz wild mit ihren Fingern vor der Cockpitscheibe herum. „Du, ich glaube da vorne ist irgendwie Land, lass uns mal darauf zu steuern, vielleicht ist es ja bewohnt und wir werden gerettet." Wenn es denn so einfach wäre, dachte Johannes, aber einen Versuch ist es allemal wert. Sie näherten sich mit weiterhin unruhig laufendem Motor einer Insel von der gefühlten Größe der Nordseeinsel Norderney. Sie waren noch ungefähr 50 nautische Meilen davon entfernt, als der Motor noch rauer lief. „Wir müssen jetzt eine Notlandung machen, die langen Sandstrände könnten eine bruchfreie Landung ermöglichen", sagte Johannes laut und deutlich. „Egal ob da jemand ist oder nicht, im Wasser haben wir keine Chance, ich sehe kein Schiff in der Nähe und außerdem wimmelt es hier nur so von Haien."

Cara sagte nichts mehr. Sie konnte das alles gar nicht mehr fassen, ihre Nerven lagen blank. Auch Johannes musste sich sehr stark zusammenreißen, die Ereignisse der letzten Tage waren auch nicht spurlos an ihm vorbeigegangen. „Lass den Motor bitte noch solange durchhalten, es sind nur noch geschätzte zehn Minuten", betete Johannes laut. Die Insel kam immer näher, ein langer und breiter Sandstrand lag vor ihnen. Johannes konnte keine Hindernisse erkennen und der Wind schien schwach zu sein, jedenfalls standen die Palmen fast regungslos so aufgereiht, als wenn sie zur Begrüßung der beiden extra gekommen wären. Somit war die Landerichtung egal, er wählte den Anflug in östliche Richtung. Johannes teilte sich den Anflug auf den Strand nach gewohntem Muster ein. Er drehte in den rechten Queranflug und warf dabei noch einen Blick über die Insel. Sie schien unbewohnt zu sein, es waren weder Häuser noch Straßen zu erkennen. Der Motor knatterte zunehmend unruhig und im kurzen Endanflug quittierte er seinen Dienst endgültig und der Propeller stand. Die Höhe reichte, hatte er doch im Training immer wieder diese Ziellandeübungen trainiert. Das Hauptfahrwerk setzte mit einem Schwupp Schwapp Schwupp auf dem recht festen Sandboden auf. Johannes manövrierte mit der noch vorhandenen Fahrt den Flieger möglichst nah ans Ufer, das Bugrad setzte sanft auf und sie kamen ohne Beschädigungen in der Nähe der auf sie wartenden Palmen zum Stillstand.

"Here we are, Robinson Club All In", rief Johannes und wusste nicht, ob er lachen oder weinen sollte. Sie hatten es vorerst geschafft zu überleben.

Gefangene im Paradies

Das Verschwinden von Cara und Johannes hatte sich wie ein Lauffeuer verbreitet. Es wurde eine Suchaktion gestartet, man wusste nur nicht genau, wo man denn überhaupt suchen sollte. Es schien alles sehr mysteriös zu sein. Der Fernsehsender stand im direkten Kontakt mit dem deutschen Innenminister, die Familien von Cara und Johannes waren in großer Sorge. Bei DOCFLY in Nairobi versuchten alle, an irgendwelche Informationen zu kommen. Pit saß mit seinem Krisenstab im Büro, anwesend waren auch Lara und Serena. Serena hatte sich bis auf Weiteres von ihrer Basis beim IRK in Peru freistellen lassen und arbeitete jetzt als Ärztin vorübergehend beim IRK in Nairobi. Es schellte zum tausendsten Mal das Telefon bei Pit, genervt nahm er den Anruf entgegen. Plötzlich veränderte sich sein Gesichtsausdruck. Die Flugsicherung hatte eine Auffälligkeit der Radarabdeckung über dem Golf von Aden bemerkt. Ein unbekanntes Flugobjekt war plötzlich gestern von den Bildschirmen verschwunden, mehr wisse man nicht. Sollte das Verschwinden der beiden damit irgendwie im Zusammenhang stehen? Alle Anwesenden schauten sich mit versteinerter Miene an. Serena brach in Tränen aus. Lara beschloss, mit ihr nach Hause zu fahren, um dort auf weitere

Informationen zu warten. Im deutschen Fernsehen berichteten sie laufend über die Bemühungen der deutschen und kenianischen Behörden. Wirklich Konkretes gab es allerdings nicht. Selbst Richard ließ über seinen Pressesprecher den deutschen Außenminister wissen, dass er, wenn nötig, zur Hilfe bereit wäre. Lara konnte Serena kaum beruhigen, sie weinte ohne Pause. Sie wohnten seit dem Verschwinden von Johannes zusammen. Sie mochten sich über die Ereignisse hinaus gut leiden. Schließlich liebten sie denselben Mann.

Wenige Tage später verbreitete sich eine Nachricht einer somalischen Zeitung wie ein Lauffeuer. Darin hieß es:

>> Nach Angaben der nationalen Luftfahrtbehörden wird seit Tagen ein viersitziges Sportflugzeug vermisst. Es gab eine ungenaue Radaraufzeichnung ca. 200 nautische Meilen vor der jemenitischen Küste. Vermutlich ist das Flugzeug mit der äthiopischen Kennung "ET-EAN" ins Meer gestürzt. Eine Suchaktion wurde wegen schlechten Wetters abgebrochen. Einer großen Versicherungsgesellschaft wurde der Diebstahl der Maschine gemeldet. Man vermute Drogendiebe auf der Flucht. Wer die Diebe sind, ist nicht bekannt, der Versicherungsschaden beläuft sich auf schätzungsweise 100.000 USD. >>

Pit war außer sich; als er das las. „Diese Schweine, erst entführen sie rechtschaffene Leute in der Annahme, es wären Drogenhändler, dann merken sie, dass es die Falschen waren, dann konstruieren sie einen möglichen Diebstahl eines Flugzeuges und lassen sie damit abstürzen?" Pit waren da zu viele Ungereimtheiten. Das wirkte alles etwas plump, zu simpel. Er studierte die Wetterberichte der letzten Tage, insbesondere des vermeintlichen Absturztages. Das Wetter war gut, jedenfalls für ausgebildete Piloten sollte es diesbezüglich keine Schwierigkeiten gegeben haben. „Da stimmt etwas nicht und ich glaube das auch nicht, was diese Zeitung da schreibt. Schließlich gilt diese nicht als unabhängig und wird aus zwielichtigen Geldquellen gespeist. Wir werden das nicht einfach so hinnehmen", sagte er zu Lara, die zu ihm ins Büro gekommen war. Als Chef von DOCFLY gab er ein offizielles Communiqué heraus, adressiert an alle offiziellen Behörden dieser Region, an die deutsche Bundesregierung, die jemenitischen Behörden und an alle Reedereien mit Routen durch den Golf von Aden.

DOCFLY und das Internationale Rote Kreuz geben Folgendes bekannt:

>> *Der Pilot Johannes und die deutsche Fernsehjournalistin Cara sind während eines Besuches für Filmdokumentationen in der Nähe der Klinik des IRK in Moyale von Unbekannten entführt worden. Wir vertreten nicht die Auffassung der Presse und sind fest davon überzeugt, dass es sich hierbei um einen kriminellen Akt handelt. Wir bitten um sachdienliche Hinweise, speziell um besondere Aufmerksamkeit aller Schiffe im Golf von Aden. Unsere Hotline ist 24 Stunden besetzt.* <<

Johannes und Cara saßen wie angeklebt regungslos in der Cessna. Sie konnten es gar nicht fassen, was da in den letzten Stunden alles passiert ist. Cara zitterte noch immer am ganzen Körper, sie war kreidebleich. Beide waren dehydriert, hatten sie doch tagelang kaum etwas zu trinken bekommen. Nach einer Weile brach Johannes das Schweigen und machte den Vorschlag, den Flieger zu verlassen, um erst mal schnellstmöglich nach etwas Trinkbarem Ausschau zu halten. „Wo sind wir?", fragte Cara, „es scheint mir das Ende der Welt zu sein." Johannes hatte nicht wirklich eine Antwort.

„Ich weiß es nicht. Aber wir dürfen nicht aufgeben. So aussichtslos die Situation auch sein mag, irgendwie schaffen wir das. Zusammen." Zumindest waren sie zunächst einmal frei, keine Vermummten die sie bedrohten, keine Schubsereien und Erniedrigungen. Keine Angst, jeden Moment erschossen zu werden. Sie verließen den Flieger. Johannes schnappte sich das Messer; er hatte bereits an den Palmen Kokosnüsse entdeckt, vielleicht lagen ja welche auf dem Boden und vielleicht konnte er diese mit dem Messer öffnen. Trinken, das hatte jetzt die höchste Priorität, denn ohne Süßwasser oder irgendwelche Flüssigkeit von Früchten würde es hier wirklich für sie bald enden. Sie schlurften kraftlos vom Strand dem Palmengürtel entgegen. Nach ein paar Metern brach Cara zusammen, sie konnte nicht mehr. Johannes trug sie mit seiner letzten Kraft in den Schatten der Palmen und legte sie behutsam auf den weichen Sandboden, zog ihre Schuhe aus und wedelte mit einem Palmenblatt ein wenig Luft in ihr Gesicht. Sie öffnete wieder die Augen und murmelte etwas von großem Durst. „Ich versuche ein paar Kokosnüsse aufzutreiben. Bin in ein paar Minuten wieder da. Cara nickte sprachlos und Johannes machte sich auf die Suche nach etwas Trinkbarem. Regungslos lag Cara auf dem Boden, konnte sich kaum noch bewegen. Sie hatte das Gefühl, bereits ausgetrocknet zu sein.

Nach einer gefühlten Ewigkeit kehrte Johannes zurück, unter dem Arm einige Kokosnüsse. Stolz wie Oskar präsentierte er diese und versuchte, mit dem Messer die harten Früchte zu öffnen. Nach mehreren erfolglosen Versuchen hatte er es endlich geschafft, er hielt die erste geöffnete Kokosnuss an Caras Mund und half ihr dabei, das wertvolle Nass mit kleinen Schlucken zu trinken. Die Nüsse waren sehr ergiebig und so konnten sie ihren Durst endlich stillen. Johannes schälte das Fruchtfleisch mit dem wirklich scharfen Messer aus der Schale und mit gefülltem Magen kamen auch die Lebensgeister wieder zurück. Danke Max, dachte er, du hast uns das Leben gerettet und deines dafür geopfert!

Die Müdigkeit überrumpelte die beiden und sie schliefen auf der Stelle tief und fest ein, dicht bei einander liegend und wachten erst wieder auf, als die Dämmerung anbrach.

„Was machen wir jetzt?", fragte Cara. „Wir müssen doch irgendetwas machen!" „Viele Möglichkeiten haben wir nicht", sagte Johannes, „die Insel scheint unbewohnt zu sein, ein Hotel wird es hier nicht geben. Wir sind also auf uns gestellt, aber ich bin froh, dass du bei mir bist. Wir haben vermutlich jetzt viel Zeit, uns etwas zu überlegen."

Cara nahm die Hand von Johannes. „Ich bin auch sehr dankbar, nicht alleine hier zu sein und bin so froh, dich an meiner Seite zu haben. Außerdem hast du mir das Leben gerettet. Den Rest schaffen wir auch, wir geben die Hoffnung nicht auf", sagte sie leise, so, als wenn es keiner hören sollte. Johannes machte den Vorschlag, zumindest die erste Nacht im Flieger zu verbringen. Er würde die Sitze ausbauen und den Boden mit Palmenblättern auslegen. „Da sind wir geschützt vor irgendwelchen Tieren und auch vor möglichem Regen", sagte er. Bei der Gelegenheit erzählte er ihr, dass er auch Flugzeugmechaniker sei und diese Dinger in- und auswendig kenne. Er nahm sich vor, in den nächsten Tagen den Flieger mal technisch zu inspizieren, vielleicht war nur ein Zündkabel abgesprungen. Möglicherweise ist ja auch noch Sprit im Tank, wer weiß wozu sie die Cessna noch brauchten.

Cara half Johannes beim Ausbauen der Sitze. Dabei fanden sie noch einiges Brauchbares. Ein paar funktionierende Feuerzeuge, witziger Weise einen Dosenöffner, ein paar Schraubenschlüssel und unter dem

Teppichboden eine alte Fliegerkarte, auf der der gesamte Bereich des Golf von Aden abgebildet war. Besser als nichts, dachte Johannes, die geographischen Verhältnisse haben sich in den letzten Jahren ja nun nicht verändert. Und sie fanden in der Türverkleidung noch etwas, zwei kleine Päckchen, gefüllt mit weißem Pulver: KOKAIN. Offensichtlich wurde die Cessna als Drogentransporter eingesetzt und man hatte die hier vergessen. Nachdenklich bereiteten die beiden ihr erstes Nachtlager in einem Flugzeug, auf einer einsamen Insel im Golf von Aden, vor. Morgen würden sie die nähere Umgebung ihres Lagers erkunden und dabei versuchen, irgendetwas Essbares aufzutreiben. Mittlerweile machte sich das Kaloriendefizit der letzten Tage bemerkbar. Sie knabberten noch an den Resten der Kokosnüsse und schliefen dann tief und fest in der abgeschlossenen Kabine der Cessna ein.

„Was ist das?", schrie Cara auf, „das ganze Flugzeug wackelt, ist da einer?" Johannes kam kaum zu sich, er hatte so tief geschlafen, dass er das gar nicht bemerkt hatte. Es war bereits wieder hell und ein heftiger Wind zerrte an den Rudern und Flächen des Fliegers. Sie schauten aus den Fenstern der Kabine, aber da war keiner, es war nur der Wind. „Wir müssen den Flieger sofort sichern", sagte Johannes mit immer noch verschlafener Stimme. „Ich habe gestern Zurrzeug im Gepäckfach entdeckt. Ach, und guten Morgen erst mal. Ich mache dann danach Frühstück. Wie hättest du denn gerne deine Kokosnuss?" „Guten Morgen Johannes, bitte eisgekühlt mit einem Schuss Wodka, dazu einen Obstsalat und ein Croissant." Sie mussten beide lachen, Cara hatte wieder etwas von dem Glanz in ihren Augen, so wie im Fernsehen bei ihren Sendungen. Nach dem Frühstück und einer Katzenwäsche mit dem salzigen Meerwasser, verzurrten sie so weit wie möglich den Flieger, schlossen die

Türen zu und machten sich langsam und vorsichtig auf den Weg, um ihre neue "Wohngegend" zu erkunden. Johannes hatte das Messer griffbereit, wer weiß, was ihnen hier so begegnen könnte.

Der Wind hatte sich weitestgehend gelegt, lediglich eine noch leichte Brise wehte den beiden in ihre Gesichter, als sie einen nahegelegenen Hügel erklommen. Johannes schätzte diesen auf eine Höhe von rund 200 Metern über dem Meeresspiegel und er hoffte, dass sie von dort aus einen kleinen Überblick über dieses Eiland erhalten würden. Der Aufstieg war sehr mühsam, obwohl er sehr flach war. Immer wieder hielten sie an, um zu verschnaufen. Wir brauchen dringend Süßwasser, dachte Johannes, hoffentlich gibt es hier eine Quelle. Der Ausblick von dem Hügel hatte sicher seine Reize, aber die beiden waren viel zu erschöpft, als dass sie das irgendwie genießen konnten. Jedenfalls konnten sie nichts ausmachen, was auch annähernd einen Hinweis auf Zivilisation gab. Sie waren auf einer einsamen Insel verschollen. Cara hatte doch noch heimlich auf Hinweise menschlichen Lebens gehofft, umso mehr war sie enttäuscht und fing an zu weinen.

„Was ist, wenn ich meine Familie nicht wiedersehe, die vielen lieben Freunde, meine Kollegen im Sender und überhaupt mein Zuhause? Sie alle denken bestimmt ich bin tot; ach könnte ich doch ein Lebenszeichen absetzen", schluchzte sie und ließ sich kaum beruhigen. Sie setzten sich unterhalb des Hügels unter einen Felsvorsprung in den Schatten. Johannes ließ sie eine Weile weinen, derweil er sich auch so seine Gedanken machte. Was ist mit Serena, ist sie noch in Nairobi? Was ist mit Pit und all den anderen? Er dachte an seine Mutter, die so krank ist, würde er sie nochmal wiedersehen? Und er dachte an Richard, dieser machte wohl offensichtlich diese Waffengeschäfte, finanziert mit dreckigen

Drogengeldern. Auch ihm hatten sie es vielleicht letztendlich zu verdanken, dass sie jetzt hier auf dieser Insel sind. Sollte er ihn jemals wiedersehen?

So saßen die beiden schweigend unter dem Felsen, jeder hing seinen Gedanken nach. „Lass und wieder absteigen", sagte Johannes, nachdem sich Cara etwas beruhigt hatte. Wir nehmen einen anderen Weg zurück und zwar dahinten durch den dichten Pflanzen- und Palmenbewuchs. Die Gewächse leben nicht nur von Luft, vielleicht gibt es da Süßwasser." Sie gingen schweigend hintereinander und erreichten nach ungefähr einer Stunde den schattigen Teil des Weges inmitten von Pflanzen und Palmen. Sie hielten an und genossen die relative Kühle unter den großen Palmenwedeln. „Was ist das?", flüsterte Cara, „was ist das für ein Geräusch? Es hört sich an wie das Plätschern eines Baches. Sollten wir wirklich Glück haben und Trinkwasser finden?" Der Durst war so groß. Langsam war es nicht mehr auszuhalten.

Vorsichtig gingen sie dem Geräusch entgegen, immer auf der Hut, vielleicht gerade hier wilden Tieren zu begegnen. Johannes hatte sein Messer in der Hand und ging voraus, bereit, sich jederzeit zur Wehr zu setzen. Sie schlichen mit äußerster Vorsicht weiter. Dann trauten sie ihren Augen nicht. Vor ihnen lag ein kleiner Tümpel inmitten eines kleinen Bachlaufes, von der Größe eines Kinderplanschbeckens. Das Wasser wirkte klar und Johannes bückte sich vorsichtig und benetzte einen Finger mit dem Nass. „Süßwasser", rief er laut, „Cara, wir haben Süßwasser gefunden." Der Boden des Tümpels war durch das klare Wasser zu sehen. Offensichtlich war er nicht so tief, sodass Johannes es wagte, ein paar Zentimeter hineinzulaufen. „Wir haben den Jackpot geknackt", rief er Cara zu. „Das Wasser macht einen sauberen Eindruck, wir sollten es probieren. Man kann hier überall stehen, es ist wirklich wie ein kleiner Pool, komm wir nehmen ein Bad." Beim Ablegen der mittlerweile nahezu ruinierten Kleidung der beiden fand Cara den Brief von Max in ihrem BH. Daran hatte sie schon gar nicht mehr gedacht. Sie legte ihn behutsam in ihre Schuhe, um ihn dann später im Flieger sicher zu deponieren; schließlich hatten sie es Max versprochen. Das Wasser war angenehm kühl, es fühlte sich an wie Champagner und sie tranken so viel sie konnten davon. Die Lebensgeister der beiden kamen zurück und Cara musste etwas Schmunzeln. „Stell dir mal vor Johannes, uns würde hier einer filmen, ein Pilot und eine Fernsehjournalistin, nach dramatischer Flucht auf einer einsamen Insel. Hüllenlos badend in einem kleinen Tümpel. Das würde uns sowieso keiner glauben, Jungle Camp wäre nichts dagegen." „Da ist aber ein signifikanter Unterschied, hier sind die Hauptdarsteller um ein vielfaches intelligenter und werden sich selbst befreien. Wir werden das schaffen, meine liebe Cara, ja wir schaffen es hier wieder wegzukommen. Und zwar lebend", sagte Johannes und nahm noch einen großen Schluck von diesem herrlich frischen Wasser.

Den Rückweg zu ihrem Lager prägten sie sich haargenau ein, denn möglicherweise war das hier die einzige Möglichkeit an Süßwasser zu kommen. Unterwegs entdeckten sie unbekannte Früchte an den Bodengewächsen, diese sahen aus wie Kürbisse. „Was meinst du?", fragte Johannes. „Ob man die essen kann?" Er schnitt mit seinem Messer davon zwei ab und sie trugen sie in beiden Händen wie einen Schatz durch das Dickicht. Die Armbanduhr von Johannes lief offensichtlich weiterhin präzise und nach knapp drei Stunden sahen sie wieder ihren Flieger am Strand stehen, so als wenn er darauf wartete, sie nach einem Abenteuerausflug wieder in die Zivilisation zu bringen. Aber der Flieger war defekt, vermutlich waren auch nur noch wenige Liter Sprit in den Tanks. Aber zumindest hatte die Cessna wohl keinen strukturellen Schaden genommen. Johannes beschloss, sich in den nächsten Tagen mal mit dem Flieger zu beschäftigen, schließlich hatte er Flugzeugmechaniker gelernt.

„Das Abendessen ist fertig", witzelte Johannes. „Als Vorspeise gibt es Kokosstückchen, als Hauptgang probieren wir diese Kürbisse, dazu Kokosmilch aus Kokosnüssen." Er wusste nicht, ob er lachen oder weinen sollte und richtete mit den Fliegersitzen eine kleine Sitzecke her. Sie hatten nach dem Fund der Süßwasserquelle und dem ausgiebigen Erfrischungsbad zumindest etwas Lebensmut zurückbekommen. Die "Kürbisse" schienen essbar zu sein, sie schmeckten etwas süßlich und stillten zunächst ihren Hunger. „Was für ein Luxus", sagte Cara, „wir haben Wasser, etwas zu essen, wir brauchen nicht zu frieren und wir haben nachts ein Dach überm Kopf." „Und wir haben uns", sagte Johannes. „Alleine sein ist nicht gut, schon gar nicht hier. Wir sind ein tolles Team. Obwohl wir uns ja erst seit ein paar Wochen kennen, empfinde ich eine große Vertrautheit zwischen uns beiden." Cara floss eine Träne über ihre Wange. Sie fühlte sich bei Johannes geborgen und sicher; sie gab ihm einen Kuss auf die Wange.

In der hintersten Ecke des Fliegers entdeckte Johannes am nächsten Morgen zwei leere Plastikflaschen und ein Gepäcknetz. Cara stückelte gerade das Fruchtfleisch einer Kokosnuss fürs Frühstück, da rief Johannes laut: „Cara das ist hier der "Robinson Club All In", wir können uns jetzt Wasser von der Quelle holen. Nachher werden wir mal versuchen mit dem Gepäcknetz einen Fisch zu fangen, wir haben trockenes Holz und funktionierende Feuerzeuge."

Cara ging zum Strand und blickte lange Zeit auf das Meer. Ob uns wohl noch jemand sucht?, fragte sie sich. Ob wir hier jemals wieder weg kommen? Was machen die Lieben zu Hause wohl durch? Sie suchte den Horizont nach Schiffen ab, aber selbst wenn ein Schiff in ihre Nähe käme, würden sie wohl kaum entdeckt werden. Und es könnten auch Piraten sein, die sie vermutlich sofort umbringen würden. Sie drehte sich um und sah Johannes, der sich an diesem Gepäcknetz zu schaffen machte. Was für ein toller Mensch, was für ein Glück im Unglück, gerade mit diesem Menschen das hier durch zu machen. Johannes spürte ihre Gedanken, ihre Wehmut und ihre Nachdenklichkeit. Er kam mit dem Netz zu ihr und sagte leise: „Man darf nie aufgeben, es gibt immer einen Weg. Wir haben ein Ziel, auch wenn es gerade nicht erreichbar und sichtbar ist, so wird es sich schon zeigen. Mir geht es auch nicht anders als dir, aber es ist wie es ist. Machen wir jetzt das Beste daraus. Lass uns mal heute Abend überlegen, wie es weitergehen kann. Ich habe da etwas im Kopf. Erst mal versuchen wir jetzt einen Fisch zu fangen." Die einfühlsamen Worte taten Cara gut, sie schöpfte wieder etwas Mut.

Sie zogen ihre wenigen Kleidungsstücke aus und sprangen in das kühle Nass, blieben aber in Ufernähe und schauten wie zwei Kinder in das Wasser in der Erwartung, dass sich irgendwelche Fische um ihre Füße tummeln würden. Es war nichts zu sehen. Vielleicht gibt es ja hier gar keine Fische, dachte Johannes. „Also das ist hier wohl nicht der Garten Eden", sagte er. „Wir müssen anscheinend etwas Geduld haben." So warteten sie fast eine Stunde regungslos mit ihrem Netz und wollten schon fast aufgeben, da wurde es im Wasser lebendig. Ein kleiner Schwarm von Fischen in der Größe von Heringen tummelte sich um ihre Beine. Johannes schmiss das Netz augenblicklich über diesen Schwarm, nahm beide Enden in seine Hände und zog es wie ein Blitz aus dem Wasser. Der Schwarm musste ab sofort auf drei Kollegen verzichten, sie zappelten im Gepäcknetz einer Cessna 182, das Abendessen war gerettet.

„Ich habe noch nie so einen tollen Fisch gegessen", sagte Cara, „das gibt es in keinem Club der Welt." Sie saßen auf der ausgebauten Rückbank des Fliegers und ließen die letzten Sonnenstrahlen dieses Tages auf ihre Gesichter einfallen. Das kleine Feuer loderte noch, eine kleine Rauchsäule stieg nach oben, es war windstill.

„So stelle ich mir das Paradies vor, aber es ist nicht für uns", sagte Johannes. „Wir sind unfreiwillig hier, wir kommen aus einer anderen Welt, wir haben uns nicht dafür hier entschieden. Und trotzdem ist es schön hier, wir haben doch eigentlich alles was wir brauchen, das existenzielle Leben ist gesichert. Wenn wir ohne Erinnerungen hier wären, dann würden wir nichts vermissen, aber wir können unsere Vergangenheit nicht ignorieren, wir werden immer wieder von ihr eingeholt. Vielleicht geht es Menschen mit Demenzerkrankungen gar nicht mal schlecht, sie vermissen ihre Vergangenheit nicht mehr und erleben nur das Hier und Jetzt. Und trotzdem ist es ein Geschenk, dass wir uns erinnern können, wir werden uns auch mal an diesen Abend erinnern dürfen." Cara hörte Johannes aufmerksam zu kuschelte sich dabei ganz nah an ihn heran.

„Wie recht du hast", sagte sie leise, „es könnte hier das Paradies für uns sein, aber wir haben eine Vergangenheit und eine Zukunft, und wir werden in der Zukunft auf diese Vergangenheit schauen und uns Fragen stellen. Wir müssen immer mit der Vergangenheit leben, aber wir können heute entscheiden, auf welche Vergangenheit wir in der Zukunft schauen werden." Sie wussten beide, was sie mit ihren Worten meinten.

Die Tage vergingen, sie holten Wasser von der Quelle, badeten dort oder im Meer, ernährten sich von selbst gefangenen Fischen, von den "Kürbissen" und Kokosnüssen. Die Insel war unbewohnt, es waren keine Schiffe am Horizont zu sehen, kein Flugzeug oder Hubschrauber suchte nach ihnen. Man hatte sie wohl für verschollen erklärt. Im Schatten unter der Tragfläche studierte Johannes die alte Fliegerkarte. „Sind wir wirklich vor der jemenitischen Küste?", fragte er laut. Er ging in Gedanken noch mal den Flug bis hierher durch. Sie waren in Asha Addo auf das offene Meer gestartet. Nachdem sich der Vermummte verabschiedet hatte, brachte er die Maschine anhand des Magnetkompasses auf Nordkurs. Eigentlich hätten sie doch die Küste des Jemens sehen müssen. Er überprüfte im Cockpit den Kompass mit dem Stand der Sonne und der Uhrzeit seiner Armbanduhr und kam zu einer fatalen Erkenntnis. Durch den Ausbau der vielen Geräte im Cockpit, hatte sich die Deviation verändert, die Kompassnadel zeigte um fast 90° in die falsche Richtung. Somit waren sie nicht nach Norden geflogen, sondern weiter nach Osten. Damit waren sie nicht in der Nähe vom Festland sondern irgendwo mitten im Golf von Aden.

Johannes fing an zu rechnen, brachte Flugzeit und Geschwindigkeit in einen Zusammenhang und stellte fest, dass sie vermutlich ein bis zwei Flugstunden westlich der Insel Sokotra seien könnten. Die gehört zu Jemen wusste er, dort würden sie sicher nicht mit offenen Armen und Champagner begrüßt werden. Aber es wäre die einzig erreichbare Destination wieder in die Zivilisation zurück zu kommen. Ein Boot hatten sie nicht, aber ein Flugzeug. Also galt es der alten Lady Cessna mal unter die Haube zu schauen. Als sie am Abend bei Wasser und Fisch auf ihrer Sitzbank saßen, erzählte er Cara von seinen Erkenntnissen über den Standort und eine eventuelle Möglichkeit die Insel Sokotra zu erreichen. „Wir würden dort vermutlich sofort verhaftet. Wir haben keinen Funk, keinen Flugplan, ein

Flugzeug registriert in Äthiopien und wir sehen aus wie Robinson Crusoe nebst Gattin. Aber es könnte eine Chance sein. Morgen überprüfe ich erst mal den möglichen Spritvorrat in den Tanks und schaue mal, warum der Motor so gestottert hatte", sagte Johannes und nahm noch einen kräftigen Schluck aus der Kokosnuss.

An diesem Abend wurden sie gar nicht müde. Cara erzählte von ihrer Tätigkeit als Moderatorin und Journalistin, von den Höhen und Tiefen ihrer Karriere, dem unglaublichen Druck von oben, den Attacken von Konkurrenten und den ungewöhnlichen Arbeitszeiten. „Es geht hier vieles ums Geld, um Macht und Ansehen, da hat man es als Frau nicht leicht", erzählte sie. „Aber die Freude am Beruf selber gibt mir immer wieder die Kraft weiterzumachen. Das Projekt in Nairobi war eigentlich nicht für mich vorgesehen. Aber der Kollege ist plötzlich erkrankt und somit wurde ich damit beauftragt. Dann würdest du jetzt mit Rolf hier sitzen", sagte Cara und fing dabei heftig an zu lachen. „Du mit dem hier Fische fangen, das möchte ich mir nicht vorstellen." Es wird schon einen tieferen Sinn haben, dachte Johannes und erzählte ihr aus seinem Leben. Sie schliefen Arm in Arm auf der Rückbank ein und wurden von den ersten Strahlen der aufgehenden Sonne geweckt.

Cara machte sich auf den Weg zu Wasserstelle und füllte die beiden Flaschen mit dem köstlichen Nass. Sie dachte noch mal über die Gespräche vom gestrigen Abend nach; das ist schon eine außergewöhnliche Zeit im Leben. Sie ertappte sich bei dem Gedanken, ob sie das hier sogar mal vermissen würde, vielleicht lag es auch an Johannes? Als sie zurückkam, hatte Johannes eine Verkleidung der Cessna mit dem bescheidenen Werkzeug abgeschraubt. Er verkündete mit einem Strahlen über das ganze Gesicht, dass sich nur zwei Kabel der Zündanlage gelöst hatten und deshalb der Motor gestottert hatte und letztendlich stehen geblieben war. „Das kann ich in einem Tag reparieren. Um in die Tanks zu schauen, brauche ich aber eigentlich eine Leiter, denn die Tankstutzen sind oben auf den Tragflächen und ein Trittblech ist am Flugzeug nicht vorhanden. Ich gebe trotzdem mein Bestes!" Spät am Abend hatte er die Zündanlage repariert. „Das müsste für mehrere Flugstunden halten", sagte er zu sich und war mit seinem Tagewerk zufrieden. Er hatte auch die Batterie geprüft, aber die sagte keinen Mucks mehr, also galt es zu gegebenem Zeitpunkt den Motor von Hand anzuwerfen. Das hatte er noch nie wirklich gemacht. Das war auch nicht ungefährlich, aber offensichtlich die einzige Möglichkeit, die Kiste nochmal in die Luft zu kriegen.

Am nächsten Morgen überlegten Cara und Johannes, wie sie an die Tankstutzen herankommen könnten. „Was hältst du von einer Räuberleiter?", fragte Cara, „ich würde dich schon halten." Sie versuchten es bestimmt zehnmal. Immer wieder landeten sie dabei im Sand, aber sie gaben nicht auf und mit viel Hangelei erreichte Johannes schließlich die Tragfläche. Mit Herzklopfen drehte er den einen Verschluss auf und schaute in die Tiefe des Flügeltanks. Vielleicht zehn Liter waren da noch drin und auf der anderen Seite waren es maximal noch zwanzig. „Das reicht vielleicht für eine halbe Stunde", sagte er zutiefst enttäuscht. Sollte das hier jetzt doch das Ende sein? Am Abend saßen sie überwiegend schweigend an ihrem kleinen Feuer und knabberten an ihren Kokosnüssen herum. „Wir können auch den Flieger anstecken, in der Hoffnung, dass man den Rauch irgendwo zur Kenntnis nimmt und uns somit doch noch findet", grummelte Johannes in seinen mittlerweile gewachsenen Bart. „Aber die Chance ist so gering. Es muss eine andere Lösung geben." Cara schwieg. Sollte das hier doch noch eine

Robinson Crusoe Story werden? Es deutete im Moment alles darauf hin. Wortlos schliefen die beiden in ihrem Flieger ein.

Am nächsten Morgen gab Cara Johannes einen Kuss. „Entschuldige bitte, dass ich gestern so schweigend war, aber ich war einfach enttäuscht, dass da nicht mehr Sprit in dieser Cessna ist. Wir werden etwas finden, es wird sich schon zeigen", sagte sie und umarmte Johannes. „Ist vollkommen okay", sagte er, „wir werden umdenken." Sie frühstückten einen kleinen Kürbis und dann machte Johannes sich auf den Weg zur Wasserstelle, heute war er dran. Cara kümmerte sich derweil um das Gepäcknetz, welches große Löcher bekommen hatte. So gut es ging, flickte sie es mit den Resten der Fesseln aus dem Flugzeug. Sie fragte sich, wie lange sie und Johannes wohl schon auf Insel ausharrten. Gefühlt waren es bestimmt schon zwei Monate.

Johannes entschied sich, heute mal einen anderen Weg zu gehen, um eine mögliche Abkürzung zur Wasserstelle zu finden. Auf halbem Weg blieb er stehen, etwas Metallisches blinzelte durch das Strauchwerk. Er erschrak sich derartig, dass er zunächst wie angewurzelt stehen blieb. Außer dem Pfeifen einiger Buschvögel war nichts zu hören und fasste er den Mut und legte die Äste der Sträucher so zur Seite, dass er sehen konnte, was es dort mit dem Metallischen auf sich hatte.

Er traute seinen Augen nicht. Da lag eine zweimotorige Piper im Busch, die linke Tragfläche war abgerissen, die rechte schien noch Intakt zu sein. Sie musste hier wohl schon eine Zeitlang liegen, denn sie war schon sehr stark von Strauchwerk zugewachsen und zeigte deutlich Korrosion am Rumpf. Vorsichtig arbeitete sich Johannes zu dem Wrack vor. Im Cockpit lagen nur noch ein paar Knochen, vermutlich von dem Piloten. Der Rumpf war bis auf ein paar Holzkisten leer. Das Fahrwerk war ausgefahren, offensichtlich hatte der Pilot versucht hier notzulanden, möglicherweise wegen schlechten Wetters. Das mutete sich alles schon sehr gespenstisch an, aber Johannes schaute sich das Wrack noch etwas genauer an. Hatte der Flieger vielleicht noch Sprit in den Tanks? Er arbeitete sich durch das Dickicht an den rechten Tragflügel heran und versuchte den Tankstutzen zu öffnen. Das Gewinde war offensichtlich korrodiert, er bekam es mit Muskelkraft nicht aufgedreht. Er ruckelte etwas an der Fläche, es gluckerte im Tank. Hoffentlich ist das Sprit und kein Wasser, dachte er und machte sich dann wieder auf den Weg zu Cara. Vor Aufregung vergaß er die Wasserflaschen zu füllen. Dann gibt es halt heute mal nur Kokossaft, beschloss er. Cara war von den Neuigkeiten ganz außer sich. Sie beschlossen gleich morgen früh mit Werkzeug aus der Cessna zu dem abgestürzten Flieger aufzubrechen. Wie das Leben so spielt, dachte Cara, gestern noch scheinbare Hoffnungslosigkeit und heute möglicherweise direkt das Gegenteil.

Sie saßen auf ihrer Bank, knabberten an dem Kürbis. Da richtete sich Caras Blick auf den Strand. „Was schwimmt den da in der Brandung? Das sieht ja aus wie ein Gepäckstück", rief sie. Beide stürzten zum Strand und näherten sich in sicherem Abstand dem unbekannten Objekt. „Das ist ein Koffer, ein weißer Koffer", sagte Johannes und zog diesen vorsichtig an Land. Wie zwei Kinder unter dem Weihnachtsbaum standen sie geladen mit Höchstspannung vor dem Koffer. Er war nicht verschlossen. Johannes öffnete die beiden Schlösser und der Deckel ging auf. In dem Koffer war Sand, feiner heller Sand. Auch nach intensivem Suchen konnten sie keinen weiteren Inhalt ausmachen. Sie nahmen den Koffer mit zu ihrem Lager und ließen ihn dort erst mal trocknen. Was hatte das zu bedeuten? Wo kommt dieser

Koffer her, warum ist er weiß und warum ist da nur Sand drin?

Sie saßen eine ganze Weile schweigend da und starrten auf diesen Koffer. „Weißt du Cara, in dem Koffer ist die ganze Welt drin, jedes Sandkorn ist eine Geschichte. Das sind ganz viele Geschichten von Freude und Heiterkeit, von Schönem und Traurigem, von Erfolgen und Misserfolgen, von Neid und Hass, von Glück, Liebe, und letztendlich steckt hinter allem der Sinn unseres gesamten Lebens. Auch unsere Geschichten sind darin enthalten, sie bleiben unvergänglich und wir werden irgendwann mal zu unseren Sandkörnern eine Geschichte erzählen. Die Geschichten der Sandkörner in dem Koffer kennen wir nicht, aber in unserer Phantasie können wir uns viele vorstellen. Wir entscheiden, welche Geschichten wir da einpacken werden. Wir werden somit immer auf unsere Vergangenheit schauen und darüber entscheiden. Nur wir selber, jeder für sich!"

Am nächsten Morgen war das Wetter ungemütlich, es hatte nachts geregnet, der Himmel war wolkenverhangen und eine hohe Luftfeuchtigkeit machte den beiden auf dem Weg zu der abgestürzten Piper zu schaffen. Cara war sehr still, sie hatte kaum geschlafen, ihre Gedanken hingen daheim an ihren Lieben. Nahezu wortlos gingen sie hintereinander den mittlerweile von ihnen leicht ausgetretenen Pfad. Ihre Schuhe lösten sich langsam auf, die wenigen Kleidungsstücke wirkten eher wie Lumpen. Die Jeans von Cara sah aus wie eine absichtlich zerfetzte Designerhose einer Nobelmarke im Store in Hamburg für hunderte von Euros. Johannes dachte an die Piper, hoffentlich ist da noch Sprit drin, hoffentlich kommen wir hier wieder weg.

Sie erreichten das Wrack nach knapp einer Stunde und Johannes wühlte sich durchs Geäst, um an den unbeschädigten Flügel heranzukommen. Cara kroch hinter ihm her, sie trug das Werkzeug und eine von den beiden Plastikflaschen, mit denen sie dann gegebenenfalls eine Spritprobe entnehmen konnten. Mit dem bescheidenen Werkzeug versuchte Johannes den Tankdeckel gängig zu machen, aber es rührte sich nichts. Der Schweiß rannte ihm wie ein Wasserfall von der Stirn. Er konnte kaum etwas sehen, aber er gab nicht auf. Dieses verdammte Ding muss sich doch drehen lassen, dachte er. Dann, ein Knacken, der Deckel ließ sich endlich öffnen. Es war wie das Öffnen eines guten alten Rotweins; der Tank war nahezu randvoll mit Sprit. Vor Freude liefen beiden Tränen aus den Augen und vermischten sich mit dem Schweiß, aber das war jetzt alles egal.

„Ich schätze das sind ungefähr hundert Liter", sagte Johannes, „wenn wir das Zeug irgendwie in die Cessna bekommen, haben wir Sprit für ungefähr drei Flugstunden. Das würde dann, wenn ich mich nicht verrechnet habe und wir da sind wo ich vermute, bis Sokotra reichen." Er verschloss wieder sorgsam den Tankdeckel und beide machten sich auf den Rückweg zu ihrem Lager. Cara war wieder aufgetaut. „Du Johannes, wenn wir eine Flasche zum Transport des Benzins benutzen und die andere für unser Trinkwasser, dann müssen wir ungefähr 100 Mal gehen. Es ist immer ein Weg von insgesamt zwei Stunden, vier Mal am Tag, das wären 25 Tage", sagte Cara. Johannes zwinkerte mit den Augen, „fast ein Monat stramme Arbeit, eine gute Idee", antwortete er, „es bleibt uns wohl nichts anderes übrig." „Wir bauen erst mal irgendeine Leiter, damit wir an die Tanköffnungen auf den Tragflächen der Cessna drankommen. Wir dürfen nicht einen Milliliter verplempern", sagte Johannes. Im Lager angekommen, setzten sie sich auf die Rückbank der Cessna, knackten zur

Feier des Tages eine Kokosnuss und schmiedeten einen genauen Plan zur Betankung ihres Fliegers.

„Wir gehen am besten immer zu zweit", sagte Johannes, „einer holt frisches Wasser und der andere füllt den Sprit ab. Die Quelle und die Piper liegen ja glücklicherweise nicht so weit auseinander, so könnten wir es in der Tat bis zu vier Mal am Tag schaffen." Wir dürfen uns nur nicht überfordern, auf ein paar Tage kommt es jetzt auch nicht mehr an." „Weißt du was Cara, wir gehen jetzt erst mal im Meer schwimmen. Ich brauche eine Abkühlung." „Da bin ich sofort dabei", sagte Cara grinsend. Wie zwei Kinder sprangen und tobten sie in den flachen Wellen herum, bespritzten sich mit Wasser und fielen sich dabei eher zufällig in die Arme. Cara schaute Johannes tief in die Augen und flüsterte ihm ins linke Ohr: „Ich mag dich Johannes. Manchmal frage ich mich, ob ich hier überhaupt wieder weg möchte, es fühlt sich gut an in deiner Nähe zu sein." Johannes hatte Herzklopfen. „Das geht mir auch so, ich mag dich auch, aber wenn es eine Zukunft gibt, dann müssen wir zunächst an der Vergangenheit arbeiten."

Beide lagen im Schatten und erholten sich von dem Bad im Meer. Cara war eingeschlafen und Johannes dachte an Serena. Irgendetwas war anders geworden. Er liebte sie immer noch, aber fragte sich, was er eigentlich an ihr liebte. Sie war seine erste richtige Liebe, sie hatten viel guten Sex miteinander und eine harmonische Zeit in Telgte. Aber irgendwie hatte sich etwas verändert. Er betrachtete Cara, sie ist eine bemerkenswerte Frau, anders als Serena. Mit diesem Gedanken schlief er ein.

Noch am selben Abend bauten sie eine Leiter aus Bambusstangen und Lianen, so wie man es sich in der Abenteuergeschichte von Robinson Crusoe vorstellt. Das Messer leistete mal wieder hervorragende Dienste und am

Ende stand sie fest verankert im Boden. Durch die Leiter war der Tankstutzen der Cessna jetzt gut erreichbar. Cara schaute Johannes mit einem ganz besonderem Blick an und sagte: „Wir sind ein tolles Team, wir können alles schaffen."

Am nächsten Morgen war Cara schlecht gelaunt, sie hatte in der Nacht viel wachgelegen und wollte auch gar nichts essen. Johannes versuchte sie aufzumuntern, aber sie war ziemlich grantig zu ihm und sagte, dass sie heute nicht mit zum Wasser oder Sprit holen gehen würde. Johannes war sichtlich irritiert, er ließ sie aber in Ruhe, möglicherweise hatte sie einfach nur einen Tiefpunkt und eine depressive Verstimmung.

„Du kannst mit mir über alles sprechen. Wenn es was mit mir zu tun hat, dann sag es ruhig." „Nein nein, alles gut. Ich bin nur schlecht drauf", sagte Cara. Johannes mochte solche Spannungen nicht, zumal er keine Ahnung hatte, was in Cara vor sich ging. Er schlug vor, heute nochmal zum Flugzeugwrack zu laufen, vielleicht könne er schon mal den ersten Liter Sprit abzapfen. „Bei der Gelegenheit hole ich auch noch eine Ladung Wasser. Wenn ich wiederkomme fangen wir einen Fisch und grillen den", sagte Johannes, „ist das okay für dich, wenn du heute hier alleine bleibst?" Sie nickte. „Ich komme schon klar." Auf dem Weg zur Piper dachte Johannes nach und fragte sich, ob er vielleicht etwas falsch gemacht haben könnte. Er kam aber nicht wirklich zu einer Erkenntnis und hoffte, dass Cara sich später wieder gefangen hatte.

Das Umfüllen des Sprits aus dem Tank der Piper war nicht so einfach. Er musste erst mal einen möglichst langen Schlauch finden, um diesen in den Tank zu führen, um dann mit Ansaugen das edle Nass aus der Fläche herauszubekommen. In der Gondel des noch optisch relativ gut erhaltenden Motors an der rechten Tragfläche entdeckte Johannes metallische Benzinleitungen. Die könnten reichen, dachte er. Mit viel Aufwand kann ich eine Leitung davon von ausreichender Länge freilegen und abmontieren. Die noch brauchbare Holzkiste im Heck der Piper wuchtete er dann mit größter Mühe unter den Flügel, sodass er darauf klettern konnte, um dann die alte Benzinleitung nach Entfernen des Tankdeckels in den Flügel zum Absaugen des Sprites zu führen. Was für eine Aktion, dachte er. Sonst vergehen beim Tanken vielleicht fünf bis zehn Minuten und dann hatten mehrere hundert Liter ihren Aufenthaltsort gewechselt. Nach mühevollem Zurechtbiegen der Leitung floss dann der erste Liter in die Plastikflasche. Johannes freute sich wie ein kleines Kind, welches zum ersten Mal in seinem Leben ein paar Bauklötze aufeinander geschichtet hatte. Zumindest muss ich hier nichts bezahlen, dachte er mit leichtem Schmunzeln.

Auf dem Rückweg, vielleicht so zehn Minuten vor Erreichen der der Basis, trat er auf etwas Spitzes. Der plötzliche Schmerz war so groß, dass er aufschrie und sich augenblicklich zu Boden fallen ließ. Ein dicker, langer Dorn irgendeiner Pflanze hatte sich zwischen Steinen verkeilt und sich durch den ausgelatschten Schuh ganz tief in seinen Mittelfuß gerammt und war dabei abgebrochen. Er versuchte das Ding heraus zu bekommen, aber kam da nicht wirklich dran. Er beschloss, möglichst schnell zu Cara zurück zu humpeln. Er hatte höllische Schmerzen und brauchte für den restlichen Weg fast eine Stunde. Kurz vor der Basis kam Cara ihm entgegen gelaufen, sie war total aufgeregt und fragte Johannes mit zitternder Stimme, was denn passiert sei. Sie nahm ihm beide Flaschen ab und stützte ihn so gut es ging, so schafften sie den Rest des Weges.

In ihrer Basis angekommen, ließ sich Johannes völlig erschöpft auf die Rückbank der Cessna fallen. Cara war total besorgt, sie reinigte die Stelle am Fuß mit dem Trinkwasser. „Das Ding muss irgendwie aus deinem Fuß." „Das sehe ich auch so", sagte Johannes, „aber eine Notfallchirurgie gibt es hier vermutlich nicht, ich habe aber auch meine Krankenkassenkarte nicht dabei." Cara fing an zu weinen, sie legte ihren Arm um seine Schulter und gab ihm einen Kuss auf die Wange. „Ich bin zwar keine Ärztin, aber ich habe eine Ausbildung als Rettungssanitäterin, also mit irgendeinem scharfen Gegenstand kann ich versuchen dir diesen Dorn herauszuholen. Das Messer, ist das scharf genug? Und Johannes, es tut mit furchtbar leid, dass ich heute Morgen so abweisend zu dir war. Ich hoffe du entschuldigst das, ich mach das wieder gut. Ich hatte so ein paar komische Gedanken, aber davon erzähle ich dir später, jetzt bist du mein Patient und wir beraten jetzt, wie wir vorgehen werden." Sie machten einen Operationsplan, Termin sofort, so lange es hell war.

„Zuerst sollten wir den Fuß gründlich mit Meerwasser reinigen", sagte Johannes, „dann können wir das Messer über dem Feuer soweit wie möglich keimfrei machen. Aber was ist mit den Schmerzen? Ich halte das so nicht aus!" Beide waren sich darüber im Klaren, dass sie keine Wahl hatten, wollten sie beide jemals diese Insel wieder lebend verlassen. Johannes hatte starke Schmerzen, er konnte überhaupt nicht mehr auftreten und bekam es mit der Angst zu tun. „Der Dorn muss raus, egal wie, ich muss das aushalten", sagte er. Sie saßen eine Weile schweigend nebeneinander, da kam Cara ein Gedanke. „Was ist mit dem Kokain?" Johannes dachte kurz nach, entschied sich aber, das nicht zu nehmen. Er wusste, dass man schon von einer Dosis abhängig werden konnte. „Nein Cara, das würde vielleicht den Schmerz lindern, aber ich habe Angst vor Drogen, ich halte das aus."

Er nahm ein Stück Holz in die Hand, zeigte es Cara und sagte, „das ist mein Beißholz für die OP, ich vertraue dir, wir machen das jetzt sofort, dann haben wir es hinter uns." Es war noch hell genug. Cara saß mit dem Gesicht zum kleinen Feuer, in ihren Augen spiegelte sich Angst, eine Träne kullerte über ihre rechte Wange. Es war eine surreale Atmosphäre, Johannes mit dem Beißholz im Mund, Cara mit dem Messer im Feuer saß ihm gegenüber, die leichte Brandung des Meeres und das Rauschen der Palmenwedel im Wind klangen wie die Ouvertüre zu einem Stierkampf. Johannes nahm das Holz aus dem Mund, wischte Cara die Träne von der Wange und sagte: „Ich habe vollstes Vertrauen zu dir, wenn das Messer kalt ist, machst du mit dessen Spitze einen kleinen Schnitt neben dem Stachel, und dann versuchst du dieses Scheißding mit den Fingernägeln zu packen und ziehst es raus. Halte dann fest den Daumen auf die Wunde damit der Blutfluss gestillt wird. Sollte ich ohnmächtig werden, gib mir einen Klaps auf die Wange. Du schaffst das!"

Cara hatte das Gefühl, den Boden unter den Füßen zu verlieren, von ihr hing jetzt alles ab. Ohne Johannes würde sie vermutlich von diesem Ort nie wieder weg kommen. Sollte er dabei sterben würde sie auch noch alleine hier bleiben. Sie musste das schaffen und in diesem Augenblick spürte sie besonders intensiv, dass sie ihn sehr mochte. Johannes legte seinen Fuß in Caras Schoß, nahm das Holzstück zwischen die Zähne und signalisierte ihr, dass er bereit sei. Cara war plötzlich hellwach und konzentriert. Sie versuchte wie vorgesehen einen kleinen Schnitt zu setzen, aber Johannes zuckte vor Schmerz reflexartig. Beim dritten Anlauf gelang es ihr, es blutete an der Wunde wie eine undichte Wasserleitung, aber Johannes hielt still und nach etwas Pulerei konnte sie den Dorn packen und zog ihn ohne abzubrechen aus dem

Fuß heraus. „Hier ist er", schrie sie, „was für ein dickes Ding, es ist vollbracht." Johannes rührte sich nicht, er war von dem Schmerz ohnmächtig geworden. Cara bekam Panik, mit ihren blutverschmierten Händen klatschte sie ihm auf die Wangen, aber er reagierte nicht. Was mache ich jetzt bloß, dachte sie und schaute zum Himmel. „Bitte lieber Gott, lass ihn wach werden, lass ihn gesund werden", flüsterte sie leise. Johannes zuckte ein paar Mal und öffnete die Augen und nahm das Holz aus dem Mund.

„Danke, ich wusste es, dass du das schaffst", sagte er mit zittriger Stimme. Mit dem Rest aus der Wasserflasche reinigte Cara die Wunde und machte aus den noch vorhandenen Fesseln aus dem Flieger so gut es ging einen Wundverband. „Du musst jetzt das Bein ganz still halten, auf gar keinen Fall darfst du laufen, ich versorge dich mit allem. Morgen wenn es hell wird hole ich Wasser, heute gibt es Kokosmilch." Sie betrachteten den herausoperierten Stachel und fingen beide an zu lachen. „Wir schlafen am besten heute Nacht hier draußen, es ist angenehm warm. Und hier kannst du vor allen Dingen dein Bein ausstrecken." Johannes fühlte sich besser, das Ding war draußen. Er hatte zwar immer noch starke Schmerzen, aber die Anwesenheit von Cara tat ihm gut und er hoffte, möglichst bald wieder laufen zu können. Cara legte noch ein paar getrocknete Äste auf das Feuer und bereitete das Abendessen zu: Kokosnuss, Kürbis, noch ein geräuchertes Fischfilet vom Vortag und dazu Kokosmilch.

Johannes beobachtete sie, wie sie sich im seichten Wasser am Strand ihre Hände und Arme vom Blut reinigte, wie eine Fee tänzelte sie in der Dämmerung durch das Wasser und winkte ihm zu, als wenn sie sagen wollte, komm doch zu mir. Johannes fragte sich, ob er vielleicht noch bewusstlos sei und das jetzt nur träumte, aber der Schmerz ließ ihn in der Realität bleiben. Hoffentlich geht das alles gut.

Als Cara am nächsten Morgen aufwachte, schlief Johannes noch. Sie beobachtete ihn sehr aufmerksam, der Fuß schien nicht geschwollen und auch das Bein zeigte keine Entzündungserscheinungen und auch keine Blutvergiftungsspuren. Sie ließ ihn nicht aus den Augen, fühlte seinen Puls und spürte dabei eine besondere Verbundenheit. Das ist ein verdammt netter Kerl, dachte sie, jetzt sind wir schon viele Wochen hier und es kommen bestimmt noch ganz viele dazu. Aber zu keinem Zeitpunkt hat er die Lage ausgenutzt, eigentlich ist das für einen Mann eher ungewöhnlich. Er wird doch wohl nicht schwul sein? Johannes schlug die Augen auf.

„Guten Morgen, liebe Cara." Er gähnte. „Das Bein ist ja noch dran. Machst du denn auch gleich eine Arztvisite?" Cara lachte und schaute sich die Wunde an. Diese sah relativ gut aus und sie versuchte so gut es ging die restlichen Blutreste zu entfernen und machte einen neuen Verband. „Du bleibst jetzt schön hier liegen, ich verordne dir mindestens drei Tage Bettruhe. Ich gehe gleich Wasser holen, wir müssen bald unbedingt etwas trinken."

Johannes schaute auf das Meer. Hoffentlich kommt sie heil wieder, dachte er. Sie ist eine bemerkenswerte Frau, ob sie sich wohl im richtigen Leben auch so gut verstehen würden? Er dachte an Serena, was macht sie wohl jetzt? Ob sie noch in Kenia ist und nach ihm sucht? Es ging ihm so vieles durch den Kopf. In weiter Ferne zog ein Schiff vorbei. Aber die würden uns hier nicht sehen. Selbst ein Feuer würden sie auf die Entfernung kaum ausmachen und überhaupt, wer weiß ob das nicht Piraten sind? Es blieb der Plan mit der Cessna Sokotra zu erreichen, noch ein paar Wochen den Sprit abzusaugen, die Tanks zu füllen und zu hoffen, dass der verdammte Motor anspringt.

Nach ein paar Tagen konnte Johannes wieder auftreten und machte die ersten Gehversuche. Die Wunde war weitestgehend verheilt und so konnte er erst mal im Meer ein ordentliches Bad nehmen. Cara begleitete ihn, blieb ganz dicht bei ihm und ließ ihn nicht aus den Augen. Das kühle Wasser war sehr wohltuend und beide plantschten wie zwei fröhliche Kinder in einem aufgeblasenen Schwimmbecken im Garten. Cara schwamm ganz dicht an Johannes heran, umarmte ihn und flüsterte: „Müssen wir hier eigentlich wirklich weg?" Johannes spürte ihren weichen Körper und konnte dabei ein besonderes Gefühl nicht verbergen. „Ja", flüsterte er ebenfalls, als wenn es keiner hören sollte, „wenn wir eine Zukunft haben wollen, dann sollten wir der Vergangenheit in die Augen schauen." „Ich bin dabei", sagte Cara mit sanfter Stimme und gab ihm einen zärtlichen Kuss.

Vom Meer wehte ein leichter kühler Wind über die Insel, sodass es die beiden etwas fröstelte. Cara schürte das kleine Lagerfeuer und legte noch ein paar Hölzer auf. Die Atmosphäre erinnerte Johannes mal wieder an die Geschichte von Robinson Crusoe; und im Grunde war es ja auch nicht viel anders, nur dass sie zu zweit waren. Aber das war letztendlich genauso wichtig wie Wasser und Luft, zu einem "Ich" gehört ein "Du", ohne ein Gegenüber können wir uns auf Dauer nicht im Leben positionieren und verlieren den Bezug zum Dasein.

„Sag mal, Johannes", flüsterte Cara, „wann haben wir eigentlich Weihnachten?" Johannes überlegte eine Weile und antwortete zögerlich. „Ich denke Weihnachten steht vor der Tür, vielleicht so in einer Woche, was meinst du? Wir sollten uns einen eigenen Kalender, eine eigene Zeitrechnung machen. Wir legen jeden neuen Tag einen kleinen Stein auf den weißen Koffer und beim siebten Stein ist Weihnachten." „Das gefällt mir", antwortete Cara, „gibt es denn auch

Geschenke?" „Na klar, ich werde mal versuchen bei Amazon etwas zu bestellen, vielleicht liefern die ja auch hierher, was wünscht du dir denn?" Cara musste laut lachen. „Du bist echt ein Scherzkeks mein Lieber, dann bestell bitte für mich noch ein gutes Buch mit, dann habe ich an den langen Weihnachtstagen etwas zu Lesen. Und was wünschst du dir, vielleicht einen Werkzeugkasten? Dann baust du uns ein Haus und wir bleiben hier, aber bitte mit offenem Kamin, ich liebe Feuer." Sie lachten und überlegten, wie sie denn wohl den Weihnachtsbaum schmücken würden. Sie machten sich einen Plan, eine traditionelle Arbeitsteilung. Johannes wurde zum Christbaumschmücken eingeteilt und Cara wollte ein ganz besonderes Abendessen zubereiten.

Direkt am nächsten Morgen begannen die Aktivitäten. Johannes machte sich auf die Suche nach einem geeigneten Weihnachtsbaum, nur hatte diese Insel nicht wirklich Nadelhölzer zu bieten und so entschied er sich für eine besonders schöne Palme unweit ihres Camps. Was hängt denn da in der Krone der Palme?, fragte sich Johannes und kam zu der Erkenntnis, dass das wohl Datteln sein müssten. Und es waren Datteln. Er freute sich wie ein kleiner Junge, schließlich konnten sie nun doch ihre recht monotone Ernährung mit frischen Datteln ergänzen. Johannes schaute sich um, im näheren Umfeld standen etliche Dattelpalmen mit riesigen Fruchtmengen in ihren Kronen. Warum haben wir die nicht schon eher entdeckt? Cara empfing ihn freudestrahlend mit den Worten: „Weil es manchmal erst Weihnachten werden muss um etwas zu entdecken. Das ist ja toll mit den Datteln, ich werde noch einen weiteren Gang beim Weihnachtsessen einbauen." Das Fest näherte sich und Johannes überlegte, wie er denn die Weihnachtspalme schmücken würde. Er hatte eine Idee. Cara war ganz damit beschäftigt irgendetwas vorzubereiten; irgendwie waren beide etwas aufgeregt.

Am siebten Tag ihrer neuen Zeitrechnung legten sie einen ganz besonders schönen Stein auf den Koffer, es war der "Heilige Abend" im Golf von Aden für Cara und Johannes. Am frühen Morgen, als Cara noch fest schlief, hatte er die Palme im Boden in ihrem Camp fest verankert, hatte die Palmenwedel mit Salzwasser befeuchtet und mit dem feinen weißen Sand bestreut, sodass es täuschend ähnlich nach frischem Schnee aussah. Er hatte vorsichtig das rote Positionslicht der Cessna am linken Flügel abmontiert und an die Palme gehängt, am Abend im Schein des Lagerfeuers würde es leuchten.

„Es hat geschneit Cara, schau mal die Palme ist ganz weiß." Cara war gerührt, sie liebte daheim die Winter und den Schnee, aber das hier im arabischen Süden war die Krönung. „Ach Johannes, das ist ja eine Überraschung, und das rote Lämpchen, es funkelt jetzt schon in der Sonne." Während Johannes am Nachmittag in einen tiefen Schlaf gefallen war, nutzte Cara die Zeit, um das Weihnachtsessen vorzubereiten. Zum Auftakt gab es Datteln auf Palmenblatt, gefolgt von einem Cocktail von Kürbisessenz, als Hauptgang frischen Fisch auf heißem Stein und als Dessert hatte Cara eine Komposition aus Kokosnuss an Dattelherzen vorbereitet. Auf dem größten mit Sand beschneiten Palmenwedel der Weihnachtspalme schrieb sie mit ihren Fingern die Speisekarte. „Bon appetit". Sie entfernte den Sand von der Cessna Sitzbank und stellte eine Kerze auf den Naturtisch aus Felsen. Diese hatte sie beim Durchsuchen der Piper im Laderaum gefunden und mit dem Hintergedanken mitgenommen, sie mal zu einem besonderen Anlass anzuzünden. Heute war Weihnachten, heute sollte sie brennen.

Johannes wurde wach. „Ist schon Bescherung?", murmelte er. Als es dämmerte, zündete Cara die Kerze an. Im Schein ihres Lichts erstrahlten die Augen von Johannes wie zwei Edelsteine in den Auslagen eines Juweliers. Er studierte die Speisekarte und signalisierte Cara, dass er auch schon einen guten Hunger habe. „Frohe Weihnachten Johannes." „Frohe Weihnachten Cara." Sie küssten sich eine gefühlte Ewigkeit, prosteten sich mit Kokosmilch zu und machten sich dann über die angerichteten Speisen her. „Cara, du bist eine gute Köchin, das schmeckt superlecker", sagte Johannes. „Und überhaupt, es ist einfach schön mit dir." Das rote Positionslicht der Cessna leuchtete im Feuerschein wie ein Rubin, ein paar Sternschnuppen fielen vom Himmel. Es war Weihnachten, zumindest für Johannes und Cara, denn eigentlich schrieb der Weltkalender in diesem Moment den 25. Februar. Aber egal, Weihnachten kann immer sein, egal wo und egal wann. „Ich habe da noch etwas, es ist von dieser Insel", flüsterte Johannes. „Ich habe da auch noch etwas, auch ich habe es hier gefunden", sagte Cara leise, „ein kleines Geschenk." „Ich auch", erwiderte Johannes, „komm wir legen es zeitgleich auf den weißen Koffer, er soll unser Gabentisch sein."

Wie zwei Kinder unter dem Christbaum schlugen ihre Herzen höher. Wie schön Weihnachten doch ist, dachten beide; der Sinn dieses Festes war ihnen in der Hektik der Zivilisation leider zunehmend abhandengekommen. Auf dem Koffer lagen zwei sich sehr ähnelnde kleine Päckchen, eins in einem Palmenblatt, mit einer Schleife aus einer Lianenflanze liebevoll verziert. „Ich bin so aufgeregt", flüsterte Cara, „ich packe es jetzt aus." Im Schein des Feuers erblickte eine wundervolle Perle das Licht. Sie war so gerührt, dass ihr augenblicklich Tränen über die Wangen liefen. „Die ist aber schön, ich danke dir von Herzen. Jetzt bist du dran mein Lieber." Das Palmenblatt von Johannes gab nach dem Entfalten eine wundervolle Muschel frei. Er freute sich wie ein Schneekönig und beide umarmten sich innig. „Das ist ja schon bemerkenswert, dass ich diese Perle gefunden habe und du diese Muschel", sagte Johannes. „Möglicherweise ist die Perle in dieser Muschel aufgewachsen." „Ist sie", flüsterte Cara zärtlich in sein rechtes Ohr. „Es ist ein Zeichen des Himmels, es ist die Herrlichkeit des Heiligen Abend, es ist ein Geschenk Gottes, wir gehören zusammen. Komm lass uns schwimmen gehen.

Sie ließen ihre nassen Körper am Lagerfeuer trocknen. Es wehte ein leichter warmer Wind, ein scharf umrissener Halbmond schraubte sich langsam über die Wasseroberfläche. Die Atmosphäre glich dem Bühnenbild eines Musicals. „Was wäre eigentlich, wenn wir als Babys hier abgesetzt worden wären, würden wir dann auch Weihnachten feiern?", fragte Johannes Cara nach einer Weile. „Das ist aber eine sehr spannende Frage", antwortete Cara, „vermutlich hätten wir gar keine Sprache. Wir wüssten nichts von Gott und seinem Sohn, wir hätten ja überhaupt keine Informationen, also würden wir auch nicht Weihnachten feiern." „Ja, schon", erwiderte Johannes, „aber vielleicht würden wir doch an etwas glauben, möglicherweise würden wir uns eigene Götter schaffen, etwa einen Gott der Kokospalme oder so." Cara schmunzelte. „Ja, vermutlich ist es wirklich egal an was wir glauben. Hauptsache ein Glaube trägt uns durch das Leben und gibt uns Hoffnung." „Das denke ich auch, aber dann muss man sich die Frage stellen, warum doch Gläubige unterschiedlicher Ausrichtung sich ständig streiten, es zu regelrechten Glaubenskriegen kommt, bis hin zur möglichen Vernichtung ganzer Glaubenskulturen", ergänzte Johannes.

„Es ist Intoleranz gemischt mit Dummheit, es fehlt an Respekt gegenüber dem Anderen und Anderssein, es ist blinde Folgsamkeit ohne die Frage zu stellen, worum es eigentlich geht. Besonders kompliziert ist ja die Beziehung zwischen dem Christentum und dem Islam, leider fehlt es hier zunehmend an Toleranz und das gilt für beide Seiten. Eine Lösung habe ich nicht, aber ich spüre in mir, dass es lohnenswert ist, sich mit der Problematik näher zu beschäftigen. Vielleicht kommen wir ja mal wieder zurück in die Welt, dann beschäftigen wir uns näher damit, wie auch immer", sagte Cara.

„Wir sind jetzt in der Welt, wir sind nur gerade mal woanders, jeder ist immer irgendwo woanders, aber unserem Herzen ist es egal, wo es ist. Es schlägt überall, es fragt nicht nach Glauben, Geld und Macht, es differenziert nicht nach Sympathie und Antipathie, es arbeitet bedingungslos; es ist der Schlüssel zum Glück. Es schlägt nicht nur in unserem Körper, es entfaltet auch eine mächtige Energie in unserer Seele. Wenn wir das verstehen, dann sind wir auch in der Lage, mit Konflikten besser umzugehen", fügte Johannes hinzu. Sie schwiegen eine ganze Zeit, dann sangen sie "Stille Nacht" im Golf von Aden, bei gefühlten 28° Celsius, umringt von islamischen Staaten, einsam auf einer Insel. Dann wurde es still, nur der leichte Wind bewegte die Palmenblätter hin und her, so als wenn sie applaudieren würden.

Am nächsten Morgen saßen beide wie zwei Kleinkinder vor dem "Gabentisch" und betrachteten die Muschel und die Perle. „Ich möchte die Perle in der Muschel geschützt wissen. Komm wir legen sie hinein und verschließen die Muschel mit diesem Harz von den Palmen hier, dann sind wir unzertrennlich, egal was passiert", sagte Cara mit samtweicher Stimme. „Das machen wir", antwortete Johannes, „und dann legen wir sie in den weißen Koffer, da ist nämlich so ein kleines gepolstertes Nebenfach." Cara nahm die wunderschöne Perle und mit einem liebevollen Blick zu Johannes legte sie sie behutsam in die Muschel. Johannes gab der Perle einen sanften Kuss und verschloss dann die Muschel mit dem Palmenharz für die Ewigkeit.

Es vergingen noch mehrere Wochen, vielleicht sogar Monate, die Uhr von Johannes hatte mittlerweile ihren Geist aufgegeben und diente nur noch als Schmuckstück. Sie gingen jeden Tag zwei Mal Wasser und Sprit holen, es war wirklich sehr mühselig und manchmal fragten sie sich, ob das alles überhaupt zu schaffen sei. Aber sie hatten einen Plan und ein Ziel. Und dann war es soweit, der Sprit aus der Piper war komplett abgefüllt und in den Tanks der Cessna gebunkert. Sie planten jetzt ihre Abreise. Johannes hatte mittlerweile einen langen Bart und sah aus wie Moses vom Berg Sinai. Das Messer tat auch hier mal wieder gute Dienste. Cara rasierte Johannes mit bemerkenswertem Geschick zurück in die Zivilisation.

„Das Messer lassen wir dann besser hier", sagte Johannes, „wir vergraben es und machen ein Kreuz drauf, mit dem Schriftzug: "Danke Max". Sollten wir wirklich jemals die Zivilisation wieder erreichen, dann bekommen wir sowieso schon genug Probleme, ein Messer kommt dann nicht so gut." Wortlos bauten sie die Sitze und die Rückbank wieder in die Cessna ein, Johannes reinigte die Scheiben und checkte die Reifen. Viel Luft war nicht mehr drauf, aber für den weichen Sand war das eher von Vorteil. Lediglich bei einer möglichen Landung auf einer Asphaltpiste könnte es Probleme geben, aber soweit mussten sie erst mal kommen. Sie vergewisserten sich, dass die Tüten mit dem Kokain entsorgt waren und der Brief an die Eltern von Max in Caras BH sicher eingebettet war. Ansonsten hatten sie kein Gepäck, ihre Kleidung glich eher einer Lumpensammlung. „Morgen versuchen wir es", sagte Johannes. „Am besten, wir besprechen das Prozedere heute Abend und nehmen dann Abschied von unserer Insel."

Sie saßen zunächst schweigend am Feuer und knabberten an dem gegrillten Fisch, den sie am Tage noch frisch gefangen hatten, dazu gab es Kokosmilch. Das Wasser wollten sie sich für den nächsten Tag aufheben. Vor ihnen stand der weiße Koffer. Johannes hatte ihn geöffnet und während sie sich vieles aus ihrem bisherigen Leben erzählten, ließen sie immer wieder ein paar Sandkörner in den Koffer rieseln. „Stell dir vor Johannes", sagte Cara, „jedes Sandkorn ist eine Geschichte eines Menschen." „Das ist ein guter Gedanke, ein paar Geschichten von uns sind ja schon darin; es sollen mehr werden, der Koffer soll mal eines Tages randvollsein", erwiderte Johannes. Cara hatten die Worte von Johannes berührt. Sie musste ihm unbedingt noch etwas sagen. Ob sie den morgigen Tag überleben, oder sich möglicherweise niemals wiedersehen würden, das stand in den Sternen.

„Du Johannes, ich war einmal morgens etwas ruppig zu dir, das war an dem Tag, wo du dich am Fuß verletzt hattest. Ich hatte die Nacht davor wachgelegen und über einiges nachgedacht. Ich dachte, wie es wohl wäre, wenn wir hier nicht mehr wegkommen würden. Dieser Gedanke fühlte sich gar nicht so schlecht an. Eigentlich ist es doch fast wie im Paradies, wir haben keine Feinde, Essen und Trinken ist gewährleistet, Kleidung brauchen wir wirklich auch nicht und wir haben uns. Ich fühle mich an deiner Seite sehr sicher und ich vertraue dir uneingeschränkt. Aber irgendetwas zieht uns doch wieder in unsere alte Welt." Johannes nahm die Kokosnuss und trank einen großen Schluck, so als wenn er jetzt einen Drink bräuchte. Die Sonne blinzelte noch durch die Palmenblätter, ihre Strahlen wurden immer flacher, es wirkte so, als wenn sie ein Abschiedslied singen wollte.

Der leichte Wind des Tages ebbte ab, das Rauschen des Meeres klang wie der Gefangenenchor aus der Oper "Nabucco" von Giuseppe Verdi. „Es wird morgen Abend wieder so sein, mit oder ohne uns", sagte Johannes. „Sollen wir doch hierbleiben? Deine Worte haben mich berührt. Ich habe diese Gedanken auch schon gehabt." „Warum hast du es bisher nicht gesagt?", fragte Cara. Johannes schwieg zunächst. „Ich würde schon gerne mal wieder ein frisch gezapftes Bier trinken", sagte er zögerlich mit einem leichten süffisanten Lächeln. „Aber es ist hier nur fast das Paradies und das ist es, warum ich hier weg möchte. Ich möchte meine Vergangenheit geregelt wissen, nur dann kann ich frei sein, dann kann es das Paradies sein, dann kann ein neues Leben sein. Vorher müssen wir dadurch. Was auch immer kommen mag, ich halte zu dir." Cara kamen die Tränen. „Ja, so geht es mir auch. Ich möchte das genau so auch, wir stellen uns den Herausforderungen. Aber selbst wenn wir den morgigen Tag nicht überleben sollten, so bin ich für jeden Augenblick dankbar, den ich mit dir verbringen durfte. Ich habe es zu schätzen gelernt, was Vertrauen wirklich bedeutet, dass Verlässlichkeit und Respekt sehr wertvolle, unabdingbare Eigenschaften sind. Wenn das in der Welt da draußen doch mehr verstanden und gelebt werden würde, dann hätten wir weniger Konflikte. Und es ist doch vollkommen egal welcher Konfession Menschen angehören, an welchen Gott sie glauben, es gibt ein paar übergeordnete Grundsätze menschlichen Daseins und Miteinanders."

Sie ließen schweigend ein paar Sandkörner durch ihre Finger in den weißen Koffer rieseln, verschlossen ihn anschließend und verstauten ihn auf der Rückbank des Fliegers. Sie schlenderten dann noch mal am Strand entlang, das kühle Meerwasser umspülte ihre Füße so, als wenn es

Adieu sagen wollte; es wurde langsam Zeit die Details für den nächsten Morgen zu besprechen.

Neue Wege

Seit der Entführung von Johannes und Cara in Moyale waren mittlerweile fast anderthalb Jahre vergangen. Die örtlichen Behörden hatten entschieden, dass es sich um einen Diebstahl des Fliegers gehandelt hatte und hatten die Untersuchungen und Nachforschungen bereits nach wenigen Wochen eingestellt. Johannes und Cara wurden endgültig für vermisst erklärt. Man wollte nichts von den schmutzigen Geschäften mit Drogen und Waffen in die Öffentlichkeit bringen, letztendlich verdienten doch alle recht gut daran.

Bei der DOCFLY in Nairobi wollte man sich nicht damit abfinden. Pit hatte Kontakt zu den Angehörigen von Johannes, zu den Verantwortlichen der Sendeanstalt und auch das Auswärtige Amt hatte den Fall noch nicht abgeschlossen. Serena hatte beim IRK um Versetzung nach Nairobi gebeten und gehörte nun fest zur ärztlichen Besatzung der DOCFLY. Sie wohnte offiziell zunächst noch in dem Appartement von Johannes, aber zunehmend war sie mit Lara zusammen. Sie verbrachten viel Zeit miteinander, hatten gelegentlich gemeinsame Einsätze und wohnten mittlerweile mehr oder weniger in Laras Appartement.

Es war heiß in Nairobi, das Thermometer zeigte noch am Abend 31 Grad Celsius. Serena hatte einen anstrengenden Tag, sie war morgens mit Pit in den Busch geflogen um Verletzte zu bergen. Vollkommen durchgeschwitzt sehnte sie sich nur noch nach einer ausgedehnten Dusche und nach einem guten Essen. Als sie die Tür zu Laras Appartement aufschloss, duftete es wie in der Küche eines

Sternerestaurants, der Tisch war fein gedeckt und eine Flasche guter Rotwein wartete auf dem Sideboard auf Erlösung. Lara war gar nicht da, auf dem Tisch lag ein kleiner Zettel auf dem stand: *Bin gleich wieder da, muss nur noch etwas erledigen, Lara.*

Was ist los?, fragte sich Serena. Gibt es etwas Neues? Sie entledigte sich ihrer verschwitzten Kleidung und sprang unter die erfrischende Dusche. Während das kühle Nass an ihrem Körper abperlte, fragte sie sich, was es denn für einen Anlass geben könnte. Gab es Neuigkeiten von Johannes? Bei dem Gedanken erschrak sie fast. Was wäre, wenn er wieder aufgetaucht ist? Sie hatte ihn mittlerweile nicht mehr auf ihrem Lebensplan, obwohl er ihr als Mensch immer noch viel bedeutete. Während sie sich mit dem großen Frotteehandtuch abtrocknete, klopfte Lara an die Badezimmertür.

„Darf ich reinkommen?", fragte sie. „Na klar, du fragst doch sonst nicht." „Ich würde auch gerne noch duschen, es ist heute so unglaublich heiß." Sie ließ ihre Hüllen fallen und verschwand in der Duschkabine. Serena konnte ihre Konturen durch die Milchglasscheibe der Duschabtrennung beobachten und während sie sich abtrocknete, spürte sie eine wohltuende Erregung ihres Körpers. Schon seit einiger Zeit empfand sie mehr als nur Freundschaft für Lara. Sollte heute das Eis gebrochen werden? Serenas Herz schlug höher, als Lara die Duschtür öffnete. Sie reichte ihr das Handtuch. „Trockne mich ab", sagte Lara. Es vergingen nur noch wenige Augenblicke da nahmen sich beide in den Arm und küssten sich leidenschaftlich. „Das wollte ich schon so lange tun", flüsterte Lara. „Ich auch", antwortete Serena mit noch mehr Herzklopfen. Nach der Dusche hatten sie leidenschaftlichen Sex. Beide fühlten sich nach langer Zeit mal wieder richtig lebendig. Später, während des Abendessens, sprachen beide sehr entspannt über sich und eine mögliche Zukunft. Beide waren mal in Johannes verliebt, aber ihre Zuneigung füreinander konnten sie nicht mehr verbergen. Selbst wenn Johannes wieder auftauchen würde, sie beschlossen ein Paar zu bleiben. Serena kündigte das alte Appartement von Johannes und zog zu Lara. Die persönlichen Sachen von ihm packten sie in eine große Kiste und verstauten sie in einem Hangar der DOCFLY.

Das Leben bei DOCFLY ging seinen gewohnten Gang, auch wenn alle auf der Basis Johannes vermissten. Keiner wollte akzeptieren, dass er möglicherweise nicht mehr leben würde. Während einer Teambesprechung erklärte Pit, dass er kürzlich mit dem deutschen Bundesaußenminister ein Telefonat hatte. Dieser hatte ihm versichert, dass, sobald es irgendeine Spur gäbe, er ihn umgehend informieren würde. Auch hatte Caras Sendeanstalt wieder Kontakt mit ihm aufgenommen; keiner vertraute der amtlichen Erklärung der afrikanischen Behörden. In diesem Gespräch erwähnte der Minister noch, dass sich ein hochrangiges Vorstandsmitglied eines Unternehmens aus Frankfurt bei ihm gemeldet hatte. Dieser würde Johannes gut kennen und habe gute geschäftliche Kontakte nach Somalia und Äthiopien. Er würde versuchen an Informationen zu kommen, auch würde er ein angemessenes Budget für weitere Aktivitäten zur Verfügung stellen.

Alle Mitarbeiter erklärten Pit gegenüber, sie würden alles tun, um Johannes und Cara zu retten, sollten sie irgendwo gefangen sein, auch Serena und Lara. Die Geschichte mit dem Flugzeugabsturz wollte nicht wirklich einer glauben.

„Du musst mit beiden Fußspitzen feste in die Pedale treten", erklärte Johannes im Morgengrauen, beide in der Cessna sitzend. „Da die Batterie komplett entladen ist, werde ich versuchen mit der Hand den Propeller zu drehen, sollte der Motor wirklich anspringen, dann ziehst du den schwarzen Hebel hier ganz zu dir hin, hältst die Bremsen weiterhin in Schach und wartest, bis ich wieder hier auf dem linken Sitz Platz genommen habe. Sollte mir dabei etwas passieren oder etwas anderes schief gehen, dann ziehst du den roten Hebel auch ganz zu dir, damit stellst du den Motor ab und drehst den Zündschlüssel nach links und ziehst ihn ab." Sie gingen das noch mal in Gedanken durch, wie das Lesen einer Checkliste. Cara war kreidebleich. „Es darf dir aber nichts passieren", sagte sie mit fast weinerlicher Stimme. Johannes strich ihr über das lange braune Haar. „Wir schaffen das, du musst das nur genau befolgen, was wir besprochen haben, auch wenn die ganze Karre sich schüttelt wie ein Traktor, bleibe unerschrocken." Zuvor hatten sie das Messer vergraben, ein kleines Frühstück aus Kokosnüssen eingenommen und waren mit Wehmut am Strand langgegangen. Abschied.

„Hast du auch die Zimmerschlüssel abgegeben und die Getränkerechnung bezahlt?" „Na klar", antwortete Cara, „nur einen Briefkasten für die Urlaubskarten habe ich nicht gefunden. Wie lange waren wir eigentlich hier? Es war wohl mehr als ein Jahr, ich weiß es nicht genau. Gefühlt war es eine halbe Ewigkeit. Es war trotz allem eine wertvolle, schöne Zeit mit dir, wir werden uns nicht verlieren, egal was jetzt kommt." Sie umarmten sich und wünschten sich viel Glück.

Johannes hatte soweit wie möglich die Maschine gescheckt. Der Ölstand vom Motor war etwas unter dem Minimum. Für ein paar Stunden Flugzeit müsste es aber reichen, dachte er. Er hatte sich genau eingeprägt, wie er die

Maschine auf dem Strand ausrichten muss um hindernisfrei nach dem Startlauf abheben zu können. Sie besprachen noch mal anhand der alten Flugkarte ihre geplante Route. Das einzig erreichbare Ziel war die jemenitische Insel Sokotra. Das bedeutete Ostkurs mit einer Kompasseinstellung von 180°, da der Kompass ja auf Grund der Deviation diese große Abweichung zeigte. Das Wetter war gut, leichte Bewölkung in großer Höhe, es wehte ein schwacher Wind aus westlicher Richtung. Also ideal für einen Start. Zur Navigation konnten sie also auch noch den Stand der Sonne hinzuziehen. Hoffentlich springt sie an, dachte Johannes, hoffentlich!

Sie saßen beide im Cockpit. Johannes stellte die Hebel des Motormanagements in die besprochenen Positionen und ging mit Cara nochmal das Procedere durch. „Bist du bereit? Ich stelle jetzt scharf!" Er drehte den Zündschlüssel in die entsprechende Stellung, schaltete den Hauptschalter auf ON. Mit einem Nicken bestätigte Cara und Johannes krabbelte aus dem Flieger und machte sich am Propeller zu schaffen. Er hatte Angst, schließlich hatte er das nur ein paar Mal gemacht, aber das hatte er Cara natürlich nicht gesagt. Was sollte es ihr schon nutzen, es war sowieso die einzige Chance. Er packte die Spitze des Propellers, riss mit Wucht an ihr und ließ sich dabei sofort zu Boden fallen, sollte das Ding nämlich anspringen, dann war er hier außerhalb des Propellerbereiches. Nichts tat sich, noch nicht mal ein Zucken. Er versuchte es an die zehn Mal, mittlerweile tat ihm schon der Arm weh. Immer noch nichts. Er setzte sich ins Cockpit und überprüfte die Einstellungen.

„Ich bin aus dem Training, Cara, ich habe vergessen den Haupthahn für den Sprit zu öffnen, dann kann ja auch nichts passieren. Sorry." Er drehte den Hahn in die richtige Stellung, gab dem Motor mit der Handeinspritzung noch mal etwas Extrasprit in den Vergaser und probierte es dann wieder. Es gab mehrere Fehlzündungen, aber beim vierten Anlauf erwachte der Motor zum Leben. Johannes hatte es geschafft. Er krabbelte zügig ins Cockpit und erlöste Cara von ihren Aufgaben. Zögerlich gab er etwas Gas, der Motor stotterte zwar noch etwas, aber mit zunehmender Drehzahl lief er gleichmäßiger. „Wir lassen das Ding jetzt ein paar Minuten warm laufen, dann sind wir abflugbereit." Sie schauten sich noch einmal an, als wenn sie sagen wollten, sollen wir nicht doch besser hier bleiben? Sie hatten sich entschieden, jetzt gab es kein Zurück mehr. Johannes war mit dem Lauf des Motors recht zufrieden. „Tja, diese alten Benzinmotoren sind doch sehr robust", sagte er. „Ich denke, wenn er die Belastung des Starts übersteht, sollte er ein paar Stunden laufen." Offensichtlich funktionierte das Stromaggregat noch, so setzte er 10° Klappen und brachte die Maschine am Strand in Startposition. „Sollen wir? Wir sind startbereit!" Cara nickte verhalten. Beide ahnten, dass der Weg zurück in die Zivilisation noch steinig werden würde, aber es war ihre einzige Chance.

„Go." Johannes brachte die Leistungshebel auf Maximum, der Motor heulte mächtig auf und die Cessna begann sich langsam zu bewegen. Der Strand war mindestens 1000 Meter lang, aber die brauchten sie auch. Erst ziemlich am Ende lösten sich die Räder vom Boden und der Propeller schraubte sich in den morgendlichen Himmel über dem Golf von Aden. Auch wenn sie nicht wussten, wohin die Reise wirklich ging, so waren sie doch erleichtert, dass das alles geklappt hat. Cara lächelte, mittlerweile hatte sie wieder ihre Gesichtsfarbe gewechselt und mit ihren funkelnden Augen versprühte sie Hoffnung im Cockpit. Johannes wählte keine große Reiseflughöhe. „Mit 2000 Fuß sind wir vermutlich am sichersten. Da werden wir nicht sofort von irgendeinem Radar entdeckt. Wir sollten schon möglichst weit kommen", sagte er. „Aber richte dich drauf ein, wir werden später bestimmt Besuch bekommen. Auch wenn der Jemen nicht gerade mein Reiseland Nr. 1 ist, es ist allemal besser als Somalia, die würden uns vermutlich sofort abschießen. Also, wenn das stimmt, was ich berechnet habe, müssten wir so in knapp 2 Stunden in die Nähe von Sokotra kommen. Halten wir die Augen auf, vielleicht haben wir ja Glück." Sie schwiegen und lauschten dem Geräusch des Motors; sie hatten Angst vor dem was jetzt kommen wird.

„Da ist etwas voraus auf dem Meer", rief Cara, „das sieht aus wie ein Schiff." In der Tat, unter ihnen zog ein großes Schiff vorbei. Es sah aus wie ein Kreuzfahrtschiff. „Vielleicht ist das eine Aida", sagte Johannes. „Möglicherweise sitzen die jetzt da am Pool und schlürfen Cocktails und wir hier oben fliegen in eine ungewisse Zukunft und teilen uns den kläglichen Rest vom Wasser aus der Plastikpulle. Wir könnten eine Wasserlandung in der Nähe des Schiffes probieren, wenn sie uns registrieren sollten, würden sie uns retten. Aber die Überlebenschancen sind nicht vielversprechend, ich möchte dieses Risiko nicht eingehen", sagte er. Cara akzeptierte das, vor Wasser hatte sie sowieso panische Angst. „Wie dicht doch manchmal die Dinge bei einander liegen, möglicherweise trennen uns nur rund 700 Meter von der Freiheit", sagte sie. „Oder vom Tod", sagte Johannes. „Wir haben einen Plan, den müssen wir jetzt durchziehen." Seit über einer Stunde waren sie jetzt in der Luft, der Motor lief erstaunlicherweise ruhig und Sprit müssten sie noch für mindestens zwei weitere Stunden haben. Johannes studierte noch mal die alte Fliegerkarte. Er rechnete. Ob sie vielleicht doch den Oman erreichen könnten, dort wäre es politisch alles etwas einfacher.

Diese Frage sollten sie nicht mehr beantworten, denn neben ihnen tauchte ein Militärflugzeug auf und wackelte ganz aufgeregt mit den Tragflächen. Es hatte das Kennzeichen 70-XXX, eine jemenitische Kennung. Johannes war jetzt klar, was von ihm verlangt wurde. Er flog ein Flugzeug mit äthiopischer Kennung ohne Funk, er musste jetzt dem Militärflieger gehorchen. Das bedeutete, ihm kompromisslos zu folgen. Cara wirkte wie versteinert. „Was passiert jetzt?", stammelte sie. „Wir sind jetzt in der Nähe von Sokotra, meine Berechnungen waren richtig, ab jetzt sind wir nicht mehr die Agierenden. Das Einzige was ich tun kann, ist die Cessna mit uns beiden heile herunter zu bekommen. Dann werden wir vermutlich getrennt, Gott beschütze uns!" „Aber nicht für immer mein lieber Johannes", sagte Cara. „Wir bleiben verbunden."

Ein weiter Militärjet gesellte sich dazu und in einer Formation flogen sie Richtung Sokotra, die Insel war mittlerweile gut auszumachen. Man nahm sie regelrecht in die Zange, ein Abdrehen war nicht mehr möglich, wohin auch. Johannes bereitete sich mental auf die Landung vor. Die Landeklappen funktionierten, aber der Reifendruck war sehr gering und er hatte Angst vor einem Platzen der Reifen beim Aufsetzen. Hoffentlich ist die Piste lang genug, dachte er, dann kann ich vielleicht mit Mindestfahrt lange ausschweben und behutsam aufsetzen. Die Militärflieger führten ihn zur Piste auf Sokotra. Im kurzen Endanflug drehten sie zur Seite ab und Johannes versuchte, die Cessna für die Landung auszutrimmen. Er setzte volle Landeklappen, verringerte die Fahrt bis zum Minimum und ließ den Flieger so einfach auf die Piste zu schweben. Zum Glück war es wohl nahezu windstill, einen starken Seitenwind hätte er jetzt nicht gebrauchen können. Die Piste war geschätzt zwei Kilometer lang. Mit viel Feingefühl gelang es Johannes, den Flieger ohne Reifenplatzer aufzusetzen. „Zurück in der Zivilisation", sagte er. „Ist nur die Frage, in was für einer!"

Cara sagte kein Wort, sie fragte sich, was jetzt wohl passieren würde. Am Ende der Runway hatten sich bereits unzählige Fahrzeuge von Militär und Polizei mit viel Blaulicht versammelt, so als wenn der Präsident der USA eingeflogen wäre. Ein „Follow Me", eskortiert von zahlreichen Militärs, brachte sie zu einem abgelegenen Platz auf dem Vorfeld. Johannes stellte den Motor ab und öffnete seine Flugzeugtür. Wie angestochene Tiere wirbelten unzählige uniformierte mit Gewehren und Pistolen herum, zogen Cara und Johannes wie Müllsäcke aus dem Flieger und führten sie zu den bereitstehenden Fahrzeugen. Johannes konnte sich gerade noch den weißen Koffer schnappen, komischerweise wurde ihm das gewährt. Alle brabbelten irgendetwas Unverständliches auf Arabisch und als Johannes fragte, ob jemand Englisch spreche, bekam er von einem Offiziellen eine klare und barsche Antwort: "Later." Cara und Johannes bekamen Handschellen und wurden in zwei getrennten Fahrzeugen zum Flughafengebäude gefahren.

Gefangen im Jemen

Johannes wurde in einen fensterlosen Raum geführt und musste sich an einen freistehenden Tisch setzten. Er bekam ein Glas Wasser, das erste Mineralwasser seit über einem Jahr. Nach wenigen Minuten erschienen zwei Offiziere und setzten sich ihm gegenüber. Der eine stellte die Fragen, der andere schrieb alles mit. Tja, und Fragen gab es natürlich viele. Ein wie ein Penner aussehender Pilot mit einer entsprechend aussehenden Copilotin, eine als verschollen gemeldete Cessna mit äthiopischem Kennzeichen, ein weißer Koffer gefüllt mit Sand und sonst nichts. Keine Papiere, keine Ausweise, rein gar nichts. In sehr gutem Englisch stellte der

Hochdekorierte die Fragen. Johannes antwortete wahrheitsgemäß, sein Gegenüber zeigte keine Reaktionen, alles wurde notiert. Das Verhör dauerte mehr als eine Stunde. Auf die Frage von Johannes, ob er telefonieren dürfte, bekam er nur ein müdes Lächeln und ein eindeutiges „No". Abgesehen von Luftraumverletzungen und das Nichtvorhandensein gültiger Papiere konnte man ihm eigentlich gar nicht so viel vorwerfen. Aber zugegeben, sie Situation war schon ziemlich abstrus und er war in einem muslimischen Land, welches von Terror und Krieg geprägt und gezeichnet war. Sie brachten ihn wortlos in eine Art Gefängniszelle. Johannes dachte an Cara. Hoffentlich wird sie einigermaßen würdevoll behandelt.

Stunden später brachten ihm zwei Offizielle, wieder wortlos, etwas zum Essen und Trinken. Wenigstens lassen sie mich nicht direkt verhungern, dachte er. Zumindest hatten sie es soweit geschafft, jetzt gilt es abzuwarten was passiert, vielleicht kann er ja doch morgen mal ein Lebenszeichen in die Welt bringen. Mit diesen Gedanken fiel er in einen unruhigen Schlaf, aus dem er jäh am nächsten Morgen herausgerissen wurde.

„Wir wissen jetzt wer ihr seid. Zwei Deutsche, die mit Drogen gehandelt haben und das Geld irgendwo hin geschafft haben und dann wolltet ihr euch einfach so verpissen, mit dem gestohlenen Flieger womöglich in den Oman absetzen; da liegen die Millionen bestimmt auf dem Konto. Wir haben in der Cessna Spuren von Kokain gefunden. Mit diesem blöden Koffer wolltet ihr doch bloß ablenken. Den musst du jetzt immer mit dir rumschleppen. Wo ist das Geld?", fragte ein bärtiger Mann in Militäruniform. Die Worte sprudelten nur so aus ihm heraus. Es war noch früh am Tag. Johannes kam kaum zu sich, die

Strapazen der letzten Zeit machten sich bemerkbar. „Darf ich etwas dazu sagen?", fragte er unterwürfig. „Es reicht uns, wenn du uns das Geld besorgst, sagen wir 2 Millionen US Dollar, also wo ist es? Du kannst dich hier einfach freikaufen, wir bringen dich und deine Frau dann in ein sicheres Land. Wenn nicht, dann werden wir dich wegen Menschenraub, Drogenhandel und Diebstahl anzeigen und vor ein öffentliches Gericht in Sanaa bringen. Wir werden dich schon zum Reden kriegen."

Johannes war auf einmal hellwach. Das kann in diesem Land die Todesstrafe bedeuten, ging es ihm augenblicklich durch den Kopf. Das ist hier kein Rechtsstaat, ich muss unbedingt ein Zeichen nach Außen absetzen. „Du kannst dir das jetzt ein paar Tage überlegen, am Samstag fährt ein Schiff Richtung Festland, wenn ihr bis dahin nicht reden wollt, dann bringen wir euch beide nach Sanaa. Du kommst vors Gericht und die Frau verkaufen wir an einen reichen Jemeniten, dann bekommen wir wenigsten dafür etwas Geld", sagte der Uniformierte und ließ Johannes wieder abführen.

„Ach du Scheiße, ihr Schweinehunde, ihr seid doch hier alle gleich, das ist ja ungeheuerlich", grummelte Johannes als er diesmal in eine andere Zelle geschubst wurde. „Vorsicht guter Mann", meldete sich in gutem Deutsch eine leise Stimme in der Ecke des relativ großen Raumes. Johannes erschrak, das bisschen Farbe im Gesicht war jetzt komplett verschwunden. „Ich heiße Memet, komm setz dich zu mir, wir müssen uns wohl auf unbestimmte Zeit diese Zelle teilen." Johannes stellte sich ihm vor, setzte sich dann zögerlich an den Tisch und fragte Memet nach seiner Herkunft und warum er hier inhaftiert wurde. „Also zunächst mal sind nicht alle gleich, es gibt auch hier Menschen die auf Grund ihres Glaubens anders sind. Ich nehme an, du bist Christ und weißt genau wie ich, dass es überall auf der Welt gute und schlechte Menschen gibt. Das ist vom Glauben unabhängig. Ich bin überzeugter Moslem, aber ich respektiere andere Glaubensrichtungen und Kulturen und ich möchte auch genauso respektiert werden. Geboren und aufgewachsen bin ich im Oman, meine Familie lebt dort immer noch. Warum ich hier bin? Ich weiß es ehrlich gesagt nicht genau. Ich habe in Deutschland Maschinenbau studiert und bin bei einer großen Firma in Frankfurt angestellt. Auf einer Geschäftsreise haben sie mich hier einfach am Flughafen verhaftet und eingesperrt. Das Einzige was sie ständig von mir verlangen ist Geld, ich vermute für Waffen. Aber ich habe keines, ich verstehe das alles nicht, möglicherweise werde ich mit jemandem verwechselt. Aber das interessiert die hier nicht, das ist nicht Deutschland mit Recht und Freiheit."

Johannes hörte trotz großer Müdigkeit aufmerksam zu. Er hatte das Gefühl, dass Memet ihm unter Umständen noch recht nützlich sein könnte. Er fragte ihn keine weiteren Details und auch nicht nach der Firma in Frankfurt, er wollte erst mal abwarten und berichtete in wenigen Sätzen, wie und warum er hier jetzt ist. „Das ist ja eine verrückte Geschichte. Aber sowohl du, als auch Cara seid in einer sehr schwierigen Situation." Als sie eigentlich noch weiter miteinander sprechen wollten, wurde ihre Zellentür aufgeschlossen und sie wurden beide zum Duschen abgeführt. „Damit ihr einen guten Eindruck in Sanaa machen werdet, bekommt ihr dazu auch noch neue Kleidung", sagte ein außerordentlich ekliger aussehender Offizieller. „Da ihr ja beide wohl nicht reden wollt, werden wir euch am Samstag mit dem Schiff ans Festland bringen. Los zieht euch endlich nackt aus, sonst komme ich noch mit unter die Brause." Johannes und Memet brauchten drei Sekunden, um sich der Kleidung zu entledigen, dabei behielten sie den Offiziellen genau im Auge, dieser sie aber beide auch. Er hoffte wohl auf seine Chance, traute sich aber dann doch nicht. Es lag wohl auch an dem entschlossenen Blicken von Johannes und Memet, zum Glück waren sie zu zweit.

Mit einfacher, aber sauberer Kleidung saß Johannes anschließend im Verhör zwei Militärs gegenüber. Er konnte immer nur wiederholen, was er schon am Tage zuvor gesagt hatte; aber man wollte etwas Anderes wissen, nämlich ob er das Lösegeld bezahlen wolle. Er hatte keine Chance, er konnte ja nicht irgendetwas erfinden. Er hatte so viel Geld nicht und auch keine Idee, wie er sich aus dieser Lage befreien könnte. Erfolglos brachten sie ihn wieder in die Zelle und brüllten ihm noch etwas auf Arabisch hinterher.

„Mir ist gerade deine Begleiterin begegnet, vermutlich waren sie auch zum Duschen mit ihr. Sie wirkte zwar sehr verängstigt, aber ihr Blick versprühte viel Selbstbewusstsein. Ich meine sie schon mal gesehen zu haben", sagte Memet. Cara, schoss es Johannes durch den Kopf. Immerhin lebt sie. Hoffentlich tun sie ihr nichts. „Heute ist Donnerstag, vermutlich werden sie uns übermorgen nach Sanaa bringen, da habe ich einen Bekannten, vielleicht gelingt es mir ja diesen irgendwie zu erreichen", sprach Memet weiter.

Johannes legte sich auf die harte Pritsche und dachte darüber nach, ob es doch eine Möglichkeit geben könnte, ein Lebenszeichen abzusetzen und zwar möglichst noch vor Ankunft in Sanaa. Er dachte an Cara, wie es ihr wohl geht. Ob sie am Samstag auch mit nach Sanaa fährt? Vielleicht gibt es auf dem Schiff eine Möglichkeit sie kurz zu sehen. Er vermisste sie und würde gerne bei ihr sein. Ach wie schön war es doch auf der einsamen Insel. Jedoch war es ja auch wie eine Art Gefängnis, eher ein goldener Käfig. Jetzt gibt es vielleicht die Chance auf Freiheit, wie auch immer, sie hatten sich so entschieden. Mit diesem Gedanken schlief er tief und fest ein. In den frühen Morgenstunden weckte Memet Johannes ganz vorsichtig. Johannes erschrak sich fast zu Tode. Obwohl es unglaublich heiß in diesem kleinen Raum war, schloss Memet das kleine Fenster und setzte sich dicht zu Johannes auf den Boden.

„Du, jetzt kann uns vermutlich keiner hören, deswegen besprechen wir jetzt mal kurz etwas." Johannes schaute ihn etwas verdattert an, aber entschied sich dann, Memet zu vertrauen. „Also, ich habe nochmal überlegt, wer denn diese Cara ist und ich erinnere mich sie im deutschen Fernsehen als Redakteurin gesehen zu haben." Johannes nickte. „Ja, das stimmt." „Damit hätten wir jemanden Bekanntes, uns beide kennt kaum einer, wir sind nicht wirklich von öffentlichem Interesse. Aber wenn wir es schaffen sollten, eine Nachricht über ihren Verbleib abzusetzen, dann würde man möglicherweise auch auf uns aufmerksam werden und ich denke, wir müssen das unbedingt vor der Ankunft in Sanaa bewerkstelligen. Wenn wir da erst mal im Gefängnis sind, ich bin mir nicht sicher, ob wir da jemals lebend wieder rauskommen." „Aber wie?", fragte Johannes, „die werden uns wohl kaum ein Handy zur Verfügung stellen und Freunde haben wir hier wirklich nicht. Aber du hast Recht, wenn niemand erfährt wo wir sind, kann sich auch keiner um uns kümmern, zumal Cara und ich vermutlich schon für tot erklärt wurden."

Mehmet traute sich dann sehr zögerlich eine Möglichkeit anzusprechen. „Ich habe gestern bei dem Aufseher während des Duschens ein Smartphones in seiner Hosentasche gesichtet, hast du eine Nummer im Kopf, für eine kurze Botschaft per SMS? Wir könnten nochmal um eine Dusche bitten und wir sind zu zweit."

Johannes wusste sofort, was er damit meinte und musste sich bei dem Gedanken fast übergeben. Der kalte Schweiß brach bei ihm aus; aber es war vielleicht die einzige Möglichkeit, hier aus diesem Moloch wieder herauszukommen und Cara, Memet und sich selber das Leben zu retten. Aber konnte er damit später zurechtkommen?

Pit saß auf der Terrasse und rauchte eine Zigarre als das Handy brummte. Er hatte überhaupt gar keine Lust mehr heute mit irgendeinem zu sprechen. Er hatte einen langen Tag hinter sich, einen anspruchsvollen Flug in den Busch und anschließend noch ein Einstellungsgespräch. Einer der Piloten hatte gekündigt und nun musste die Stelle neu besetzt werden. Es war gar nicht so einfach an gute und erfahrene Flieger zu kommen. So einen wie Johannes werde ich wohl nicht mehr finden, dachte er. Pit hatte entgegen vieler anderer die Hoffnung noch nicht aufgegeben, dass Johannes und Cara noch lebten, aber so langsam schwand auch seine Zuversicht. Er goss sich noch ein Glas des südafrikanischen Rotweins ein und sagte: „Prost Johannes, wo steckst du bloß?" Das Handy brummte nochmal zur Erinnerung; die Nummer kannte er nicht und so beschloss er, sich damit erst morgen zu beschäftigen.

Am nächsten Morgen saßen sie alle in Pits Büro und machten die Einsatzpläne für die nächsten Wochen. Dabei waren auch Lara und Serena, die nun auch kein Geheimnis mehr daraus machten, dass sie ein Paar sind. Auf dem Tisch stand ein Foto von Johannes; er sollte bei den Besprechungen immer dabei sein. „Hat man eigentlich mal was von Johannes gehört?", fragte Corinna, „ich vermisse ihn sehr." Pit schüttelte mit dem Kopf und Lara und Serena schauten sich erstaunt an. Gab es da wohl noch eine, die in Johannes verliebt war? So richtig loslassen konnten sie anscheinend immer noch nicht, jedenfalls trafen Corinna scharfe Blicke. Als Pit in sein Handy den Plan für den nächsten Tag eingeben wollte, stolperte er über die unbekannte SMS vom Vortag. Er dachte, es sei nur Werbung, tippte aber versehentlich auf „Öffnen", als er die SMS eigentlich gerade unwiderruflich löschen wollte.

SOS // Johannes + Cara + Memet als Gefangene auf dem Weg nach Sanaa // HELP //

Pit fiel der Kaffeebecher aus der Hand und zerschellte samt Inhalt auf den Bodenfliesen. Er schrie: „Sie leben noch, ich werde verrückt, sie leben noch." Auf einmal war im Briefingraum die Hölle los, alle wollten die SMS lesen und abfotografieren, alle redeten wild durcheinander und sie lagen sich mit Tränen in den Armen. Pit schaffte es nur mit viel Mühe die Gemüter zu beruhigen und bat um Besonnenheit. „Solange wir nicht wissen, ob diese Nachricht authentisch ist, sollten wir uns nicht zu früh freuen. Schließlich könnte auch jemand aus Sensationslust uns einen Streich gespielt haben. Ich werde umgehend mit den deutschen Behörden Kontakt aufnehmen und vielleicht finden wir ja über die Telefonnummer den Absender heraus. Und wer ist eigentlich Memet? Sobald ich etwas weiß, melde ich mich, bitte lasst mich jetzt alleine."

Innerhalb weniger Minuten hatte sich scheinbar die Welt um sich selbst gedreht. Lara und Serena gingen Arm in Arm wortlos über das Vorfeld der DOCFLY, irgendwie war etwas anders geworden.

Am nächsten Morgen gab es ein offizielles Communiqué unter der Leitung von Pit im großen Besprechungsraum.

„Gestern habe ich umgehend die deutschen Behörden über diese Nachricht informiert. Wenige Stunden später bestätigte das deutsche Außenministerium die Echtheit der Telefonnummer. Es handelt sich um einen Anschluss im Jemen, der Name kann aus ermittlungstechnischen Gründen nicht preisgegeben werden. Man gehe aber von der Möglichkeit der Wahrheit dieser Nachricht aus und werde sich unverzüglich mit den jemenitischen Behörden in Verbindung setzen. Alle Angehörigen und auch die Sendeanstalt von Cara sind informiert worden. Die Identität von Memet ist nicht bekannt und wir können trotz allem immer noch nicht die Möglichkeit einer gefakten Nachricht ausschließen." Pit ermahnte zur Besonnenheit und erklärte, Neuigkeiten umgehend kund zu tun. Man ging wieder zur täglichen Routine über, aber jeder machte sich so seine Gedanken. Wo waren die solange, wie kommen die in den Jemen, wer ist Memet und vor allen Dingen, wie geht es ihnen?

Im Sender in Hamburg schlug die Nachricht wie eine Bombe ein, das aktuelle Programm wurde unterbrochen und die wenigen Informationen wurden in unzähligen Sondersendungen immer wieder von allen möglichen Seiten beleuchtet und kommentiert. Auch in den Familien von Cara und Johannes machte sich Hoffnung breit, sie konnten das alles gar nicht glauben. Richard erreichte die Nachricht auf einer Geschäftsreise durch Saudi Arabien, auch er war sichtlich berührt und überlegte, welche Kontakte er zum Jemen hatte, um gegebenenfalls etwas zu erreichen.

Johannes wirkte auf den ersten Blick wie ein Tourist, er hatte einigermaßen ordentliche Kleidung am Körper. An der rechten Hand trug er den weißen Koffer, nur war er mit der linken Hand an Memet gefesselt und von offiziellen Militärs mit Gewehren umgeben. Sie wurden auf der Gangway vom Hafengelände auf Sokotra zu einem Schiff geführt. Es ging vermutlich nach Aden und dann weiter nach Sanaa. Es war unglaublich heiß, so gefühlte 40 Grad Celsius. Er sehnte sich nach einem kühlen Bier, einem fetten Essen und einer klimatisierten Kabine. Jedoch erwartete ihn wahrscheinlich das komplette Gegenteil. Ein paar Meter voraus wurde eine verschleierte, ebenfalls gefesselte Frau zum Schiff geführt. Sie verschwand mit ihren bewaffneten Begleitern im eisernen Rumpf des Kahns. Johannes erkannte sie am Gang, es war Cara. In der Innenkabine entfesselte man Johannes und Memet, stellte ihnen zwei Flaschen Wasser und etwas zu Essen auf den Tisch. Dann wurde die Tür verschlossen, der Kahn legte unvermittelt ab.

„Was werfen die uns eigentlich vor? Sie behandeln uns wie Schwerverbrecher. Dabei wissen die doch kaum etwas über uns, worum geht es eigentlich?", fragte Johannes seinen Mitreisenden. „Ich bin mal gespannt, ob unsere Nachricht angekommen ist, wenn dem so wäre, dann sollten wir eigentlich in Sanaa erwartet werden." „Der Preis für diese Nachricht war sehr hoch, aber vermutlich rettet sie uns das Leben. Weißt du Johannes, es geht hier nur ums Geld. Menschen sind dabei nichts wert, hier werden Waffen geschmuggelt, bezahlt mit Drogengeldern. Und jetzt hänge ich mich mal sehr weit aus dem Fenster, auch die deutsche Waffenindustrie verdient hier in diesem Teil der Erde viel Geld. In dem Unternehmen in Frankfurt werden auch Waffen für den afrikanischen Kontinent produziert, woher das Geld kommt, scheint die nicht zu interessieren. Sollte ich jemals wieder auf freiem Fuß sein, werde ich damit nichts mehr zu tun haben wollen. Ich werde dann vermutlich lieber

Landschaftsgärtner, da verdient man nicht so viel, kann aber abends guten Gewissens in den Spiegel schauen."

Johannes war von den Ausführungen Memets beeindruckt. „Warum können die Menschen auf dieser Erde nicht in Frieden leben, warum müssen wenige mit Macht und Geld andere unterdrücken?", fragte Johannes. Mehmet hatte keine Antwort, ihm war übel geworden, das Schaukeln des Schiffes hatte ihm offensichtlich zugesetzt. „Es ist nicht nur der Seegang", sagte er. „Es ist auch noch die Erinnerung an diesen Scheißtypen unter der Dusche." Er musste sich übergeben, er kotzte sich fast die Seele aus dem Leib. Johannes versuchte, ihn zu beruhigen, wischte ihm vorsichtig das Erbrochene aus dem Gesicht und legte seine Hand auf seine. „Das war alles richtig, was wir gemacht haben, du hast mit dazu beigetragen, dass wir eine Chance zum Überleben haben", sagte Johannes mit ruhiger Stimme. „Wir werden das schaffen, jeder bekommt das, was er verdient. Wenn die rauskriegen, dass der sein Handy für uns hergegeben hat, wird er wohl seines Lebens nicht mehr froh werden. Wir aber werden weiterleben, wir halten zusammen. Und es ist dabei vollkommen gleichgültig, ob wir unterschiedlichen Glaubens sind. Ich respektiere jeden Menschen, wenn er mich auch respektiert. Du hast eine gute Tat vollbracht, du bist ein guter Mensch." Johannes reichte Memet das Wasser, er nahm einen großen Schluck, drückte seine Hand ganz fest und schlief dann auf der Stelle ein. Es roch nach Erbrochenem und Schweiß. Johannes wünschte sich, dass auch er einfach einschlafen würde und erst wieder aufwacht, wenn sie in Sicherheit wären. Aber das würde nicht passieren und zum Schlafen war er viel zu aufgewühlt.

Cara war im Oberdeck untergebracht, man hatte sie stundenlang ausgefragt, aber sie konnte nun mal nur das sagen, was der Wahrheit entsprach. Offensichtlich wollte man etwas anderes von ihr hören, aber man hielt sich sehr zurück. Wenn sie wirklich die sein sollte, die sie vorgab, dann könnte sie schon recht gefährlich werden. Ihre Kleidung wurde durch einen Tschador ersetzt, erstaunlicherweise durfte sie ihren BH anbehalten, dort hatte sie ja den Brief von Max versteckt. In der Kabine war sie alleine. Man hatte ihr gesagt, dass sie über Aden nach Sanaa gebracht werde, die Hauptstadt des Jemen, dort würden dann die amtlichen Behörden über das weitere Vorgehen entscheiden. Sie wusste zu diesem Zeitpunkt nicht, dass mittlerweile die halbe Welt informiert war. Sie hatte Sehnsucht nach ihrer Familie und sie vermisste Johannes sehr und hoffte, dass es ihm gut ginge. Ach könnte sie doch mal wieder mit ihm an einem Strand selbstgefangene Fische grillen. Sie ertappte sich dabei, als sie ihm in Gedanken einen Kuss gab. Sie hatte sich in Johannes verliebt. Vom Schaukeln des Schiffes war sie etwas eingenickt, da schloss jemand die Tür auf. Eine ebenfalls verhüllte Frau betrat mit einem Tablet die Kabine und schloss hinter sich wieder ab.

„Ich bin Fatima, ich bringe dir frisches Wasser und etwas zu Essen. Ich habe ein paar frische Früchte für dich organisieren können, du kannst mir vertrauen." Cara verhielt sich zunächst sehr zurückhaltend. „Danke", antwortete sie auch in englischer Sprache, „das ist sehr nett von dir." „Weißt du, ich bin hier auch gefangen, wenn auch nicht so wie du, aber aus diesem System kommt man kaum raus. Man wird ständig überwacht, kann kaum etwas alleine machen. Es ist ein unwürdiges Leben; auch wenn es mir so an wenig mangelt, meine Freiheit habe ich hier auch nicht. Ich freue mich, dir zu begegnen, ein kleiner Kontakt zu der Welt da draußen. Ich weiß wer du bist, ich schaue manchmal heimlich westliches Fernsehen. Es ist mir eine Ehre, mich um dich kümmern zu dürfen, soweit dies natürlich möglich ist.

Gestern wurde dein Name im Fernsehen erwähnt, was ist das für eine Geschichte, ihr wart weit über ein Jahr verschollen? Dein Freund ist übrigens auch an Bord, mit einem anderen Gefangenen, er heißt Memet, der ist wohl irgendwie in Waffengeschäfte verwickelt." Cara stockte der Atem, offensichtlich gab es Informationen über ihr Wiederauftauchen. Fatima war anscheinend gut informiert.

Cara war sichtlich irritiert und nahm sich vor, sehr vorsichtig zu sein. Sie war misstrauisch. „Wo fahren wir hin und was erwartet uns dann?", fragte sie mit unterwürfiger Stimme. „Das Schiff fährt nach Aden, dort geht es nach Sanaa weiter, vermutlich mit einem Transporter über die Straße. Das wird dann noch mal ungefähr zehn Stunden dauern. Dort werdet ihr der Justiz übergeben, da entscheidet sich dann alles Weitere. Ich begleite dich bis dorthin und je nach dem in welches Gefängnis ihr kommt, kann ich vielleicht auch noch mehr für dich tun. Aber jetzt muss ich dich erst mal wieder hier alleine lassen, sonst werden die hier misstrauisch. Ich komme sobald es geht wieder zu dir in die Kabine."

Cara nahm etwas von den Früchten und dachte nach. Kann ich ihr vertrauen? Und wer verbirgt sich hinter der Verhüllung? Vermutlich war sie noch relativ jung und schlank, ihre Augen verrieten Demut, alles andere konnte sie nur erahnen. Und sie schien gebildet zu sein, ihr Englisch war nahezu akzentfrei, sie sprach sehr gewählt und ihre Umgangsformen ließen die Zugehörigkeit zu einer höheren gesellschaftlichen Schicht vermuten. Das Schiff schaukelte sich durch den Golf von Aden. Cara fielen fast die Augen vor Müdigkeit zu. Sie entdeckte am Rande der Kabine eine am Boden liegende Matratze. Ist zwar kein Luxusbett, dachte sie, aber besser als nichts. Ihren Tschador behielt sie sicherheitshalber an und schlief auf der Stelle ein. So gegen Mitternacht schloss jemand ganz vorsichtig die Kabinentür auf, es war Fatima. Sie knipste ein kleines Wandlicht an und signalisierte Cara mit einer eindeutigen Geste, dass sie sich leise verhalten soll. Es war sehr stickig in der Kabine und die kleine Funzel an der Wand gab dem Raum eher etwas Unheimliches.

Fatima setzte sich zu Cara auf die Matratze und fing augenblicklich an zu weinen. „Die haben mich vorhin wieder geschlagen", schluchzte sie, „ohne Grund verprügeln sie die Frauen hier. Wir sind nichts wert, haben keine Rechte. Entschuldige bitte, aber irgendwie spüre ich, dass ich dir vertrauen kann, es tut mit gut in deiner Nähe zu sein. Ich würde gerne etwas bei dir bleiben, die Aufseher da oben sind alle besoffen, die merken die nächsten Stunden nichts." „Und der Kapitän?", fragte Cara, „ist der auch betrunken?" „Ich weiß es nicht", sagte sie, „es würde mich aber auch nicht wundern. Manchmal denke ich, vielleicht wäre es besser der Kahn geht hier einfach unter, dann hört das elendige Leben endlich auf." Cara legte ihren Arm um Fatimas Schulter und versuchte sie zu beruhigen. „Das darfst du doch nicht sagen, es gibt immer einen Ausweg." Fatima legte ihren Kopfschleier ab, in dem schwachen Licht der Wandbeleuchtung entpuppte sie ihr wunderschönes Gesicht, lediglich die Tränen hatten ihre dezente Schminke verwischt. Sie zitterte immer noch etwas, aber in Caras Nähe entspannte sie sich langsam.

„Ich bin Amerikanerin", sagte sie leise, „ich habe in den USA Medizin studiert, es war eine wundervolle Zeit. Mit Leidenschaft habe ich mich um kranke Menschen gekümmert. Ich hatte ein sehr schönes Leben, bis ich diesen Typen aus dem Jemen kennengelernt habe. Er war erst zunächst sehr charmant, hatte bereits das Examen der Medizin bestanden und verdiente als Assistenzarzt in einer Klinik so viel Geld, dass wir uns ein kleines Haus kaufen konnten. Wir heirateten und eigentlich war alles gut, bis auf den gemeinsamen Urlaub vor einigen Jahren in Sanaa. Ich hätte es wissen müssen, geahnt hatte ich es, aber man will es nicht wahrhaben. Du kennst diese Schicksale bestimmt aus deiner Arbeit als Journalistin. Jedenfalls habe ich seitdem dieses Land nicht mehr verlassen dürfen und arbeite als Reisebegleiterin bei irgendeiner Agentur. Ich weiß aber eigentlich nichts darüber." Sie hob ihren Tschador etwas an und zeigte Cara die blauen Stellen an ihrem Körper. Cara war schlichtweg entsetzt. Sie bekam es mit der Angst zu tun. Vielleicht steht mir das ja auch noch bevor, dachte sie, in was bin ich da eigentlich reingeraten! „Ich komme vor Ankunft in Aden noch mal zu dir, vielleicht habe ich dann ein paar Informationen für dich, bitte verrate mich nicht. Ich vertraue dir", flüsterte Fatima, zog sich ihren Tschador wieder ordnungsgemäß an und verschwand mit einer unterwürfigen Geste.

Nach einem unruhigen, kurzen Schlaf wachte Memet auf und bemerkte, dass Johannes wach war. „Was hast du eigentlich in diesem weißen Koffer?" fragte er. „Es wundert mich, dass sie ihn dir nicht abgenommen haben." Johannes zögerte zunächst, aber dann dachte er sich, es ist doch die Wahrheit, also kann ich es ihm ruhig erzählen. „Da ist Sand drin." Mehmet schaute etwas irritiert und fragte Johannes, was er denn damit machen wolle. „Jedes Sandkorn ist eine Geschichte eines Menschen, es sind Geschichten von guten Taten, von interessanten Menschen, aber auch von bösen Erdbewohnern, es ist erlebtes Leben, schönes und schweres, aber gelebtes Leben."

„Darf ich da mal reinschauen?", fragte Memet zögerlich. „Ich bin ganz gespannt auf diese Geschichten." Im Schein der schwachen Beleuchtung in der stickigen Kabine öffnete

Johannes vorsichtig den Koffer und nahm ein paar Sandkörner in die Hand. „Darf ich auch mal?", fragte Memet mit ängstlichem Gesichtsausdruck, „ich habe auch schon so viel erlebt, sind meine Geschichten auch da dabei?" Beide ließen den Sand durch ihre Finger rinnen, so als wäre es purer Goldstaub. „Das fühlt sich gut an, es fühlt sich nach Leben an, man könnte meinen, die Sandkörner würden ihre Geschichten erzählen. Man kann es hören, wenn es ganz still ist", sagte Memet und ließ noch einmal ein paar Sandkörner durch seine Hände gleiten. So saßen sie beide noch eine Weile da, erzählten sich Geschichten von sich und nach einer Weile schloss Johannes den Koffer wieder. „Das ist alles Vergangenheit", sagte er. „Aber wie wird die Zukunft? Wir wissen es nicht, aber da wo wir im Jetzt entscheiden können, entscheiden wir auch über eine vor uns liegende Vergangenheit." Memet musste das alles erst mal verarbeiten.

Johannes kam ins Grübeln, er dachte an Cara, er vermisste sie, war sie doch so anders als andere Frauen, die er kennengelernt hatte. Besonders beeindruckt war er von ihrer mentalen Stärke, von ihrer selbstlosen Grundhaltung, das wurde ihm jetzt erst alles bewusst. Jetzt wo sie getrennt waren, obwohl sie sich ja einander nie selbst ausgesucht hatten, so sehr fühlten sie sich miteinander verbunden. Die vergangene Zeit hatte sie beide sehr geprägt. Er war etwas eingeduselt, als es vor der Kabinentür einen Riesenkrach gab, eine heftige Auseinandersetzung mehrerer Männer. Johannes hörte aus dieser Schreierei eine Frauenstimme heraus, offensichtlich wurde sie geschlagen. Memet übersetzte so weit wie möglich und erklärte Johannes, dass es wohl darum ging, dass sie heimlich die Gefangene an Bord mehrfach besucht hatte. Cara, schoss es Johannes durch den Kopf, hoffentlich tun sie ihr nichts an. Dann gab es einen lauten Schrei, jemand stürzte wohl offensichtlich die schmale Treppe herunter, dann wurde es still. Memet und Johannes schauten sich an, sie dachten beide das Gleiche.

Mit irgendeinem Brieföffner ähnlichem Teil bekamen sie die Kabinentür geöffnet. Direkt vor ihnen im Flur lag eine verhüllte Frau und winselte vor Schmerzen. „Die Scheißkerle", sagte Memet. „Komm hilf mir, wir holen sie hier in unsere Kabine." „Ich heiße Fatima", schluchzte sie auf dem Bett von Johannes liegend. „Ich weiß von dir, deine Freundin Cara hat mir viel von dir erzählt. Bitte helft mir und versorgt meine körperlichen Wunden. Die seelischen sind leider nicht mehr zu heilen."

Johannes war sichtlich berührt. Mit Memets Unterstützung kümmerte er sich um Fatima. Es war wohl nichts gebrochen, aber ihr Körper war übersät mit Hämatomen und Schürfwunden; mit dem bestmöglichen Respekt vor ihr versuchte er ihre Wunden zu reinigen und soweit wie möglich zu versorgen. Sie hätte bei dem Sturz sterben können; offensichtlich interessierte das keinen mehr, denn bis zum Anlegen des Schiffes am nächsten Tag in Aden, ließ sich keiner mehr blicken. Memet war zutiefst beeindruckt. „Weißt du", sagte er leise als Fatima eingeschlafen war, „das ist eine unglaubliche Ehre, dass sie sich von dir hat ausziehen und behandeln lassen, eine Muslime lässt das üblicherweise nicht zu. Vielleicht ist sie ja gar keine Muslime und ist getarnt aus anderen Gründen hier." „Vieles ist möglich, aber wenn es so wäre mein lieber Memet, würdest du sie dann draußen liegen lassen und nicht behandeln? Sei nicht so misstrauisch, nimm sie als Mensch so wie sie ist, und egal ob wir sie noch mal wiedersehen, dieser Moment der bedingungslosen Hilfe, ist ein kleines Sandkorn der Hoffnung im Getriebe der Welt", erwiderte Johannes. Mehmet sagte nichts mehr dazu, er machte sich offensichtlich so seine Gedanken.

Am nächsten Morgen in der Dämmerung legte der alte Seelenverkäufer in Aden an. Während Johannes und Memet fest geschlafen hatten, gelang es Fatima unbemerkt wieder auf das Oberdeck zu gelangen. Keiner nahm weitere Notiz von ihr, bis auf die Ansage einer der Männer, der sie in der Nacht geschlagen hatte. „Bring die Gefangenen ans Deck." Fatima nickte mit gesenktem Blick. Johannes, Cara und Mehmet saßen im Abstand weniger Meter auf dem Oberdeck in Handschellen gefesselt, der weiße Koffer stand wie Reisegepäck vor ihnen. Es fehlte nur der Kofferanhänger, aber die Zieladresse war nun mal nicht bekannt. Es war eine außergewöhnliche Stimmung. Die Gerüche vermittelten eher eine Komposition aus Schiffsdiesel und orientalischen Gewürzen, es war ziemlich schwül und die Luft ließ einen heißen Tag erwarten. In mehreren Moscheen hatten die Muezzins ihre Plätze in den Minaretten bezogen und die gesamte Stadt wurde mit heiligen Betgesängen überflutet. Das ganze erinnerte eher an eine Märchenszene aus "Tausend und einer Nacht" und löste bei den dreien eine ausgeprägte Gänsehaut aus. Es wirkte wie ein Traum, aber leider es war die nackte Realität.

Es dauerte mehr als eine Stunde, das Schiff war mittlerweile wohl komplett entladen, als auf dem Kai zwei Militärfahrzeuge vorfuhren. Es war nicht das Empfangskomitee vom Urlaubshotel, es waren Offizielle, die Johannes, Cara und Memet vom Schiff abholten. Sie führten sie unter schärfster Beobachtung über die Gangway zu den Militärfahrzeugen. Der Weg führte dann durch den morgendlichen Trubel einer orientalischen Stadt. Es waren große, sehr geräumige Transportfahrzeuge mit zwei Dreiersitzreihen gegenüber angeordnet. Johannes erinnerte das an die Bestuhlung der Cessna Caravan bei DOCFLY, nur mit dem kleinen Unterschied, dass er da immer vorne saß.

Nun hatte er seinen Platz neben Memet, Cara saß außen. Gegenüber hatten drei Offiziere Platz genommen, zwischen ihnen war ein kleiner Klapptisch, wie in einem Wohnmobil. Auf dem Tisch lag ein Tablett mit Kuchen und Früchten, dazu standen mehrere kleine Flaschen mit Mineralwasser bereit, auch für die Gefangenen. „Unsere Fahrt nach Sanaa wird ungefähr 10 Stunden dauern, wir machen alle 2 Stunden Pause. Solltet ihr unsere Anweisungen nicht befolgen, können wir für eure Sicherheit nicht garantieren. Wir haben den Befehl, euch lebend in Sanaa den Justizbehörden zu übergeben", sagte einer der Offiziellen.

Komischerweise sehnte sich Johannes in diesem Moment nach einem richtigen Kaffee mit Milch und Zucker. Er kam ins Grübeln. Ob er wohl jemals wieder einfach mal so zu Starbucks gehen kann und nur gefragt wird, welche Kaffeesorte er denn gerne hätte. Auch Cara und Memet hingen so ihren Gedanken nach; keiner traute sich etwas zu sagen. Mittlerweile hatten sie die Stadt verlassen. Die bis gerade noch asphaltierte Straße hatte sich in eine raue Schotterpiste verwandelt. Nach der ersten Pause wechselten die Offiziellen den Fahrer, nun saß den Gefangenen ein neues Gesicht gegenüber. „Du bist also Cara", sagte er in hochfeinem Englisch. „Die Journalistin aus Deutschland. Du solltest wohl von dem da neben dir entführt werden, um viel Lösegeld zu kassieren" und deutete mit dem rechten Zeigefinger auf Johannes. Allen dreien stockte das Blut in den Adern, keiner traute sich etwas zu sagen, aber sie wussten alle, was das bedeutete. Das hatten sie sich wohl jetzt so zurechtgelegt, die Wahrheit verdreht, zu ihren Gunsten ausgelegt, dachte Johannes. Nach langem Zögern unternahm er einen Versuch, mit dem Offiziellen ins Gespräch zu kommen. Er versuchte mit wenigen Sätzen, die zurückliegende Odyssee zu schildern.

„Das erzähl mal dem Gericht in Sanaa, die werden sich köstlich amüsieren, über ein Jahr mit dieser Frau auf einer einsamen Insel. Das kann sich ja nur um einen Scherz handeln. Wenn du Glück hast, erklären sie dich für unzurechnungsfähig und psychisch krank. Dann kommst du vielleicht in irgendeine Anstalt mit vielen anderen Bekloppten und wirst dort verrotten. Aber vielleicht schafft es ja jemand ein mögliches Lösegeld für dich zu bezahlen, weißt du, wir können hier immer Geld gebrauchen." Sein süffisantes Grinsen war derart widerlich, dass es Johannes übel wurde. Cara drückte ihr rechtes Knie zum Zeichen großer Betroffenheit an das von Johannes; sie verstanden sich auch ohne Worte.

Der Wagen erreichte Sanaa und wühlte sich durch das chaotische Verkehrschaos dieser sehr orientalisch anmutenden Stadt. Er hielt dann vor einem mächtigen Gebäude, offensichtlich handelte es sich um ein Gefängnis. Johannes, Cara und Memet wurden separiert und in Begleitung bewaffneter Polizisten ins Gebäude geführt. Es war unglaublich heiß und stickig und alle drei sehnten sich nur noch nach etwas zum Trinken. Sie hatten das Gefühl, so langsam zu verdursten. Johannes wurde umgehend in einen Raum geführt, welcher eher an eine Folterzelle erinnerte. Er musste sich an den Tisch setzen, bekam eine Flasche mit Wasser, dann wurde die Tür verriegelt und erst eine gefühlte Stunde später wieder geöffnet. Zwei Uniformierte und ein in zivil gekleideter Mann nahmen ihm gegenüber Platz. „Das ist ein Anwalt", sagte der ältere Uniformierte in gutem Englisch, „er wacht über jemenitisches Recht und er wird auch dafür sorgen, dass deine Rechte in diesem Land gewahrt werden. Zunächst werden wir deine Personalien aufnehmen und prüfen lassen, denn noch wissen wir ja gar nicht, wer du eigentlich bist. Sollte es sich bestätigen, dass du wirklich dieser Johannes bist, werden wir einen Strafantrag stellen. Die Liste der Vorwürfe ist lang: Du bist illegal und ohne Visa und Papiere mit einem gestohlenen Flugzeug in dieses Land eingereist, hast eine Geisel zur Tarnung genommen, vermutlich bist du in illegale Waffengeschäfte und Drogenhandel verwickelt und als Gepäck hast du einen Koffer mit Sand dabei. Was soll das eigentlich alles, du hältst uns wohl für bescheuert. Ali, der Anwalt wird dich über alles Weitere informieren."

Johannes wurde abgeführt und in einem Seitentrakt in eine karge Gefängniszelle gebracht. Erstaunlicher Weise durfte er den Koffer mitnehmen. Nach dem das Gitter verschlossen war, brach Johannes zusammen. Er fiel auf den Boden, verletzte sich an der Stirn, so lag er wohl für mehrere Minuten bewusstlos. Als er wieder zu sich kam, vernahm er eine leise, bekannte Stimme. Sein Kopf dröhnte, er vermutete, dass er bereits tot war, aber die Stimme rief immer wieder ganz leise nach ihm. Nachdem er sich etwas berappelt hatte, bemerkte er, dass die Stimme aus der Nachbarzelle kam. Es war Memet. Sie konnten zwar nicht viel miteinander sprechen, aber die Tatsache, dass sie sich nah waren, gab beiden etwas Hoffnung.

„Was passiert denn jetzt mit uns, weißt du irgendetwas von Cara?", fragte Johannes leise. „Von Cara weiß ich nichts", antwortete Memet. „Und was mit uns passiert steht in den Sternen. Ich glaube dir alles, was du mir erzählt hast, aber hier gibt es andere Gesetze. Das ist eine andere Welt. Und noch etwas, hüte dich vor diesem Anwalt, das ist hier nicht wie bei euch in Deutschland. Der bekommt sein Geld dafür, wenn er jemand an den Galgen bringt. Der vertritt nur seine eigenen Interessen. Mein einziger Rat: Bleib bei dir selber und bei der Wahrheit und versuche denen hier möglichst viel Respekt gegenüber aufzubringen, auch wenn dich das zu

Recht ankotzt, aber das kann dir das Leben retten." Johannes dachte noch lange über die Worte von Memet nach und verfiel dann in einen tiefen Schlaf.

„Wir haben eine Nachricht des deutschen Außenministers, dieser hat deine Identität an Hand von Fotos und Ausweiskopien bestätigt", sagte ein Offizieller zu Cara. „Er bittet um Kontaktaufnahme durch einen deutschen Diplomaten." „Wir werden das zunächst alles prüfen, schließlich bist du illegal und auf sehr ungewöhnliche Weise in dieses Land eingereist. Wir müssen annehmen, dass du als Journalistin von Deutschland bewusst eingeschleust worden bist, um hier verdeckt zu recherchieren, über was auch immer. Wir sind ein souveräner Staat, haben nichts zu verbergen, aber wir haben es auch nicht gerne, wenn bei uns rumgeschnüffelt wird. Bis auf Weiteres bleibst du hier inhaftiert, das jemenitische Recht lässt das zu." Sie saßen in einem Büro der Gefängnisverwaltung, es war klimatisiert und auf dem Tisch standen Getränke und Gebäck. „Fatima wird sich um deine Belange kümmern, sie wird vermutlich morgen wieder hier sein. Die kennst du ja noch von der Überfahrt mit dem Schiff", sagte der Offizier und gab dann das Zeichen zum Abführen von Cara in eine Gefängniszelle in den Frauentrakt des Gefängnisses.

Cara setzte sich auf die Pritsche und fing an zu weinen. „Das nimmt ja gar kein Ende", sagte sie leise zu sich. Sie hatte in ihren Nachrichtensendungen oft über dieses Land berichtet, dass sie selbst jemals hier im Gefängnis sitzen würde, das konnte sie nicht fassen. Sie hoffte, dass von Seiten der deutschen Behörden ausreichende Initiativen ergriffen wurden, denn schließlich war ja die ganze, bis dahin erlebte Geschichte wahr. Sie hatte sich doch nichts zu Schulden kommen lassen. Möglicherweise könne Fatima etwas erreichen, dachte sie. Zu ihr hatte sie Vertrauen. Und sie dachte an Johannes, sie vermisste ihn. In seiner Gegenwart fühlte sie sich immer so sicher. Hoffentlich sind die hier einigermaßen gut zu ihm, hoffentlich können sie sich bald wiedersehen, möglichst in Freiheit.

Im Außenministerium in Berlin hatte man einen Krisenstab gebildet, alle Informationen wurden hier gesammelt. Man stand im direkten Kontakt mit DOCFLY, dem Fernsehsender, den kenianischen Behörden und den zuständigen Verantwortlichen in Somalia und Äthiopien. Man sammelte Informationen und versuchte, damit einen ungefähren Ablauf der Ereignisse zu zeichnen. Pit und Serena hatten sich angeboten, auch direkt nach Deutschland zu kommen, wenn es etwas nutzen würde. Jedenfalls wollten sie nichts unversucht lassen, jede mögliche Unterstützung zur Freilassung von Johannes und Cara zu geben. Ihre Familien wurden auf Kosten der Bundesregierung psychologisch betreut, schließlich hatte man nicht wirklich mehr an ihr Überleben geglaubt. Richard erfuhr aus der Presse von den aktuellen Geschehnissen, er hatte noch nicht die Zeit gefunden, einen möglichen geschäftlichen Kontakt im Jemen zu aktivieren, zu viele Termine ließen ihn nahezu rund um die Uhr arbeiten. Er war schließlich mittlerweile im Vorstand der WEG EX und hielt die Mehrheit der Aktien, er war mehrfacher Millionär. Aber er wollte natürlich seinen alten Freund Johannes auch nicht hängen lassen. Nur wie er es anstellen sollte, das wusste er noch nicht so recht. Vielleicht könne er sich ja mal auf einer Vorstandsitzung für eine außerordentliche Spende der WEG EX einsetzen.

Johannes saß ziemlich verzweifelt in seiner Zelle auf der Pritsche und dachte nach. Was ist nur alles passiert in der letzten Zeit. Was ist das für eine Welt in der wir leben? Wie dicht doch Freiheit und Gefangenschaft beieinander liegen, wie unterschiedlich die Kulturen sind. Er machte sich Vorwürfe. Hätte er sich besser informieren sollen, als er den Job bei DOCFLY angenommen hatte? Hatte er die politische Situation in diesem Teil der Welt unterschätzt, hätte er vielleicht doch eine Notwasserlandung in der Nähe des Kreuzfahrtschiffes probieren sollen? Dann wären sie jetzt vielleicht schon wieder zu Hause. Er fühlte sich verantwortlich für Cara. Hatte er alles richtig gemacht, oder möglicherweise zu leichtfertig gehandelt? Sie waren gefangen in einem der ärmsten Länder der Welt, geprägt von Terror und Korruption, ein Land welches gerade eine der größten Flüchtlingskrisen erlebt. Tausende von Afrikanern versuchen über den Jemen in die Golfstaaten zu kommen, in der Hoffnung, würdevoll leben zu können. Und sie mitten drin, gefangen und unter dem Verdacht, Waffen und Drogen geschmuggelt zu haben. Johannes versuchte sich die geographische Lage von Sanaa ins Gedächtnis zu rufen; der Oman war wirklich nicht so weit. „Vergiss es", kam eine leise Stimme um die Ecke. Es war Memet. „Ich weiß was du denkst, aber eine Flucht bedeutet hier den sicheren Tod. Entweder knallen sie euch direkt noch hier im Gefängnis ab, oder ihr verreckt auf dem Weg. Es gibt hier viel zu wenig Nahrungsmittel und Medikamente. Bis zum Oman kann man es kaum schaffen. Und ohne Papiere lassen die euch sowieso nicht rein, egal wer ihr seid. Es hängt jetzt vermutlich einiges davon ab, wie eure Anklage lauten wird. Die deutschen Behörden werden hier vermutlich wenig Einfluss haben.

„Was ist eigentlich mit dir, was werfen sie dir denn vor?", fragte Johannes. Memet schwieg zunächst, dann eröffnete er

Johannes, dass er sich als Moslem kritisch zum Koran und dem Propheten geäußert hatte, jemand habe ihn verraten und er hatte die Todesstrafe zu erwarten. Er werde seinen Prozess abwarten und ein mögliches Urteil annehmen, seine Meinung würde er aber nicht ändern. Er müsse vor sich selber gerade stehen können. Johannes war von Memets Haltung zutiefst beeindruckt. Hoffentlich geht das alles gut, dachte er.

Die nächsten Tage passierte nicht viel, sie bekamen wortlos irgendeinen Fraß in die Zelle gebracht. Johannes erinnerte das an Schweinefutter in den Höfen seiner Heimat in Telgte, wo er als Kind öfter gespielt hatte. Er war traurig und dachte an seine Eltern. Ob seine kranke Mutter wohl noch lebte? Er hatte das Gefühl, ganz unten zu sein. Die Zelle war dreckig, die Luft stickig, es roch nach Urin und Fäkalien und manchmal flitzte eine Ratte über den Boden, um dann schnell wieder in irgendeinem Loch zu verschwinden. Die ist frei, dachte Johannes, die kann machen was sie will. Wäre es jetzt nicht besser sie zu sein? Er haderte mit seinem Leben. Er hatte das Gefühl, den Menschen ausgeliefert zu sein, nur weil er keine Papiere hatte, nur weil keiner seine Wahrheit wissen wollte? Fühlen sich die Menschen gut, wenn sie Macht über Andere haben? Macht war ihm fremd. Er war in seinem Leben eigentlich immer darauf bedacht, die Würde des Menschen zu respektieren und zu achten, so hatten ihn schließlich seine Eltern erzogen. Ist der Islam anders, gelten diese Grundregeln des menschlichen Miteinanders hier nicht? Johannes schlief ein und wurde erst in der Früh des darauffolgenden Tages von einem Geräusch geweckt. Memet flüsterte leise um die Ecke der Zellentür.

„Mein lieber Johannes, ich werde gleich zur Verhandlung abgeholt. Wie es ausgeht, steht in den Sternen, aber möglicherweise werde ich an diesen Ort nicht mehr zurückkehren. Ich möchte mich bei dir bedanken, du hast mir

Vertrauen geschenkt, du hast mich in schweren Momenten beschützt. Ich denke es ist egal, ob wir Christen oder Muslime sind, vor dem Großen da oben sind wir alle gleich. Ich bin sehr dankbar diese Erfahrung gemacht zu haben und komme was wolle, ich werde diese Erde mit einem guten Gefühl der Verbundenheit zu dir verlassen." Seine Zellentür wurde geöffnet und ehe Johannes antworten konnte, wurde Memet von zwei Wachmännern in die Dämmerung des Morgens abgeführt. Er drehte sich nicht mehr um, es war alles gesagt.

Johannes bekam einen Weinkrampf. Er konnte sich kaum beruhigen, selbst dann nicht, als die Wärter ihn durch das Zellengitter anschrien, es solle doch jetzt endlich mal Ruhe geben. Seine Nachbarzelle blieb leer, was aber blieb, war die Begegnung mit einem ganz besonderen Menschen, einem Andersgläubigen, der einfach nur seine Wahrheit kundgetan hatte. Das gab Johannes Kraft, Mut und Hoffnung. Er betete und dankte Gott, dass er Memet kennenlernen durfte.

„Hallo Cara, ich bin es, Fatima", flüsterte sie ganz leise. Cara öffnete leicht die Augen, zum Sprechen war sie viel zu schwach. „Du bist hier in Sanaa im Krankenhaus, vor ein paar Tagen bist du im Gefängnis zusammengebrochen. Du hast einen schweren Magen-Darm-Infekt und bist ganz schwach. Aber du wirst es schaffen. Ich kümmere mich um alles, du kannst dich auf mich verlassen. Ein deutscher Botschafter ist in der Stadt eingetroffen, es besteht vielleicht die Möglichkeit, dass du bald schon ausgeflogen werden kannst. Die haben nämlich Angst, dass du hier sterben könntest, das würde möglicherweise die diplomatischen Beziehungen weiter belasten. Man lässt sich hier nämlich nicht so gerne in die Karten schauen. Das ist unsere Chance. Als Ärztin weiß ich, wie es um dich bestellt ist, deswegen ist ein Transport mit medizinischer Begleitung nötig. Hier, trink mal etwas, du hast viel Wasser verloren." Fatima nahm ihre Hand und versuchte sie beruhigen. Diese Informationen hatten sie total aufgewühlt. „Wie geht es Johannes, er muss mitkommen", brachte sie mit Mühe über ihre Lippen. Fatima erklärte ihr, dass soweit sie informiert war, es Johannes gut gehe. „Wir werden das hier schon schaffen, schlaf noch ein wenig, du wirst deine Kräfte brauchen."

Fatima nutzte ihre Kontakte und bekam einen Gesprächstermin bei dem deutschen Diplomaten in einem Hotel in Sanaa noch am selben Tag. Unter einem Vorwand verließ sie ihr Haus und ging mit kompletter Verhüllung durch die Straßen, in der Hoffnung, nicht entdeckt zu werden. Manchmal hat ja eine Verhüllung auch Vorteile, dachte sie. Jetzt muss ich nur noch irgendwie unbemerkt in dieses Hotel reinkommen. Am Eingang wurde sie von einem jungen Portier nach ihrem Anliegen gefragt. „Ich bin Ärztin und bin zu einem Hotelgast gerufen worden. Sie ist Muslime und will nur von einer weiblichen Medizinerin behandelt werden", sagte sie bestimmt. Der Portier ließ sie passieren, der Fahrstuhl brachte sie in die zehnte Etage des Hotels. Sie war sehr aufgeregt als sie an die Tür des Zimmers von Diplomat Gerhard anklopfte.

„Kommen sie herein, ich habe sie bereits erwartet." Sie betrat das Hotelzimmer und nahm auf Geheiß an einem Schreibtisch gegenüber von Gerhard Platz. Sie hatte sich einen Diplomaten anders vorgestellt. Er war klein und gut im Futter, hatte glitschige Haare und trug eine Brille, die eher an eine Kombination von Klodeckeln erinnerte. Nachdem sie die nötigen Informationen ausgetauscht hatten, erklärte er Fatima, dass es gar nicht so einfach sei, eine Einfluggenehmigung für einen Ambulanzjet zu bekommen. Deutschland würde hier ganz ausscheiden und mit den

Emiraten hätte man auch nicht besonders gute Beziehungen. Allerdings hätte er schon die Möglichkeit, einen formellen Ausreiseantrag zu stellen. Schließlich sei Cara schwer krank und man wolle sie eigentlich hier loswerden. Bleibt nur die Frage nach der Einfluggenehmigung, aus einem muslimischen Staat wäre es einfacher.

„Kenia", prustete Fatima nur so aus sich heraus. „Wie wäre es mit Kenia? Man könnte vielleicht Kontakt zu DOCFLY aufnehmen, die haben möglicherweise Flugzeuge mit entsprechender Reichweite. Und was ist mit Johannes, vielleicht kann er dann mit ausfliegen?" Gerhard nahm die Brille ab und sein Gesicht wurde dadurch noch hässlicher. „Johannes wird wegen Entführung, Diebstahl, Drogen, Waffenhandel und gefährlichem Eingriff in den jemenitischen Luftverkehr angeklagt werden. Wie das ausgeht kann man nicht absehen. Jedenfalls wird er noch für eine unbestimmte Zeit hier bleiben müssen. Im Namen der deutschen Regierung bin ich beauftragt, alles erdenklich Mögliche für ihn zu tun. Aber, meine Liebe, es wäre schon ein Riesenerfolg, Cara frei zu bekommen." Wieso nennt der mich meine Liebe?, fragte sich Fatima. Irgendwie fühlte sie sich auf einmal unwohl. „Ich werde sehen, was ich tun kann", sagte Gerhard mit einem süffisanten Grinsen. „Ich brauche jedenfalls deine Unterstützung. Ich erwarte dich heute Abend noch mal hier in meinem Zimmer, um die Details zu besprechen. Bis später dann."

Fatima verließ das Zimmer und suchte umgehend die nächstmögliche Toilette auf. Ihr war übel geworden und sie hielt ihr Gesicht erst mal unter fließendes Wasser. Ihr Scheißkerle, dachte sie. Ihr seid doch fast alle gleich, egal wo auf der Welt. Ihr meint wohl, euch mit Macht oder Geld alles kaufen zu können, auch Frauen. Der Gedanke an diesen widerlichen Typen ließ sie zittern. Die Frage, wie sie für mehrere Stunden unter einem Vorwand das Haus verlassen könnte, machte ihr Angst. Aber sie dachte an Cara und Johannes, beide hatte sie in ihr Herz geschlossen und sie war bereit, dafür einiges in Kauf zu nehmen. Zuhause angekommen, ließ sie sich auf ihr Sofa fallen und dachte über alles nach. In sich spürte sie hier gefragt zu sein, möglicherweise hing von Gerhard wirklich viel ab. Schließlich ist das hier kein Land wie die USA oder Deutschland, hier gelten wirklich ganz andere Gesetze. Sie witterte die Chance, möglicherweise als Ärztin einen möglichen Rettungsflug zur eigenen Flucht zu nutzen. Sie kotzte dieses Dasein in Gefangenschaft, Verhüllung und Erniedrigung nur noch an. Vielleicht einmal noch, vielleicht war sie dann frei. Sie war alleine zu Hause, setzte sich an den PC und googelte nach DOCFLY.

Am Schreibtisch sitzend fiel Pit aus allen Wolken. Er las die E-Mail zweimal, er konnte es kaum glauben.

Ich heiße Fatima, bin Ärztin und "betreue" heimlich Cara und Johannes in Sanaa. Diese E-Mail bitte ich zunächst als absolut vertraulich zu behandeln, sonst ist das Leben von uns Dreien gefährdet, bitte NICHT antworten, ich denke ihr versteht, was ich damit meine. Ich werde eine Handynummer für eine mögliche weitere Kommunikation bekanntgeben. Cara liegt in Sanaa schwerkrank im Krankenhaus. Sie hat eine heftige Magen-Darm Infektion, vermutlich Cholera, die sie hier nicht in den Griff bekommen und sie muss umgehend in eine gute Klinik ausgeflogen werden. Ich stehe inoffiziell im Kontakt mit einem deutschen Diplomaten. Er signalisierte, auf Grund des Zustandes von Cara, die Möglichkeit einer Flugrettung in ein sicheres Land, gegebenenfalls Saudi-Arabien. Seiner Einschätzung nach bekäme aber wohl eher ein Flugzeug mit afrikanischer Zulassung eine Ein- bzw. Ausfluggenehmigung. Ist das eine Distanz, die ihr mit euren

Fliegern bewerkstelligt bekommt? Es geht aber zunächst nur um Cara, Johannes befindet sich im Gefängnis und wartet auf eine Anklage und Verhandlung. Da ist leider noch alles offen, die werden ihn hier so schnell nicht gehen lassen. Aber auch hier werde ich alles was möglich ist für ihn tun. Ich melde mich wieder unter folgender Nummer per SMS: 00000000. Und noch mal, bitte nur antworten, wenn ich es zulasse und keine Namen. Übrigens weiß ich über Johannes von euch, er hatte mal zufällig euren Namen genannt. Ich vertraue euch. Danke.

Pit musste das alles verarbeiten, holte mehrfach tief Luft und bemühte dann den Kaffeeautomaten um einen doppelten Espresso. Offensichtlich sollte er mit niemandem darüber sprechen, aber alleine konnte er natürlich so eine Aktion auch nicht durchziehen. Zum Glück war es gerade ruhig und er hatte Gelegenheit, anhand von Flugkarten der Region, mal einen möglichen Flug zu planen. Mit der King Air würde es problemlos gehen. Er könnte es als absoluten Notfall deklarieren. Aber von Sanaa dann möglicherweise nach Saudi-Arabien, da könnte es schwierig werden, eine Einfluggenehmigung zu bekommen. Was für eine Story, dachte er. Das glaubt einem ja kaum einer. Pit hatte das Gefühl, dass ihm aber wohl möglicherweise keine Wahl und nicht viel Zeit blieb, die Aktion könnte schon in den nächsten Tagen losgehen. Er griff zum Telefon und weckte seinen zweiten Chefpiloten Abdul aus dem Mittagsschlaf. „Hey, sorry dass ich störe, obwohl du keine Rufbereitschaft hast, aber ich brauche dich jetzt mal sofort im Büro. Es gibt etwas sehr Wichtiges zu besprechen und schon mal vorab, kein Wort zu niemandem!"

Abdul war eine treue Seele, er war immer ansprechbar und fliegerisch mit allen Wassern gewaschen. Ein echter Profi, so wie Johannes. Abdul war Araber, sprach perfekt

Englisch, Französisch und Arabisch, er konnte hier sicherlich auch mit seinen Sprachkenntnissen nützlich sein. Abdul brauchte weniger als eine halbe Stunde und klopfte vorsichtig an Pits Bürotür, so, als wenn er mit einer Hiobsbotschaft rechnen würde.

Pit ließ Abdul die E-Mail lesen und signalisierte ihm dann, dass das zunächst höchste Geheimhaltungspriorität habe. Abdul verstand sofort um was es ging. Noch am selben Abend bereiteten beide die Aktion vor, machten Spritberechnungen, programmierten schon mal Kurse, Waypoints und Frequenzen in die Flugzeugsoftware der King Air ein. Per E-Mail fragten sie bei der Luftfahrtbehörde in Saudi-Arabien nach einer Einfluggenehmigung für einen Rettungsflug nach Riad an. Nach mehrmaligem Hin und Her bekamen sie alle notwendigen Genehmigungen; jetzt galt es abzuwarten. Pit und Abdul verabredeten sich, gegenseitig ständig erreichbar und flugfähig zu bleiben, möglicherweise stand dieser spektakuläre Flug kurz bevor.

Fatima verließ unter einem Vorwand das Haus. Ihr Mann hatte heute Abend Gebetskreis in der Moschee und kam erfahrungsgemäß danach spät nach Hause. Genau wusste sie auch nicht, was er da so machte und worüber sie redeten. Aber selbst wenn sie ihn gefragt hätte, eine ehrliche Antwort hätte sie nie bekommen. Sie wollte es eigentlich auch nicht wirklich wissen. Mit einem Tschador hatte sie sich komplett verhüllt, sodass man sie nicht erkennen konnte. Der Trick beim Portier funktionierte wieder und sie fuhr mit dem Aufzug in die zehnte Etage. Was seid ihr denn alles nur für Blödmänner, dachte sie. Hauptsache die Form bleibt gewahrt, alles andere scheint in dieser scheinheiligen Welt keine Rolle zu spielen. Gerhard hatte offensichtlich geduscht, seine wenigen Harre hatte er mit Pomade nach hinten gekämmt. Er wirkte so unbeholfen, dass er Fatima eigentlich nur leid tat. Auf dem Couchtisch standen Pralinen und frischer Orangensaft. Alkohol war hier auch für Ausländer verpönt und nur schwer zu bekommen.

„Ich habe mit dem Ministerium in Berlin gesprochen", sagte er mit aufgesetzt sanfter Stimme, als er neben ihr auf der Chaiselongue Platz genommen hatte. „Es sind Ausreisepapiere für Cara unterwegs und auch die hiesigen Behörden haben einer Luftrettung zugestimmt. Jetzt brauchen wir nur noch einen Ambulanzflieger mit ärztlicher Begleitung. Mit ein bisschen Glück, darfst du mitfliegen. Ich denke das kriegen wir hin. Natürlich sollten wir alles für uns behalten, auch dieses Treffen ist nur inoffiziell", und mit einem Augenzwinkern reichte er Fatima ein Glas mit Orangensaft. „Prost, wir sind doch ein tolles Team", flüsterte Gerhard ins rechte Ohr Fatimas. „Möchtest du vielleicht deine Verhüllung ablegen? Ich bin ganz gespannt wie du aussiehst."

Jetzt geht es los du Arschloch, dachte Fatima, du kriegst was du willst. Das wirst du hier nie vergessen, das verspreche ich dir. Im faden Licht einer Stehlampe ließ sie die Hüllen fallen. Sie hatte sich die aufreizendste Unterwäsche angezogen die sie hatte und mit einem gut duftenden Balsam den ganzen Körper eingerieben. Gerhard viel fast der Kitt aus der Brille, beim Anblick von Fatima bekam er leichte Schnappatmung. Was für ein armseliges Geschöpf, dachte Fatima, zu Hause hat er bestimmt Frau und Kinder und hier in der Ferne nutzt er seinen Einfluss aus. Sie empfand nur Mitleid. Zum Glück war sie Ärztin und konnte seine Leistungsfähigkeit einschätzten, denn Gerhard näherte sich langsam einem Herzkasper.

„So, jetzt machen wir aber erst mal eine Pause und stärken uns an den leckeren Pralinen", sagte Fatima und steckte ihm einfach zwei davon in den Mund, damit er nicht unterzuckerte. „Wir sollten noch über ein paar Details sprechen, aber nicht was du jetzt meinst, sondern über den Rettungsflug." Fatima hatte ihn vollkommen unter Kontrolle und berichtete ihm, dass DOCFLY das Ding macht. Sie pokerte etwas, denn die Bestätigung aus Kenia hatte sie noch nicht, aber sie musste jetzt alles auf eine Karte setzten. Nur brauche sie genaue Zeiten und alle nötigen Papiere, auch für sie selber, denn als begleitende Ärztin müsse sie sich ja ausweisen können. Gerhard schnaufte immer noch.

„Geht klar", nuschelte er mit einer Praline im Mund. „In drei Tagen, also am Freitagvormittag ist alles bereit." Fatima trieb ihn danach zum Wahnsinn, danach schlief er auf der Stelle ein, so erschöpft war er. Diesen Abend wird er niemals vergessen, dachte sie, zog sich an und verließ unbemerkt das Hotel. Auf dem Weg zu ihrem Haus fühlte sie sich so gut, als wenn sie ihre Freiheit schon wieder hatte. Sie war entschlossen dieses Land und ihren Mann für immer zu verlassen. Das war jetzt eine einmalige Chance, die sie um jeden Preis nutzen musste.

Rettungsflug

Pits Handy summte noch in derselben Nacht:

>> *Wir erwarten euch Freitagvormittag in Sanaa International Airport. Außer zwei Piloten bitte ich um keine weiteren Personen an Bord. Liegend Transport ist für Cara notwendig, ich bin die begleitende Ärztin. Zielort ist Riad. Papiere unsererseits sind*

vorhanden. Wünschen wir uns viel Glück. Guten Flug. Bitte nur
mit "Okay" bestätigen. F. <<

Pit bestätigte umgehend. Er konnte danach nicht mehr einschlafen. Was ein Ding, dachte er. Nach fast zwei Jahren tauchen die beiden wieder auf. Und mit der gleichen Maschine, mit der sie damals nach Moyale geflogen sind, kann zumindest zunächst Cara aus dem Jemen und aus der Gefangenschaft befreit werden. Morgen früh muss alles genau besprochen und das Briefing mit Abdul durchgeführt werden.

Am nächsten Tag schlenderte Fatima durch die Altstadt von Sanaa. Sie bildete sich ein, beobachtet zu werden, aber vermutlich war die Angst unbegründet. Es waren schon einige Jahre seit ihrer Ankunft im Jemen vergangen. Obwohl sie sich wirklich sehr bemüht hatte, konnte sie hier nicht heimisch werden.

Ihr Mann hatte sich sehr verändert. Er spielte nur noch den Pascha, kommandierte sie herum, ließ sie schlagen, wenn sie sich mal wieder nicht ordnungsgemäß verschleiert hatte, kontrollierte sie wo es nur ging und beschimpfte sie ständig, dass sie ihm noch keinen Sohn geschenkt hatte. Möglicherweise war sie unfruchtbar, aber vielleicht war es auch eine natürliche Schutzfunktion ihres Körpers und ihrer Seele, kein Kind in diese Welt zu setzen. Wenn sie hier in Freiheit und Würde leben dürfte, würde sie vermutlich bleiben, aber es bestand keine Aussicht auf Besserung. Ganz im Gegenteil, die Lage im Jemen wurde immer dramatischer. Sie begegnete auf der Straße unzähligen Flüchtlingen, vermutlich aus dem westlichen Afrika, halb verhungert, mit glanzlosen Augen und ohne jegliche Perspektive. Man kann schon zu viel kriegen, dachte sie. Da leben Wenige in Saus und Braus, verdienen sich dämlich an Waffen, mit denen hier zu Lasten der Armen dubiose Auseinandersetzungen geführt werden und Andere kommen vor Hunger nicht in den Schlaf. Kein Wunder, wenn sie aufbegehren; viel braucht der Mensch doch gar nicht, ausreichend Nahrung, ein Dach über dem Kopf und besonders Respekt und Würde seiner Person. Und manchmal spüren die Reichen und Mächtigen auch ihr unrechtes Verhalten, dann versuchen sie wegzuschauen, verstecken sich hinter religiösen Idealen, benutzen Heilige als Alibi. Was für eine scheinheilige Welt. Es ist gut so, dass ich hier weggehe.

Ihr Arztausweis wurde im Eingang der Klinik anstandslos akzeptiert, dann benutzte sie bewusst das Treppenhaus, um für Freitag einen möglichen Fluchtweg zu generieren. Cara lag im Bett. Sie war sehr blass im Gesicht, ihre Augen hatten nicht mehr dieses Funkeln wie üblicherweise im Scheinwerferlicht ihres Fernsehstudios. Aber sie lächelte, als sie Fatima sah und signalisierte ihr mit ganz schwacher Stimme, dass es ihr heute etwas besser gehe. Fatima identifizierte am Etikett der Infusionsflasche das Medikament, welches es Cara wohl etwas leichter machte, aber sie war schwer krank. In diesem Allerweltskrankenhaus würde sie sicher sterben.

„Meine Liebe Cara, am Freitag", sie drehte sich sicherheitshalber nochmal um, dass auch keiner mithörte, „wirst du mit einem Ambulanzflugzeug nach Riad in Saudi-Arabien geflogen. Dort kommst du in eine Spezialklinik und erhältst die richtige Behandlung. Wenn du wieder fit bist, steht einer Rückkehr nach Deutschland nichts mehr im Wege. Ich werde dich offiziell als Ärztin begleiten und den Piloten und die Maschine kennst du auch. Es ist Pit mit seinem 2-motorigen Ambulanzflieger von DOCFLY. Sie kommen in der Nacht aus Kenia, nehmen uns hier auf und fliegen uns dann nach Riad. Für alle nötigen Papiere habe ich gesorgt. Und noch etwas, nach der Ankunft in Riad werde ich mich um alles Weitere kümmern. Ich werde nicht in den Jemen zurückkehren, vielleicht kannst du dir den Rest ja denken. Ich möchte es hier nicht aussprechen. Und sprich hier bitte mit keinem darüber, es sind nur ganz wenige informiert; das wird eine heikle Aktion." Die Neuigkeiten sprudelten nur so aus Fatima heraus. „Ich weiß gar nicht was ich sagen soll", sagte Cara. „Danke Fatima. Danke für alles. Aber was ist mit Johannes? Kommt er auch mit?" „Nein leider nicht. Für Johannes müssen wir uns noch etwas einfallen lassen und wahrscheinlich auch etwas Glück haben, das alles gut geht." Sie schauten einander an. Keiner wollte jetzt etwas sagen. Aber sie dachten das Gleiche.

Es dämmerte noch draußen, als Pit und Abdul ihre Sicherheitsgurte anlegten. Ihre Startzeit hatten sie im Flugplan für 04:00 Uhr Lokalzeit angegeben. Zum Jemen gab es wegen der Erdumdrehung um die Sonne eine Stunde weniger, was hieß, dass sie bei ungefähr fünf Stunden Flugzeit um 10:00 Uhr Ortszeit in Sanaa landen würden. Auf Wunsch Fatimas waren keine weiteren Personen an Bord. Es war nicht ganz einfach, das zu erklären, irgendwie ahnten aber die meisten, dass es sich bei dem Einsatz nicht um einen gewöhnlichen Flug handelte. Auf der ersten Etappe war Abdul "pilot flying". Er war der Verantwortliche und Pit kümmerte sich um den Flugfunk und die Navigation. Sie rollten zum Abflugpunkt der Piste 06 des Jomo Kenyatta International Airport, bekamen unverzüglich die Startfreigabe und mit vollem Schub tauchte die King Air in den morgendlichen Himmel Kenias.

Es war anders als sonst. Beide waren sehr gespannt, was alles so auf sie zukommen würde; in den Jemen waren sie noch nie geflogen. Sie gingen auf Kurs und levelten den Flieger in Reiseflughöhe aus. Im Funk war es zu dieser Tageszeit noch relativ ruhig, lediglich die Controller fragten in regelmäßigen Abständen nach ihrer Position und gaben ihnen neue Anweisungen. Der Flugplan war offiziell genehmigt, dennoch mussten sie mehrfach ihre Destination Sanaa bestätigen. Offensichtlich war das nicht üblich, dass kleine Maschinen in den Jemen flogen. Pit versuchte in Gedanken zu rekonstruieren, wie denn der mögliche Fluchtweg von Johannes und Cara gewesen sein könnte. Er würde es später bestimmt erfahren. Nach gut drei Stunden erreichten sie die nördliche Staatsgrenze von Äthiopien, wechselten auf die Funkfrequenz von Dschibuti und bereiteten sich so langsam auf den Einflug in den jemenitischen Luftraum und die Landung in Sanaa vor. Jetzt wurde es spannend. Die jemenitischen Controller waren unfreundlich, man konnte sie kaum verstehen, alles musste mehrfach wiederholt werden. Auf Pits Frage, wie denn das Wetter in Sanaa sei, bekam er die kurze Notiz: „Schauen sie doch raus, die Sonne scheint." Okay, dachte er, wir sind ja zum Glück keine Anfänger, damit werden die uns nicht ärgern können.

Um 09:30 Uhr jemenitischer Zeit verließen sie die Reiseflughöhe, riefen Sanaa Tower und bekamen erstaunlicher Weise einen direkten ILS Anflug auf die Piste 36 genehmigt, also von Süden direkt über die Stadt hinweg. Abdul konzentrierte sich auf besonders präzises Fliegen, schließlich hatten sie beide keine Erfahrungen mit den hiesigen Gepflogenheiten; im Jemen landeten beide zum ersten Mal. Um 09:47 Uhr Ortszeit setzte Abdul den Flieger sanft auf der Piste auf, an dessen Ende bereits ein "Follow Me" wartete und sie nach Anweisung vom Tower zu ihrer Parkposition am Rande des Vorfelds brachte. Die

Propellerblätter waren gerade zur Ruhe gekommen, da erschien bereits ein Militärfahrzeug. Pit öffnete die Kabinentür und zwei hochdekorierte, scheinbar unglaublich wichtige Offiziere, krabbelten in die Kabine. Pit und Abdul mussten alle Papiere vorlegen, noch mal den Grund ihres Kommens erklären und die „übliche" Sicherheits- und Handling Gebühren von 1000,- US Dollar in bar abdrücken, zusätzlich zur offiziellen Landegebühr. „So ist das hier", sagte Abdul leise. „Ohne Bakschisch läuft hier in Arabien nichts." Es war sehr heiß, so um die 43 Grad Celsius, das Vorfeld des Flughafens flimmerte wie eine Fata Morgana. Pit war sich auch nicht ganz sicher, ob das alles wirklich wahrhaftig ist. Das war es aber! Sein Handy summte:

<< Wir sind unterwegs, Eintreffen in ca. 30 Minuten, müssen nur noch durch die Sicherheitskontrollen F. >>

Cara wurde liegend, versehen mit mehreren Infusionsflaschen, vom Krankenhaus zum Flughafen gefahren. Neben dem Fahrer saß ein Militäroffizier, hinten im Krankenwagen hielt Fatima Caras Hand. Sie sprachen kein Wort miteinander, die Luft hätte man vor Spannung schneiden können. Der Wagen wurschtelte sich durch das Verkehrschaos, es wurde gehupt und geschimpft, als wenn es keine Regeln gab. Vielleicht gab es die ja auch nicht. Hoffentlich geht das alles gut, dachte Fatima. Hoffentlich habe ich bald meine Freiheit wieder, ich werde das hier alles nicht vermissen. Cara bekam von allem nicht viel mit, sie war mit einem Beruhigungsmittel sediert und wohl in einen Halbschlaf gefallen. Sie näherten sich dem Flughafen, der Fahrer steuerte auf ein verschlossenes Tor am Rande des Hauptterminals. Jetzt wurde es spannend, reichten die

Papiere, konnte Fatima ungehindert als ärztliche Begleitung passieren?

Das Tor öffnete sich und zwei Militärs und auch Gerhard kamen auf den Krankenwagen zu. Höflich übergaben sie ihre Papiere. Unwirsch wurden ihnen alle möglichen Fragen gestellt. Aber Fatima hatte dank Gerhard alles gut vorbereitet und Gerhard versicherte im Namen der deutschen Bundesregierung die Identität von Cara. Fatima warf er einen lechzenden Blick zu, ließ seine Zungenspitze um seine widerlichen Lippen fahren und drückte ihr noch seine Visitenkarte in die Hand. Wenn möglich, hätte er sie wohl auf der Stelle genommen. Ein widerlicher Kerl, dachte sie. Aber schließlich hatten sie ihm diese Möglichkeit der Ausreise zu verdanken. Also lächelte sie verhalten und dachte sich ihren Teil. Der eine Offizier war bei Fatimas Papieren überkorrekt. Er ließ sich ihre ärztliche Approbation zeigen, blätterte unentwegt in ihren Papieren rum und fragte, wann sie denn wieder zurückkäme. Er war misstrauisch. Aber Fatima lächelte ihn höflich an und versicherte ihm, dass sie sobald ihre Patientin in Riad gut versorgt sei, mit dem nächsten Flieger in den Jemen zurückkehren würde. Mit einer Geste der Großzügigkeit durften sie dann endlich passieren.

Die King Air war "ready for boarding", Pit und Abdul begrüßten ihre Passagiere. Cara erkannte Pit sofort wieder und Tränen vor Freude liefen ihr in Strömen die Wangen runter. „Was für ein Wiedersehn, was für eine Ehre euch nach Riad fliegen zu dürfen." Nach Johannes fragte Pit nicht, das würde ihm Fatima alles bestimmt noch auf dem Flug erzählen. Jedenfalls lebte er wohl noch und vielleicht könnte er ihn ja auch bald hier abholen. Cara wurde auf dem mobilen Bett in der Maschine für den Flug vorbereitet. Die Gurte wurden angelegt und die Infusionsflaschen sicher an der Kabinendecke befestigt. Abdul verschloss die Kabinentür, wies Fatima ihren Sitzplatz neben Cara zu und krabbelte dann ins Cockpit, diesmal auf die rechte Seite. Diesen Flug übernahm Pit als verantwortlicher Pilot.

Die Triebwerke wurden angelassen und nach dem üblichen Funkverkehr rollte die Maschine zum Rollhalt der Piste 36. „Cleared for take off runway 36, direkt to Riad", ertönte es in den Kopfhörern der Piloten. Sie rollten auf die Piste und nach ca. 700 Metern hoben sie in den jemenitischen Himmel ab. Fatima blickte doch etwas wehmütig noch mal auf Sanaa zurück. Schließlich hatte sie einige Jahre hier gelebt und auch Freunde gefunden. Aber trotz allem wird das hoffentlich der Vergangenheit angehören, dachte sie. Das war für mich immer nur ein großes Gefängnis.

Sie hatten bereits ihre Reiseflughöhe erreicht, da kam folgender Funkspruch der jemenitischen Flugsicherung: „Wir haben gerade die Information bekommen, dass sie eine illegal ausgereiste Person an Bord haben, kehren sie unverzüglich nach Sanaa zurück." „Scheisse", sagte Pit, „was machen wir denn jetzt? Wir gehen doch alle in den Knast." Bis zur Grenze nach Saudi-Arabien waren es noch 15 Minuten, die Zeit galt es zu überbrücken. Eine Umkehr schlossen Pit und Abdul aus, da waren sie sich einig. „Unser Funkgerät ist doch kaputt", sagte Abdul mit einem Augenzwinkern. Pit verstand sofort, was er meinte und gab folgende Blindmeldung ab: „Ich kann sie nicht verstehen, was haben sie gesagt, wir hätten ein Regal vergessen? Unser Funkgerät scheint defekt zu sein, wir schalten den Transponder auf Funkausfall und versuchen es zu reparieren. Ich wiederhole, unser Funk ist ausgefallen, radiofailure, no contact." Der jemenitische Controller gab zwar keine Ruhe, aber es war die einzige Möglichkeit, einigermaßen legal aus der Angelegenheit herauszukommen. Bis zur Grenze sollte es reichen, dann waren sie sicher.

Cara und Fatima bekamen zum Glück nichts davon mit und verschliefen den Grenzübertritt nach Saudi-Arabien. Da funktionierte komischerweise auch das Funkgerät wieder. Ins Bordbuch trugen sie einen Sicherungsdefekt ein, das sollte für mögliche Nachfragen reichen, zu beweisen war es eh nicht. Beide waren sich einig, das Richtige getan zu haben und fühlten sich gut dabei.

„You`re welcome Sir", kam es nach dem Einleitungsfunkspruch der King Air im Anflug auf die Piste 33 des "King Khalid International Airport". Es waren laut GPS und noch 12 Minuten, die riesige Wüstenstadt lag vor ihnen wie eine Oase auf einer Landkarte. Dann kam die ersehnte Landefreigabe: „cleared to land runway 33, verlassen sie die Piste über den nächstmöglichen Rollweg, ein "Follow Me" bringt sie zu ihrer Parkposition, sie werden erwartet. Willkommen in Saudi-Arabien." Cara und Fatima waren mittlerweile aus ihrem Schlaf erwacht und konnten es kaum erwarten, wieder in einem zivilisierten Land zu sein. „Ach Fatima, ich bin dir so sehr dankbar, ohne dich wäre ich immer noch in diesem stinkenden Gefängnis in Sanaa. Noch etwas, ich habe hier in meinem BH einen Brief versteckt, bitte nimm ihn an dich und pass gut auf ihn auf. Wenn ich wieder gesund bin, gibst du ihn mir wieder zurück und dann werde ich ihn persönlich in Deutschland seiner Bestimmung zuführen. Die Geschichte dazu erzähle ich dir später." Pit steuerte den Flieger nach den Anweisungen des Einwinkers zur endgültigen Parkposition. Sie wurden wirklich erwartet, der Krankenwagen für Cara stand schon bereit, ein deutsches Fernsehteam hatte sich für die Ankunft der Maschine in Stellung gebracht.

Mehrere offizielle Personen, teilweise in landestypischer Kleidung, erwarteten die vier aus dem Jemen. Pit stellte die Triebwerke ab und arretierte die Parkbremse, dann öffnete er die Tür. „Wir sind da", sagte Fatima mit Tränen in den Augen zu Cara. „Wir haben es geschafft, wir haben es geschafft." Cara konnte es kaum glauben und als sie mit der Trage zum Krankenwagen gebracht wurde, kam ein Kollege von ihrer Sendeanstalt in Deutschland auf sie zu und begrüßte sie herzlichst. „Liebe Cara, wir freuen uns alle unendlich, dass du wieder da bist. Wir sehen uns im Krankenhaus." Es war ihr Lieblingskollege Udo. Sie brachte kein Wort raus und ließ ihren Tränen freien Lauf.

Das Krankenzimmer ähnelte eher der Präsidentensuite eines Luxushotels. Von ihrem Bett aus hatte Cara einen fantastischen Blick über ganz Riad. Unmittelbar nach ihrer Ankunft in der Klinik wurde sie von einigen Ärzten untersucht und bekam die notwendigen Medikamente. Ihre abgenutzte und schmutzige Gefängniskleidung aus Sanaa wurde endgültig entsorgt. Sie erhielt eine sanfte, sehr wohltuende Waschung ihres ganzen Körpers und neue Wäsche aus Samt und Seide. Sie fühlte sich trotz ihrer Krankheit wie in einem Märchen aus "Tausendundeiner Nacht". Wegen möglicher Ansteckungsgefahr durfte Cara eine Woche lang keinen Besuch empfangen. Einzige Ausnahme war das medizinische Personal der Klinik und Fatima, die ihr so oft es ging Gesellschaft leistete. Mittlerweile ging es Cara aber etwas besser, sie durfte schon wieder aufstehen und heute saßen beide erstmals in der Sitzecke der "Krankensuite" bei einer Tasse Tee und genossen den gigantischen Blick über Riad. „Weißt du etwas von Johannes, geht es ihm gut?", fragte Cara vorsichtig. „Ich mache mir große Sorgen." Fatimas Handy brummte, eine Nachricht von Pit.

>> Hi, hier ist Pit, wie geht es euch? Ist Cara wieder gesund? Bitte meldet euch wenn es etwas Neues von Johannes gibt und

wenn wir hier von DOCFLY irgendwie helfen können, unter dieser Mobilfunknummer bin ich immer zu erreichen. Wir sind wieder problemlos in Kenia angekommen. Alles Gute, ich hoffe wir sehen uns alle gesund wieder. Pit <<

So ganz problemlos war der Rückflug von Pit und Abdul aber nicht. Bei der Zwischenlandung zum Tanken auf halber Strecke in Asmara wollte man sie erst nicht wieder ausreisen lassen. Es lag eine luftrechtliche Anzeige der jemenitischen Flugsicherung vor. Man machte ihnen den Vorwurf der Entführung einer weiblichen Person und vorsätzliche Störung des Flugfunks. Mit der Person meinten sie wohl Fatima. Mit dem Funk versicherte Abdul, das wäre wohl nur Säbelrasseln scheinbar wichtiger Leute, nur heiße Luft. Er regelte das alles mit Bakschisch auf arabische Art. Nach einer Stunde durften sie wieder Starten.

Gerichtsverhandlung

Johannes lag auf der Pritsche in seiner Zelle und wartete auf seinen Prozessbeginn. Dieser Anwalt hatte gestern mit ihm gesprochen. Er würde über die Einhaltung seiner Rechte wachen und hatte ihm einige Informationen zum Ablauf seiner Verhandlung gegeben. Zum Glück war die Verhandlungssprache auf Englisch, so konnte er den Ausführungen wenigstens folgen und gegebenenfalls auch mal etwas dazu sagen. Der Anwalt meinte, er solle sich möglichst zurückhalten, die Vorwürfe gegen ihn waren sehr schwerwiegend und er könne froh sein, wenn er nicht die Todesstrafe bekäme. Johannes war sehr beunruhigt, er hatte doch wirklich nichts Unrechtes getan. Er war aber nicht bereit aufzugeben. „Ich werde kämpfen", sagte er zu sich, „ich werde alles tun, dass die Wahrheit eine Chance bekommt. Ich werde das Recht und die Kultur dieses Landes demütig respektieren, aber ich werde nicht von der Wahrheit abrücken. Es ist meine einzige tragfähige Chance." Jedenfalls konnte er mit Unterstützung seitens dieses Anwaltes nicht rechnen; er war auf sich alleine gestellt. Er fühlte sich wie ein Schmetterling in einem Glas, welchen er als Kind oft im Garten seiner Eltern gefangen hatte, um ihn sich in Ruhe anzuschauen. Dieser Schmetterling wartete nur auf die Unvorsichtigkeit eines Verwackelns des Glasdeckels, um wieder in seine Freiheit zurück zu kehren. Vielleicht gab es ja diesen Moment auch hier, er wollte auf diesen Augenblick warten.

Mit Handschellen wurde er durch lange dunkle Gänge zum Verhandlungsraum geführt. Es roch nach Bohnerwachs und vielen anderen fremdartigen Dingen. Johannes fühlte sich so, als wenn er zur Schlachtbank gebracht würde. Die Tür zum Verhandlungsraum stand weit auf, ein hektisches und wildes Gebrabbel aller Anwesenden begleiteten ihn beim Eintritt. Man wies ihm seinen Platz zu und nachdem wohl alle wichtigen Leute anwesend waren, wurde die Tür verschlossen und von zwei Bewaffneten bewacht. Dann wurde es still. Zunächst wurden seine Personalien festgestellt und anschließend die Anklageschrift verlesen. Aufgrund der Tatsache, dass Johannes mit einem als gestohlen gemeldeten Flugzeug mit einer weiteren Person ohne Ausweise und Papiere unerlaubt in den jemenitischen Luftraum eingedrungen war und ohne Genehmigung das Flugzeug auf Sokotra zur Landung gebracht hatte, unterstellte man ihm Diebstahl, Menschenhandel und Drogen- und Waffenschmuggel für eine terroristische Vereinigung. Offensichtlich war es das einzig Tragbare, was das jemenitische Recht zu bieten hatte, jedenfalls musste er mit der Todesstrafe rechnen. Johannes rutschte das Herz in die Hose, am liebsten hätte er die alle hier für verrückt erklärt. „Und noch etwas", verlas der Ankläger, „möglicherweise haben wir es bei dem Angeklagten mit einem psychisch Gestörten zu tun. Er hat einen weißen Koffer, nur mit normalem Sand gefüllt dabei. Da sollen die Geschichten der Menschen drin sein." Ein zynisches Gelächter ging durch die Reihen.

Der erste Prozesstag brachte keine Ergebnisse. Der Anwalt erkannte einen Formfehler. Er wollte sich offensichtlich nur wichtig tun. Viel mehr hatte diese armselige Kreatur anscheinend nicht zu bieten. Der Prozess wurde unterbrochen und auf einen Monat später vertagt. Johannes fühlte sich sehr einsam. Memet war nicht mehr da, er konnte mit keinem reden und sich austauschen. Wo wohl Cara war und wie es ihr ging? Er machte sich großen Sorgen um sie und er vermisste sie sehr. Jeden Abend zur gleichen Zeit riefen die Muezzins durch die Lautsprecher der Minarette das Gebet. Er hatte keine Ahnung was sie da rüberbrachten, aber er respektierte ihre Welt. Wenn man doch auch nur ihn, seine Kultur und seinen Glauben respektieren würde; es wäre auf der Welt vieles einfacher. Er schaute auf den Koffer, ließ ein paar Sandkörner durch seine Finger rieseln und machte sich dabei so seine Gedanken. Die Zellentür öffnete sich und ein Wärter brachte ihm Essen und Trinken.

„Ich heiße Karim. Bitte vertrau mir. Wenn du irgendetwas brauchst, lass es mich wissen. Ich weiß, wer du bist, ich wollte eigentlich auch mal Pilot werden. Wenn ich irgendetwas erfahre, dann werde ich es dir mitteilen, weißt du, ich würde eigentlich auch gerne hier weg. Die Situation ist in diesem Land unerträglich geworden. So, ich muss jetzt gehen, hier wird man schnell misstrauisch." Johannes bedankte sich für das Vertrauen. Damit hatte er jetzt nicht gerechnet, aber ihn überraschte eigentlich gar nichts mehr. Er machte sich nachdenklich über das Essen her, Hirsebrei, wie immer, ein echter Schweinefraß. Konnte er Karim wirklich vertrauen? Es wird sich zeigen, dachte er. Schließlich gibt es auch vernünftige Muslime, vermutlich mehr, als wir denken.

Alle zwei Tage durfte Johannes seine Zelle unter Aufsicht verlassen und musste in den großen Gemeinschaftswaschräumen duschen. Er hätte aber lieber darauf verzichtet. Er konnte die Blicke und Gesten mancher Gefangener nicht wirklich einschätzen, aber auf seine Füße hatten sie es jedenfalls nicht abgesehen. Es stank überall nach Schweiß und billiger Kernseife, manche Insassen gaben so merkwürdige Geräusche von sich, sodass das Ganze eher der Atmosphäre eines Schlachthofes ähnelte. Die Aufseher schien das alles nicht zu interessieren. Nachdem die vorgesehene Duschzeit abgelaufen war, wurde zentral, ohne Ankündigung, der Wasserhaupthahn zugedreht, unabhängig davon, ob jemand vielleicht noch voll in der Seife stand. Es erinnerte jedenfalls nichts an einen orientalischen Hammam, es war einfach alles nur schrecklich. Johannes wollte hier raus, er dachte nach. Ob die mich hier überhaupt verstehen? Das ist ja eine ganz andere Kultur. Sprachlich war das weniger ein Thema, mit Englisch ging es relativ gut, aber verstehen die hier auch was ich eigentlich meine?

Nach dem Duschen durfte Johannes eine Stunde auf dem Innenhof im Freien verweilen; alles war bestens bewacht, eine Flucht ausgeschlossen. Er liebäugelte nicht wirklich mit dieser Möglichkeit. Es war eine sehr befremdliche Stimmung auf dem Innenhof des Gefängnisses. Offensichtlich waren die meisten der Insassen Araber; vermutlich Diebe und Schmuggler. Johannes fragte sich zunehmend, was er hier sollte. Er hatte nun effektiv nichts auf dem Kerbholz, also musste er mit viel Verhandlungsgeschick versuchen, die jemenitische Justiz irgendwie anders zu überzeugen. Nur das Beteuern seiner Unschuld, das würde hier wohl nicht reichen.

So vergingen viele Wochen unerträglichen Wartens. Karim brachte an einem Abend sehr spät den üblichen Gefängnisfraß. Er setzte sich zu Johannes auf die Pritsche. „Ich habe ein paar Minuten Zeit", sagte er. „Morgen ist der nächste Verhandlungstag, habe ich vorhin erfahren. Sie wollen, dass du den weißen Koffer mit zur Verhandlung bringst, du sollst denen erklären, was das bedeutet. Sand in einem Koffer, das ist schon etwas merkwürdig. Wenn du Glück hast, dann erklären sie dich für unzurechnungsfähig. Das würde dir die Todesstrafe ersparen, aber das Gefängnis für lange Zeit nicht. Übrigens, deine Freundin ist nicht mehr hier, sie wurde die Tage aus dem Gefängniskrankenhaus mit einem Krankenwagen abgeholt. Man munkelt, sie wäre mit einem Ambulanzjet ausgeflogen worden. Aber sicher ist das nicht. So, ich muss jetzt gehen, viel Glück morgen."

Johannes rührte den Abendfraß nicht an. Es schossen ihm zu viele Gedanken durch den Kopf. Sollte Cara wirklich weg sein? Ist sie krank, wo ist sie? Hoffentlich in Sicherheit. Und das mit dem Ambulanzjet? Nein, dass DOCFLY den Transport durchgeführt haben könnte wäre schon absurd. Die bekämen doch gar keine Einfluggenehmigung für den Jemen. Obwohl er Pit so einiges zutraute, glaubte er nicht wirklich an diese Möglichkeit. Und morgen, mit dem weißen Koffer in der Verhandlung, was erzähle ich denen? Das glauben die mir doch niemals? Er versuchte etwas zu schlafen, aber es war viel zu heiß, gefühlte 35 Grad Celsius, selbst in der Nacht. Er machte sich einen Plan. Aus den Lautsprechern des nahen Minaretts rief der Muezzin noch sein morgendliches Gebet, da hörte Johannes schon Stimmen an seiner Zellentür.

Jetzt geht es los, dachte er. Wollen doch mal sehen, ob ich hier etwas bewegen kann. Obwohl er kaum geschlafen hatte, war er total aufgedreht und hellwach, nahm seinen Koffer und ließ sich von den Wärtern zum Gerichtssaal führen. Es waren anscheinend bereits alle anwesend, möglicherweise wurde der Termin wegen der großen Hitze am Tag so früh angesetzt. Es war noch nicht einmal sieben Uhr. Sein Anwalt zu seiner Rechten sitzend signalisierte ihm noch mal, dass er sich nicht so viele Chancen ausrechnen sollte. Das mit dem Sand in dem Koffer sei ja lächerlich und würde im günstigsten Fall seine Unzurechnungsfähigkeit beweisen und eine dementsprechende geringere Strafe. Wollen wir doch mal sehen, wer hier unzurechnungsfähig ist, dachte Johannes. Viel zu verlieren habe ich nicht, aber ich kann viel gewinnen. Ich werde meine Chance nutzen.

Der oberste Richter, ein in Militäruniform gekleideter großer Mann, eröffnete die Verhandlung. Es wurden erneut alle angeblichen Straftaten von Johannes verlesen und ein mögliches Strafmaß festgesetzt und in der Tat, die Todesstrafe wurde nicht ausgeschlossen. Auf der Klägerbank saßen noch fünf andere Offiziere, möglicherweise war das so eine Art Schöffengericht, jeder war hier wohl irgendwie wichtig. Sie grinsten hämisch. Das Schicksal von Johannes schien in ihren Augen bereits besiegelt. „Selbstverständlich haben sie die Möglichkeit, etwas zu ihrer Anklage zu sagen, sie bekommen jetzt die Gelegenheit", sagte der wortführende Richter und bat Johannes dazu aufzustehen. „Und erklären sie uns mal, was sie in diesem Koffer mit sich rumschleppen." Als das kollektive Gelächter der Anwesenden im Saal verstummte, begann Johannes mit ruhiger Stimme seine Ausführungen.

„Hohes Gericht, zunächst möchte ich mich bei ihnen dafür bedanken, dass ich in ihrem Land nach der Flucht von der einsamen Insel von ihnen aufgenommen wurde. Das gilt auch für meine Freundin Cara, leider habe ich sie seitdem nicht mehr gesehen, ich wünsche ihr, dass es ihr gut geht. Ich respektiere ihr Land und ihre Sitten, ihre gesellschaftlichen Gepflogenheiten und selbstverständlich auch ihr Rechtswesen. Ich habe große Achtung vor ihrem Kulturkreis und ihrem Glauben und bedaure es, dass ich ihre Gastfreundschaft nicht aus einer anderen Position heraus wahrnehmen darf." Im Saal war es totenstill.

„Verständlicherweise werfen sie mir etwas vor, dessen Gegenteil ich hier kaum beweisen kann, aber meine folgenden Ausführungen entsprechen uneingeschränkt der Wahrheit und sie sollen ihnen helfen, zu einer tragfähigen und gerechten Verurteilung meiner Person zu kommen." Johannes trug dann die Fakten seit der Entführung in Kenia wahrheitsgemäß in ruhigen Worten vor; er wurde erstaunlicherweise zu keinem Zeitpunkt unterbrochen. „Wir haben eine unterschiedliche Religion, aber es gibt auch viele Gemeinsamkeiten, so glauben wir manches, ohne einen wirklichen Beweis dafür zu haben und trotzdem trägt uns dieser Glaube im Leben. Ich bitte sie höflichst, glauben sie mir."

Die hohen Richter sahen sich schweigend an, verzogen keine Miene und baten dann Johannes, ihnen mal das Geheimnis mit dem Koffer zu erklären. Diesmal blieb es still im Gerichtssaal. Er stellte den Koffer vor sich auf den Tisch und öffnete ganz behutsam den Deckel. „Das ist Sand, scheinbar ganz normaler Sand, er besteht aus unzähligen kleinen Sandkörnern." Er ließ den Sand mit seinen angeketteten Händen durch seine Finger rieseln; es war schon eine recht surreale Atmosphäre, ein Gefangener in

Handschellen mit einem Koffer voller Sand im Gerichtssaal im Jemen, aber auch das war die Wahrheit.

„Jedes Sandkorn ist die Geschichte eines Menschen dieser Erde, seine Vergangenheit, sein Glaube, sein Tun und Wirken, alles ist in einem Sandkorn enthalten. Und man kann es nicht verlieren oder vernichten, egal wohin man den Sand auch bringt, kein Sandkorn geht verloren, keine Geschichte eines Menschen verschwindet für immer. Manche Sandkörner kommen ans Tageslicht, finden sich an Stränden wieder, manche liegen in den Tiefen der Meere im dunklen Sein dieser Welt und warten auf ihre Entdeckung. Aber keines geht verloren, so wie auch unsere Seelen nicht verloren gehen. Somit ist es gleichgültig, welcher Kultur und Herkunft ein Sandkorn ist, es ist die Wahrhaftigkeit eines Menschen. Und wenn wir sie in die Hand nehmen, erzählen sie uns ihre Geschichten, man kann es spüren. Ich habe hier nicht mehr als diesen Koffer und die Wahrheit zu bieten, es liegt nun in ihren Händen, meinem persönlichen Sandkorn seine weitere Geschichte zu schreiben. Irgendjemand wird es mal vielleicht in der Hand halten und sich erinnern. Wir kennen unsere Zukunft nicht, aber wir können in der Gegenwart unsere Vergangenheit gestalten. Nehmen sie mal ein Sandkorn in die Hand euer Ehren, sie werden spüren was ich meine und sie werden es nicht bereuen, die Wahrheit zu berühren."

Es war noch stiller geworden, keiner der im Gerichtsaal anwesenden Personen bewegte sich an seinem Platz. Johannes setzte sich klatschnass geschwitzt mit einer angemessenen Verbeugung vor den Richtern wieder hin und wartete geduldig ab, was jetzt wohl passieren würde. Selbst sein Anwalt verzog keine Miene, es traute sich keiner etwas zu sagen. Dann stand der oberste Richter auf, nahm etwas Sand aus dem Koffer und gab jedem der fünf anderen Offizieren etwas davon in die Hand und sagte mit einem eher demütigen Gesichtsausdruck: „Die Entscheidung liegt bei ihnen." Anschließend erklärte er die Verhandlung für heute beendet. Man werde sich beraten müssen und zu einem gegebenen Zeitpunkt eine Entscheidung bekanntgeben.

Schweigend verließen alle den Saal und Johannes wurde zurück in seine Zelle gebracht. Er war total erschöpft, er war aber davon überzeugt, das Richtige gesagt zu haben. Es war die einzige Chance, es war die Wahrheit. Karim brachte ihm das Essen. „Sag mal Johannes, deine Ausführungen haben mich mächtig beeindruckt, so habe ich die Welt und die Menschen noch nie gesehen. Ich bin mal gespannt wie es weiter geht, jedenfalls hast du die Menschen im Gerichtssaal sehr beeindruckt."

Am nächsten Tag bekam Johannes Besuch von seinem Anwalt. „Was haben sie denn da gestern gemacht?", fragte er mit forscher Stimme. Aber eine ehrliche Antwort wollte er wohl gar nicht hören. „Ich hatte mich sehr bemüht, ihnen juristische Unterstützung zu geben, aber sie treten das alles hier mit Füßen. Noch nie hat jemand unsere Justiz und unser Land derartig beleidigt, entweder sie bekommen die verdiente Todesstrafe, oder man lässt sie hier in einer Einzelzelle bis zu ihrem Ende eingesperrt. Jedenfalls lebend kommen sie hier nicht mehr raus. Ich hätte mich gerne für ein erträgliches Strafmaß für sie eingesetzt, vielleicht hätte ich die Todesstrafe vom Tisch bekommen und wir hätten 25 Jahre Haft hingekriegt." „Warum haben sie denn nichts gemacht, warum haben sie denn nichts gesagt?", antwortete Johannes erbost. „Ich glaube, sie haben nichts von dem verstanden, was ich gestern gesagt habe. Bitte gehen sie, ich brauche so einen wie sie nicht." Der Anwalt errötete blitzschnell bis hin zur Ähnlichkeit eines Hummers, den man gerade in siedendes Wasser getaucht hatte. Offensichtlich hatte Johannes ihn doch irgendwo in seinem Gewissen berührt.

„Gehen sie bitte aus meinem Raum, ich möchte alleine sein." Wutentbrannt verließ er dann die Zelle und brabbelte noch irgendetwas auf Arabisch zu den Wärtern und verschwand in den Gemäuern des Gefängnisses. Das waren diese Speichellecker, die Johannes nicht leiden konnte, die sich von hinten herum wichtig tun. Eigentlich wollte der Anwalt ihm nicht wirklich helfen, sondern auf der schmierigen Spur eines zynischen Systems möglichst lange und unauffällig surfen. Aber auch diese Rutschbahn hat mal ein Ende, jeder entscheidet ob und wie tief er fallen möchte.

Richard befand sich in Frankfurt auf einer Vorstandssitzung der WEG EX um sich über neue Absatzmärkte für ihre Produkte zu informieren. Man hatte den asiatischen Raum im Fokus, die aktuellen weltpolitischen Entwicklungen ließen neue Geschäfte erkennen. Es wurden Statistiken und Berechnungen durchgeführt, Renditeprognosen abgegeben und man diskutierte die Auflagen neuer Aktien, auch um im DAX noch etwas höher zu kommen. An das Ende der Tagesordnung hatte Richard unter Sonstiges noch einen weiteren Punkt hinzugefügt. Die Anzugträger hatten eigentlich gar keine Lust mehr, der Duft von Lachsschnittchen zog vom Foyer schon unter den Türen durch. Auch wollte man möglichst schnell mit Champagner auf die gute Bilanz anstoßen und vor dem Portal warteten auch schon die Chauffeure in den Edelkarossen auf ihre Fahrgäste. Richard bat noch um kurze Aufmerksamkeit.

„Wie ihr ja vielleicht aus der Presse erfahren habt, befindet sich mein alter Freund Johannes im Gefängnis im Jemen. Seine mit ihm von dieser Insel geflüchtete Partnerin, die bekannte Fernsehjournalistin Cara, ist wohl wieder in Sicherheit. Wir haben doch gute Geschäftsbeziehungen dorthin und die letzten Bestellungen unserer Produkte waren doch auch sehr lukrativ. Möglicherweise können wir ja mit einer angemessenen Spende den jemenitischen Behörden ein Angebot zur Freilassung von Johannes offerieren. Das würde doch auch dem Prestige unseres Hauses nicht schaden, zumal Johannes hier ja mal vor vielen Jahren als Scout tätig war. Ein Ferienjob zwar, aber er steht mit seinem Namen immer noch in den Personalakten."

Auf Grund der fortgeschrittenen Tageszeit fragte dann sein Vorstandsmitglied Horst, was er sich denn so vorgestellt habe. „Ich dachte an eine Summe von 3 Millionen Euro, das könnte dann als Gutschein für unsere Produkte ein interessanter Anreiz sein, Johannes freizulassen. Außerdem könnten wir dann in dieser Region unseren Marktanteil ausweiten. Wir stimmen dann morgen auf der Sitzung ab, so und jetzt ran an die Lachsschnittchen."

Cara, Fatima und Udo saßen in der Cafeteria der Klinik. Alles erinnerte eher an die Atmosphäre eines Spitzenrestaurants, Mamorböden, edles Mobiliar feinste Speisen und frische Säfte, die Raumtemperatur war auf sehr angenehme 23° Celsius eingestellt. Udo hatte einen riesigen Blumenstrauß mitgebracht und Cara nochmals die besten Wünsche der gesamten Redaktion übermittelt. Auch überbrachte er ihr einen Brief ihres Mannes aus Hamburg. „In der Sendezentrale bemüht man sich alles zu tun, dass du bald wieder nach Deutschland zurückkehren kannst", sagte ihr Udo. „Du hast zwar noch keine Papiere, aber in Zusammenarbeit mit den deutschen und Saudi-Arabischen Behörden versucht man eine Ausreisegenehmigung zu erwirken, sobald du wieder reisefähig bist." Es gab aber noch ein Problem. Fatima wollte diese Gelegenheit der Ausreise aus dem arabischen Raum nutzen, um dann später wieder in ihre Heimat USA zurück zu kehren. Aber die Behörden in Riad machten mächtige Probleme, sie wollten einer Ausreise nach Deutschland nicht zustimmen. Schließlich sei ihr Wohnsitz im Jemen und ein Visum für Saudi-Arabien lag nicht vor. Sie war illegal eingereist; eigentlich müsse sie zuerst in den Jemen zurückkehren, aber das war ja wohl nun völlig undenkbar. Cara hatte in einem kurzen Interview aber bereits kundgetan, dass sie nur mit Fatima ausreisen werde, schließlich hatte auch sie ihr das Leben gerettet und diese Flucht überhaupt erst ermöglicht.

Wieder mal kein freies Paradies, dachte Cara, wieder mal nicht dahin gehen zu können wohin man möchte. Hört das denn gar nicht auf? „Habt ihr mal etwas über Johannes erfahren?", fragte Cara ihren Kollegen Udo. „Ihm habe ich unendlich viel zu verdanken, er hat uns mehrfach das Leben gerettet. Es muss doch auch eine Möglichkeit geben, ihn daraus zu kriegen." Udo versicherte ihr, dass auch die deutschen Behörden mit ihrem Diplomaten vor Ort verhandeln, aber es gebe nichts Konkretes. Es soll wohl eine Verhandlung gegeben haben, ein Urteil stehe aber noch aus, mehr wisse man zum jetzigen Zeitpunkt nicht. Als Fatima von dem Diplomaten hörte, dachte sie an dieses schreckliche Treffen auf seinem Hotelzimmer zurück. Was ist das bloß für ein Widerling, aber in den Jemen sendet man wohl nicht gerade die erste Garde. Hoffentlich besucht er Johannes im Gefängnis nicht, dachte sie.

Cara war wieder alleine auf ihrem Zimmer, es war schon spät, aber sie konnte nicht einschlafen. Mehrfach hatte sie den Brief ihres Mannes gelesen, mehrfach flossen ihr die Tränen. Sie las ihn ein weiteres Mal:

Liebe Cara, mit großer Freude habe ich von deiner Wiederkehr in das Leben erfahren. Man hatte dich und diesen Piloten schon vor mehreren Monaten für tot erklärt; wir waren alle fassungslos. Es grenzt ja fast an ein Wunder, dass ihr euch wieder befreien konntet. Natürlich möchte ich dich gerne wiedersehen, aber ich bin ganz ehrlich zu dir, ich lebe seit kurzem mit einer anderen Frau zusammen. Es ist die Arbeitskollegin aus der Personalabteilung, sie hatte mir zu einer Beförderung verholfen. Als kleine Anerkennung hatte ich sie zum Essen eingeladen, tja und da ist es halt passiert. Es tut mir so leid. Ich hoffe du verzeihst mir, aber es ist so wie es ist. Melde dich doch bitte, wenn du wieder im Lande bist, dann sprechen wir in Ruhe nochmal über alles. Übrigens unsere gemeinsame Wohnung existiert noch, ich habe nur meine Sachen mitgenommen. Hoffentlich bis bald. K.

Er hatte immer alle Briefe mit K. unterschrieben, dabei heißt er eigentlich Heinz. Der Brief hatte Cara schwer getroffen. Nicht nur die Tatsache, dass er eine Andere hat, er scheint aus der Sache sogar noch Profit geschlagen zu haben. War denn da so wenig was uns verbunden hat? Cara konnte es einfach nicht glauben. Vielleicht bin ich ungerecht. Vielleicht hatte ich auch oft einfach zu wenig Zeit. Aber anscheinend konnte er mich ja schnell ersetzen. Ach, wenn doch jetzt Johannes hier sein könnte. Für ihn werde ich kämpfen, egal wie lange es dauert. Dann schlief sie ein. Es vergingen noch zwei weitere Wochen, da kam Fatima früh morgens in Caras Zimmer, setzte sich zu ihr ans Bett und sprach mit leiser Stimme.

„Du, es gibt Neuigkeiten, meine ärztlichen Kollegen hier in der Klinik und ich sind zu der Auffassung gekommen, dass aus medizinischer Sicht nichts mehr gegen eine Heimreise nach Deutschland spricht. Deine Papiere sind unterwegs und so wie es aussieht, werde ich dich als Ärztin auf dem Flug begleiten dürfen; man hat da irgendetwas auf dem kleinen Dienstweg ausgekungelt. Und wenn ich erst mal in Deutschland bin, dann bin ich frei." Cara unterbrach sie, „dann kommst du erst mal zu mir in meine Wohnung, mein Mann hat mich nämlich verlassen, ich habe genug Platz, du kannst so lange bleiben wie du möchtest."

Fatima umarmte sie und ein paar Tränen der Freude kullerten über ihre beiden Wangen wie Tautropfen am frühen Morgen auf zwei Blütenblättern, welche sich der aufgehenden Sonne zuwenden. Fatima gab Cara noch den Brief von Max, der immer noch in dieser Plastiktüte auf seine Familie wartete. Cara hätte ihn gerne gelesen, aber sie tat es nicht. Das wäre respektlos und Max nicht würdig. Schließlich hatte sie es ihm zu verdanken, aus dieser Rebellenhölle entkommen zu können. Sie versteckte ihn sicherheitshalber wieder in ihrem BH und nahm sich vor, unmittelbar nach ihrer baldigen Rückkehr nach Deutschland diesen Brief der Familie zu überreichen. „Und noch etwas", sagte Fatima, „es gibt Neuigkeiten von Johannes."

Die Muezzins hatten gerade ihr Morgengebet beendet, da kamen sie, die Wärter, öffneten seine Zellentür und legten ihm wortlos die Handschellen an. Dann gingen sie mit ihm durch die dunklen Gänge, an Zellen anderer Häftlinge vorbei, es roch nach Schweiß und Fäkalien. Manche der Mitgefangenen grinsten und spuckten ihn an, einige saßen teilnahmslos auf ihren Pritschen, in tiefer Depression versunken. In einer Zelle stand an der Wand ganz groß "Help" geschrieben, der Gefangene hatte sich an der steinigen Wand die Finger blutig gerieben, um damit auf sich aufmerksam zu machen. Er schrie unentwegt irgendetwas auf Arabisch, was Johannes aber nicht verstehen konnte und nach mehrfacher Ermahnung drehte er vollkommen durch und spuckte durch das Gitter in Richtung der Wärter. Ein Schuss reichte und er sackte wie ein nasser Sack in seiner Zelle zusammen und blieb dann tot auf dem Boden liegen.

Johannes musste würgen, es war für ihn kaum auszuhalten. Er verlor die Hoffnung und vollkommen paralysiert ließ er sich den Gang weiter schleifen.

Was mag wohl jetzt passieren, dachte er. Alles schien möglich, vielleicht war es der letzte Tag in seinem Leben. Er betete, dankte Gott für das bisherige Dasein auf dieser Erde und bat um ein würdevolles Urteil. In der vorangegangenen Verhandlung hatte er nichts als die reine Wahrheit gesagt und trotzdem zweifelte er in diesem Moment doch zu weit gegangen zu sein. Vermutlich haben die zu Richtenden das doch gar nicht verstanden, was er zum Ausdruck bringen wollte. Vielleicht sperren sie ihn doch als Gestörten in die Psychiatrie ein, bis zum bitteren Ende. Johannes hatte richtige Angst. Sie näherten sich dem Geschehen, sein Anwalt nahm ihn mit einem süffisanten Grinsen und den Worten in Empfang: „Tja, ich kann jetzt nichts mehr für sie tun, sie haben es selber so entschieden." Dann wurde Johannes in den bereits gut gefüllten Verhandlungssaal geführt. Er hatte irgendwie geahnt, dass das Urteil kurz bevorstand. Karim hatte gestern so etwas angedeutet, er meinte, er würde wohl bald umziehen, aber Genaueres hatte er ihm auch nicht sagen können. Umziehen, aber wohin? In den Kerker für den Rest seines Lebens oder direkt unter die Erde nach Genickschuss oder Galgen? Jetzt wird über mich entschieden, jetzt habe ich das anzunehmen, was das Leben für mich vorgesehen hat. Johannes rechnete jetzt mit allem, vom Gefühl her war er schon auf dem Weg in den Himmel. Seinen Körper spürte er nicht mehr.

Es wurde still, der oberste Richter erhob sich und begann mit seinen Ausführungen.

„Im Namen Allahs und des jemenitischen Volkes ergeht folgendes Urteil: Der Angeklagte Johannes wird zu drei Jahren Gefängnisstrafe verurteilt, davon kann ihm bei guter Führung ein Teil der Strafe erlassen werden. Danach ist er ein freier Mann und kann seinen Aufenthaltsort auf diesem Planeten frei wählen. Die Haftstrafe ist in unserem neuen Gebäudetrakt abzuleisten. Hier steht ihm ein eigenes Zimmer zur Verfügung, Mahlzeiten darf der Gefangene mit anderen in der Kantine des Gefängnisses einnehmen. Bei Zuwiderhandlungen und Unregelmäßigkeiten wird der Gefangene umgehend in den Zellentrakt zurück verlegt und das Verfahren neu aufgerollt; dieses Urteil kann bis zur Entlassung des Verurteilten widerrufen werden. Das Urteil und das Strafmaß werden wie folgt begründet: Der Gefangene hat in überzeugender Weise dargelegt, wie es zu der illegalen Einreise in den Jemen kam, er hat in respektvoller Haltung unserem Land gegenüber erklärt, dass seine Ausführungen der Wahrheit entsprechen. Das Gericht konnte in der Tat die meisten Anschuldigungen nicht aufrechterhalten, es gab dafür keine tragfähigen Beweise. Einzig und alleine das illegale Eindringen in den jemenitischen Luftraum und die damit verbundene Gefährdung des Luftverkehrs sind bewiesen und werden vom Angeklagten auch nicht bestritten. Seine überzeugende und beeindruckende Erklärung zu seinem weißen Koffer haben die anderen Richter und auch mich dazu veranlasst, ein Urteil auf der Basis der Wahrheit zu treffen und zwar einstimmig. Und noch etwas ist zu erwähnen, es gab das Angebot eines hier nicht genannten deutschen Unternehmens, gegen eine sehr große Lösegeldsumme den Angeklagten frei zu kaufen. Die Ausführungen des Angeklagten haben das Gericht derart beeindruckt und es ist somit zu der Erkenntnis gekommen, dass man Menschen nicht kaufen kann. Deshalb haben wir das abgelehnt. Die Verhandlung ist beendet."

Johannes hatte einen Puls von gefühlten 200, er konnte es noch gar nicht glauben, er hatte es geschafft. Er hatte mit Wahrheit und Demut überzeugt und das in einem Land, win dem die Rechte der Menschen oft mit Füßen getreten werden. Und auch das Geld hatte nicht gesiegt. Offensichtlich steckte wohl Richard mit seiner WEG EX hinter dem hier gesagten deutschen Unternehmen. Es fühlte sich gut für Johannes an; Menschenrechte kann man nicht einfach käuflich erwerben. Der Verhandlungssaal leerte sich, viele der Anwesenden warfen Johannes einen würdevollen Blick zu; nur sein Anwalt nicht, der war wohl eingeschlafen. Das Beste, was er tun konnte. Was für ein Blödmann, dachte Johannes.

Seine neue Zelle glich eher einem sehr einfachen Hotelzimmer. Natürlich waren Tür und Fenster gesichert und das Mobiliar war auch nicht gerade vom besten Tischler gefertigt, aber es war relativ sauber. Vor allen Dingen hatte er eine vernünftige Toilette und eine Dusche. Karim hatte ihm seine Sachen aus der alten Zelle gebracht, das war nur ein wenig Gefängniskleidung und natürlich der weiße Koffer. Das erste Abendessen durfte er wirklich in der Gefängniskantine einnehmen, danach legte er sich auf sein Bett und fiel in einen langen Schlaf; er war vollkommen erschöpft.

Am nächsten Tag wurde ihm wirklich bewusst, was da eigentlich passiert war. Er hatte das Maximum erreicht, er war der Freiheit in greifbare Nähe gerückt. Er dachte an Cara und ob sie vielleicht schon wieder in Deutschland sei. Sollte ihre gemeinsame Odyssee wirklich bald ein Ende haben? Er vermisste sie und wünschte sich, sie bald wieder umarmen zu können. Aber er dachte auch an Serena, an Pit und die ganze DOCFLY, an seine Eltern und Freunde und an Richard. Er steckte vermutlich hinter dem Lösegeldangebot, aber Richard musste wohl offensichtlich wieder mal zur Kenntnis nehmen, dass man sich für Geld nicht alles kaufen kann. Er wollte ihn wiedersehen, mit ihm auf zwei so unterschiedliche Lebenswege schauen, auf das, was das Leben wirklich ausmacht. Und er fing an sich Gedanken zu machen, was er denn nach dieser Zeit tun werde. Das professionelle Fliegen wird vermutlich nicht mehr möglich sein. Seine Lizenzen waren mittlerweile abgelaufen und mit einer Gefängnisstrafe in seinen Akten bekäme er vermutlich keine Chance auf Erneuerung. Aber das ist jetzt so, es wird sich schon etwas zeigen. Erst mal wieder hier rauskommen.

Richard schäumte vor Wut. Auf der Vorstandsitzung erklärte er, dass man im Jemen das Lösegeld für eine mögliche Freilassung von Johannes ausgeschlagen hatte. „Das ist ja unerhört", sagte Horst, „vielleicht war es noch zu wenig? Wir könnten es nochmal verdoppeln, schließlich wollen wir doch unseren Marktanteil in dieser Region vergrößern. Möglicherweise steckt ja auch die Konkurrenz dahinter, wir werden mal einen Beobachter dorthin schicken." Richard versuchte etwas Ruhe in die Sitzung zu bringen. Einen Beobachter wollte er nicht, er hatte andere Pläne, aber darüber konnte er nun mit dem Vorstand nicht sprechen.

Noch am selben Abend trafen sich Richard und Horst in einem Frankfurter Nobelrestaurant um die weiteren Aktivitäten zu sprechen. Sie hatten bewusst einen Tisch im entlegenen Teil des Restaurants reserviert, an dem sie ungestört miteinander reden konnten. „Sag mal Horst", sagte Richard leise, „mich kotzt dieser elende Vorstand nur noch an, die sind alle mit dem zufrieden was sie haben, denken nur noch an Lachsschnittchen und an ihren Luxus, aber mir reicht das nicht. Wir sollten versuchen, mit unserem Geld einen so großen Anteil der Aktien zu kaufen, dass wir die Mehrheit bekommen. Mit möglichen Strohmännern könnten wir eine feindliche Übernahme erzwingen, dann gehört das alles uns, wir haben mehr Macht und Einfluss und können dann ganz anders am Markt regieren. Was hältst du davon?" Horst hörte sich das alles an und zögerte zunächst mit einer Antwort. „Aber das ist doch rechtlich sehr bedenklich. Die Heuschrecken Geschäfte sind doch verboten, außerdem riskieren wir dabei unser ganzes Vermögen", sagte Horst und bestellte noch einen alten Chateauneuf du Pape für 350,- Euro. „Aber der Gedanke an noch mehr Marktmacht ist schon sehr reizvoll, ich werde da mal drüber nachdenken." Sie beendeten den Abend mit der Begleichung der Rechnung von weit über tausend Euro und ließen sich anschließend von ihren Chauffeuren nach Hause bringen.

Johannes saß am Tisch in seinem Raum und schlürfte an einem Kaffee, den er sich nach dem Abendessen aus der Kantine mitnehmen durfte. Da er nicht wusste, ob er die ganzen drei Jahre hier auszuharren hatte, überlegte er, was er denn Sinnvolles in dieser Zeit tun könnte. Trotz so mancher Privilegien hatte er keinen Zugang zur Außenwelt, kein Telefon und auch kein Internet. Er dachte erneut über diese Verhandlung nach. Irgendwie habe ich sie hier doch überzeugen können, vielleicht hätten sie mich ja sogar freigesprochen, aber da hätten sie möglicherweise nicht vor sich selbst und ihrem System bestehen können. Sie hatten wirklich nur nach Fakten geurteilt, das war schon sehr beachtlich. Am nächsten Morgen besuchte ihn Karim, er kam nicht nur als Wärter, er suchte immer wieder das Gespräch mit Johannes.

„Ich finde das sehr wertvoll, dass wir beide trotz unterschiedlichen Glaubens so viel Vertrauen gegenüber haben", sagte Karim. „Ich würde dir sogar Ausgang gewähren, weil ich mir sicher bin, dass du das nicht ausnutzen würdest. Wenn ich könnte, würde ich dich gerne zu mir nach Hause einladen. Ich habe meiner Familie schon viel von dir erzählt, aber leider geht das nicht." Johannes war tief beeindruckt, in der Tat, er würde es wirklich nicht ausnutzen, schließlich hatte man ihm hier wirklich geglaubt. Das zu missachten, würde sein Sandkorn in die Tiefen des Ozeans fallen lassen. „Eigentlich weiß ich gar nicht so viel über deinen Glauben und deine Kultur", erwiderte Johannes. „Kannst du mir einen Koran in meiner Sprache besorgen? Ich würde gerne mehr über den Islam erfahren und verstehen. Ich denke, wenn sich jeder etwas mit dem Anderssein seiner Mitmenschen beschäftigt, könnte diese Welt vielleicht ein wenig freundlicher sein."

Karim war beeindruckt und signalisierte ihm, dass er das gerne organisiert und die Gefängnisleitung damit auch sicher kein Problem haben würde. So über die Monate studierte er den Koran, machte sich Notizen, zog Vergleiche zum christlichen Glauben, erkannte Zusammenhänge und viele Gemeinsamkeiten. Immer wieder diskutierte er mit Karim über das Gelesene, ließ sich nicht Verstandenes erklären. Er kam immer mehr zu der Erkenntnis, dass trotz aller Unterschiedlichkeiten der Kulturen und Glaubensrichtungen, viele Konflikte in dieser Welt darauf beruhen, dass man zu wenig vom Anderen weiß und auch falsch interpretiertes Halbwissen für eigene Interessen eingesetzt wird, um Macht und Einfluss zu erzielen. Das beschäftige Johannes zunehmend, seine Notizblöcke füllten sich, er vergaß darüber fast die Zeit. Er dachte oft an Cara, er vermisste sie und ihre gemeinsamen Gespräche am Strand auf der einsamen Insel sehr.

In Freiheit

Nicht der frühe Muezzin hatte Johannes geweckt, sondern das Öffnen seiner Tür um diese ungewöhnliche Uhrzeit ließ ihn hellwach in seinem Bett aufspringen. „Was ist los", sagte er zu Karim, der wie eine Erscheinung zu dieser frühen Stunde vor ihm stand. „Die Gefängnisleitung möchte dich sprechen, ich soll dich jetzt direkt zu ihnen bringen. Genaues weiß ich auch nicht, aber ich meine mitbekommen zu haben, dass du Besuch hast." Johannes schoss in Sekunden alles Mögliche durch den Kopf. Hatte er sich zu viel mit dem Koran beschäftigt, wollte man ihn vielleicht ermahnen nicht in ihrem heiligen Werk zu schnüffeln, oder wollte man sein Strafmaß wieder korrigieren? Wer sollte ihn hier schon besuchen, dieser widerliche Anwalt vielleicht? Hatte er dann doch noch einen Verfahrensfehler entdeckt? Er hatte schließlich seine Zeit hier noch nicht abgesessen und das Urteil konnte bis zu seiner Entlassung jederzeit wieder aufgehoben werden. Karim ermutigte ihn, die Ruhe zu bewahren. „Bleib bei dir, du hast dir nichts vorzuwerfen", sagte er und dann gingen sie den Flur entlang in den Trakt, wo die Gefängnisleitung ihren Sitz hatte. Vor dem Büro mussten sie noch eine Weile warten. Alles roch irgendwie modrig, der alte mit Rissen übersäte Linoleumboden stank nach billigem Putzmittel, irgendwer in der Nähe rauchte irgendetwas, was Johannes eher an einen brennenden Sofasitz erinnerte. Ihm wurde es auf einmal mulmig, er konnte nur mit großer Mühe seinen Brechreiz in Schach halten.

„Sie haben Besuch Johannes", sagte einer der beiden anwesenden Offiziere. „Im Nebenraum warten zwei Männer mit goldenen Streifen an ihren Schultern, die möchten sie abholen." Johannes bekam weiche Knie und bat um eine Sitzgelegenheit. DOCFLY schoss es ihm durch den Kopf. Hatte Pit es wirklich gewagt? „Aber ich habe meine Strafe doch noch nicht abgesessen", sagte Johannes, als er wieder die Fassung erlangt hatte. „Es sind doch noch bestimmt 10 Monate." „Wir haben ihnen wegen der guten Führung den Rest erlassen. Sie sind ab jetzt ein freier Mann und dürfen dieses Land mit ihren Kollegen heute noch verlassen. Die nötigen Papiere sind gestern von den deutschen Behörden eingetroffen." Karim nahm ihm die Handschellen ab und Johannes bemerkte dabei, dass ihm Tränen über das Gesicht rannen. „Ist das wirklich wahr?", fragte er mit zittriger Stimme. „Ja, das ist es", antwortete der andere Offizier. „Hier sind ihre Papiere, auf Wiedersehen." Karim begleitete Johannes in den Nebenraum, da standen in der Tat zwei altbekannte Piloten der DOCFLY, Richie und Malte. Mit Richie war Johannes sogar schon im Einsatz geflogen. Nach einer herzlichen Umarmung mahnten beide zum Aufbruch, sie hätten einen Slot für 14:00 Uhr, den wollte man auf jeden Fall wahrnehmen. Johannes ging in Begleitung Karims zu seinem Raum, aber er nahm das nicht wirklich wahr. Er fühlte sich so, als wenn er eine Droge bekommen hätte. Er packte seine wenigen Sachen, nahm seinen weißen Koffer und dann brachte Karim ihn zum Ausgang. Nach einer herzlichen Umarmung unter Tränen, setzte sich Johannes in den Fond eines gerade vorgefahrenen Taxis und mit Richie und Malte verschwanden sie in dem orientalischen Getümmel Sanaas mit dem Ziel Flughafen.

Da stand sie die King Air, so als wenn Johannes sie erst kürzlich selber dort abgestellt hätte. „Johannes, möchtest du im Cockpit sitzen?", fragte Richie. „Du kennst dich ja hier aus." Johannes verneinte, er wollte lieber in der Kabine sitzen und einfach nur rausschauen. Er konnte das alles noch gar nicht glauben. In wenigen Stunden würde er wieder in Nairobi sein, würde Serena, Lara, Pit und all die anderen wiedersehen. Er fragte sich, ob sein Appartement wohl noch existierte. Alles war so vertraut, die Preflight Checks, das Anlassen der Triebwerke, im Abflug von Sanaa International verlor Johannes die Beherrschung und bekam einen Weinkrampf. Er war wieder frei, er hätte vor Freude schreien können. Sie flogen ein kleines Stück über den Golf von Aden, hier irgendwo war diese kleine Insel, hier irgendwo war er mit Cara über ein Jahr, hier irgendwo ist Sokotra, hier irgendwo hatte das alles mit diesem Überfall angefangen. Johannes war so sehr in Gedanken versunken, dass er es gar nicht bemerkt hatte, als Richie sich ihm gegenüber setzte. „Sag mal Johannes, das ist jetzt alles etwas viel für dich, oder? Möchtest du etwas trinken?" Johannes sehnte sich nach einer eisgekühlten Coca Cola und die hatten sie natürlich an Bord. Pit hatte das organisiert und dazu einen Müsliriegel mit Waldfruchtgeschmack, wissend, dass Johannes das gerne auf den Flügen zu sich nahm. „Pit hat das alles organisiert", sagte Richie, „er hat wochenlang mit den deutschen und jemenitischen Behörden verhandelt, hat deine Ausreisegenehmigung erwirkt und nach zähen Verhandlungen diesen Flug möglich gemacht. Das war gar nicht so einfach. Er sagte mehrfach, dass er erst wieder ruhig schlafen könnte, wenn er dich wohlbehalten zurückgeholt habe." Johannes liefen unentwegt die Tränen über das Gesicht. Sie erreichten die Grenze zu Äthiopien, sie hatten noch eine Flugzeit von ungefähr 2 Stunden vor sich. Er war aufgeregt wie ein kleines Kind am Heiligen Abend kurz vor der Bescherung. Er war gespannt wie ein Flitzebogen, was und vor allem wer ihn erwartete. Er verfiel in einen oberflächlichen Schlaf und erwachte, als Richie die Leistung der Motoren reduzierte, zum Anflug auf "Jomo Kenyatta International Airport".

Malte machte den Einleitungsanruf an den Tower, sie bekamen einen direkten Anflug auf die Piste 24, also in südwestliche Richtung. Das Wetter war gut, der Wind schwach und nach Erhalt der Landefreigabe schwebte die King Air behutsam wie ein Adler ein. Richie setzte sie sanft wie eine Feder auf der langen Asphaltbahn auf. Über die Taxiways rollte der Flieger dann zur Homebase der DOCFLY. Er erschrak, wie viele Menschen sich dort versammelt hatten, mit Fähnchen wirbelten sie alle seiner Ankunft entgegen. Serena erkannte er zuerst, sein Herz raste vor Aufregung wie eine Nähmaschine. Nachdem die Triebwerke zur Ruhe gekommen waren, öffnete Richie die Bordtür, ließ die kleine Gangway herunter. Johannes entstieg als Erster voller Ehrfurcht mit einer kleinen Tasche und seinem weißen Koffer der King Air, dort, wo diese Odyssee vor langer Zeit einmal begonnen hatte.

Es war ein gigantischer Empfang, aus dem Getto Blaster an der Gangway erklang die Stimme von José Carreras, "amigos para siempre", eines der Lieblingslieder von Johannes. Als er endlich kenianischen Boden betrat, kam Pit auf ihn zu, umarmte ihn und unter Tränen stammelte er: „Herzlichen Willkommen mein geliebter Flieger, herzlich Willkommen." Kaum jemand der Anwesenden hatten jemals zwei Männer so vor Freude weinen gesehen. Dann ging Johannes mit weiterhin erhöhtem Pulsschlag auf Serena und Lara zu, beide standen gemeinsam neben Pit, ebenfalls mit feuchten Augen, bereit Johannes zu begrüßen. Sie wollten einander kaum loslassen; was für eine überwältigende Freude. Aber da waren noch viele andere Leute, Corinna, Julio, die gesamte Crew der DOCFLY, alle konnten es kaum erwarten Johannes willkommen zu heißen. Auf dem Vorfeld hatten sie ein kleines Buffet vorbereitet. Es gab für Johannes seit langem mal wieder einen ordentlichen Espresso und ein echtes Grillwürstchen mit Senf.

Später saßen Serena, Lara und Johannes mit Pit in seinem Büro. Hier hatte sich nicht viel verändert, lediglich ein Foto von Johannes hing über Pits Schreibtisch. „Ich habe hier eine Mail vom deutschen Außenminister für dich. Er gratuliert herzlich zur Freilassung aus dem Jemen, zur glücklichen Rückkehr und hofft, dich bald wieder in Deutschland begrüßen zu dürfen." Johannes kamen erneut die Tränen, er konnte das alles noch nicht wirklich fassen. Pit wollte gerade noch eine Runde Espresso holen, da bimmelte sein Handy, auf dem Display erkannte er sofort die Nummer. Johannes riss Pit förmlich das Telefon aus der Hand und verschwand im Nebenraum. Er hatte gespürt, dass es Cara war.

Johannes erkannte ihre Stimme sofort wieder und er musste sichtlich um Fassung ringen. „Lieber Johannes, wie geht es dir, bist du okay? Herzlichen Glückwunsch zu deiner Freilassung. Du kannst dir gar nicht vorstellen, wie glücklich ich bin, dass du auch endlich wieder in Freiheit bist. Die Ungewissheit war schrecklich, ich vermisse dich unendlich und kann es kaum erwarten dich wieder zusehen. Ich bin schon seit über einem Jahr wieder in Hamburg, aber hier hat sich einiges verändert. Wir haben uns viel zu erzählen. So, jetzt feiert mal noch schön weiter, wir sprechen uns die Tage nochmal ausführlich. Ich liebe dich." Johannes brachte vor Aufregung kaum ein Wort heraus, dankte ihr unter Tränen für den Anruf und versprach ihr, sie spätestens morgen wieder anzurufen. Vor dem Auflegen fügte er noch hinzu: „Ich liebe dich auch."

Als er in wieder zurück ins Büro kam, waren Pit und Lara verschwunden. „Sie müssen etwas am Flieger nachsehen", sagte Serena. „Ach Johannes, ist das schön, dich wiederzusehen. Auch wenn du jetzt vermutlich total fertig bist, darf ich dir nicht vorenthalten, dass sich hier einiges verändert hat." Johannes spitzte seine Sinne und war sehr gespannt auf das, was jetzt kam. Serena fuhr fort. „Ich mache es kurz, es ist viel Zeit vergangen. Lara und ich hatten uns nach deinem Verschwinden zusammen getan, um über den Verlust hinweg zu kommen. Daraus entwickelte sich mehr als wir damals dachten, wir sind seit einiger Zeit ein Paar und leben zusammen. Wir haben dich nie vergessen und sind überglücklich dich wieder hier zu haben, aber so ist das jetzt nun. Ich hoffe es schmerzt nicht allzu sehr. Dein Appartement ist mittlerweile neu vermietet, deine Sachen sind alle bei Pit. Er hat ein kleines Zimmer für dich in seinem Haus eingerichtet, wo du erst mal wohnen kannst, bis du dir im Klaren bist, wie es in deinem Leben weiter gehen wird."

Vor der Begegnung mit Serena hatte er ein wenig Angst gehabt, damit hatte er allerdings nicht gerechnet. Trotz allem spürte er eine gewisse Erleichterung. „Serena, ich mache es auch kurz, auch ich habe dich wirklich sehr geliebt. Ich war damals überglücklich, als du aus Südamerika hierher kamst. Wir verfehlten und nur um wenige Augenblicke. Dann nahm mein Leben eine ganz andere Richtung. Ich habe oft an dich gedacht und dich auch sehr vermisst, aber es hat sich im Laufe der Zeit eine besondere Beziehung zwischen Cara und mir entwickelt. Es ist mehr geworden, als wir erwartet hatten. Danke für deine Offenheit." Sie nahmen sich in den Arm und ließen ihren Emotionen freien Lauf. Pit öffnete leise die Tür und fragte zögerlich, ob er wieder reinkommen dürfte. „Na klar", antwortete Serena. „Wir haben über das Wesentliche gesprochen, es ist alles gut."

Pit war erleichtert und bestätigte noch mal sein Angebot gegenüber Johannes, dass er bis auf Weiteres gerne bei ihm wohnen könne. „Und wenn du möchtest, dann nehme ich dich gleich mit, es ist alles vorbereitet. Du solltest dich jetzt erst mal richtig ausschlafen." Johannes nahm das Angebot gerne an und freute sich wirklich auf ein richtiges Bett. Er nahm seinen weißen Koffer und seine kleine Tasche mit den Notizen, die er sich im Gefängnis in Sanaa gemacht hatte und verließ mit Pit das Büro. Am Ausgang wartete Lara mit großer Erwartungshaltung auf die drei. Serena tuschelte kurz mit ihr und dann umarmten sie sich alle nochmal mit großer Warmherzigkeit. „Ach Johannes", sagte Lara, „bevor du jetzt mit Pit verschwindest, Serena und ich möchten dich zu einem Welcome-Dinner einladen. Wir kochen für dich und möchten dann deine Geschichte hören. Wie wär's in drei Tagen am Samstag so um 18:00 Uhr?" Johannes zögerte nicht und sagte sofort zu. „Aber mit einem Abend kommen wir dann aber nicht aus, besorgt schon mal ordentlich Rotwein, ich weiß gar nicht mehr wie der schmeckt. Danke, bis Samstag."

Nach einer ausgedehnten Dusche, einem kleinen Snack und einem ersten kühlen Bier seit Jahren, fiel Johannes in einen tiefen Schlaf aus dem er erst am nächsten Abend nach fast 20 Stunden erwachte. Im ersten Augenblick wusste er gar nicht, wo er war. Als die Tür leise aufging, dachte er, jetzt kommt bestimmt irgendein Wärter und bringt mir wieder diesen Gefängnisfraß. Es war Pits Frau Peggy, sie brachte ihm einen sehr gut duftenden Kaffee und wünschte ihm einen guten Morgen. Nachdem Johannes einigermaßen wach war, schaute er sich im Zimmer erst mal um. Da lagen all seine Sachen, ordentlich und sortiert in den Regalen und Schränken. Sein Pilotenkoffer stand unter dem Tisch. Er nahm die zuletzt von ihm benutzte Anflugkarte von Moyale in die Hand und ließ seinen Gedanken freien Lauf. Ob er wohl wieder fliegen würde? Ob er seine Lizenzen überhaupt noch aktivieren könne? Schließlich waren die ja alle abgelaufen und fraglich wäre auch die zentrale Überprüfung. Schließlich hatte er ja in einem Gefängnis gesessen und das noch in einem Land, wo Terror herrscht. Erst mal wieder nach Deutschland kommen, dachte er, dann wird sich alles zeigen. Im Koffer fand er sein Handy, allerdings war es nicht aufgeladen und bestimmt war der Vertrag ausgelaufen. Der war eh zu teuer. Johannes kamen Erinnerungen an die ersten Tage in Kenia.

Am nächsten Tag fuhr Peggy mit Johannes in die City Nairobis, um ihn wieder ordentlich einzukleiden. Die alten Sachen passten nicht mehr so gut und waren nun auch gar nicht mehr modern. Sie zogen durch die Geschäfte. Johannes probierte hier und da, ließ sich jede Menge zurücklegen und am Ende zogen beide mit mehreren Tüten an den Händen Richtung Parkhaus.

„Weißt du Peggy", sagte Johannes, „es ist mir alles noch so fremd. Bis vor ein paar Tagen saß ich noch im Gefängnis und heute gehe ich als freier Mann einfach so in die Geschäfte und kaufe mir das, was ich haben möchte. Es wird in mir immer klarer, was Freiheit eigentlich wirklich für eine Bedeutung hat. Leider muss man wohl erst ein Gefängnis von innen erlebt haben, um sich dieser Erkenntnis bewusst zu werden." „Ja, das glaube ich dir. Man sollte das hier viel mehr zu schätzen wissen", sagte Peggy. „Hast du noch Lust auf einen Kaffee? Ich lade dich ein."

Sie suchten sich ein gemütliches Bistro in der Altstadt und bestellten sich zum Kaffee eine kenianische Kuchenspezialität. „Hi Johannes", klang es plötzlich vom Nachbartisch. „Ist das schön, dass ich dich noch treffe. Ich bin ja so glücklich, dass du wieder da bist. Ich hätte mich in Kürze bei dir gemeldet, das war ja alles unglaublich was da passiert ist. Wir wollten in Moyale eigentlich bei euch bleiben, aber diese Vermummten schossen wild in der Luft herum und signalisierten uns, wir sollten sofort verschwinden. Sie hatten es wohl nur auf euch beide abgesehen, warum auch immer. Diese Dreckschweine haben Su einfach erschossen, der arme Kerl hatte gar keine Chance. Es war so furchtbar und wir haben uns so viel Sorgen um dich und Cara gemacht, du kannst dir gar nicht vorstellen, was da auf der Basis los war. Pit und ein paar andere sind dann noch am selben Abend mit zwei Flugzeugen gekommen, wir haben die ganze Nacht auf der Polizeistation verbracht, aber ganz ehrlich, wir hatten alle das Gefühl, dass die da irgendwie mit verwickelt waren. Am nächsten Morgen sind wir dann zurückgeflogen; ein paar Tage später haben wir dann Su beerdigt, es war alles so schrecklich. Ich bin nicht mehr bei DOCFLY, ich habe mich entschieden, wieder in die Schweiz zurück zu gehen. Ich fliege morgen endgültig zurück."

Corinna redete wie ein Wasserfall. Sie sah knuffig aus, ihre langen Haare hatte sie zu zwei seitlichen Zöpfen gebunden. Es fehlte eigentlich nur noch das Dirndl, dann wäre ihr eidgenössisches Outfit perfekt.

„Hallo Corinna, schön dich zu sehen und schön zu sehen, dass es dir gut geht. Das was mit Su passiert ist, ist wirklich schrecklich. Ich kann das alles immer noch nicht begreifen, was da passiert ist." „Ich habe mich so sehr gefreut, als ich von deiner Wiederkehr erfahren hatte, leider konnte ich wegen eines wichtigen Termins zum deinem Empfang nicht kommen. Ich bin immer gerne mit dir geflogen, bist ein guter Pilot und sehr angenehmer Kollege gewesen; weißt du auch noch, die Geschichte mit diesem reichen Touri, dem haben wir es ja wohl gezeigt." Trotz ihrer schnodderigen

Alpenschnauze wirkte Corinna sehr charmant. „Ich werde dich nie vergessen mein Lieber, und wenn du mal in der Schweiz sein solltest, hier ist meine Adresse, ich würde mich sehr freuen. Alles Gute Flieger." Peggy meinte, dass man sie ungern gehen ließ, sie war eine der routiniertesten Ärztinnen im IRK.

Am Abend saßen Pit, Peggy und Johannes auf der Veranda und tranken einen gut gekühlten südafrikanischen Rotwein. Johannes kam so langsam wieder ins Leben zurück. Es ging ihm erstaunlich gut, zumal er gerade mit seinen Eltern telefoniert hatte, die sich natürlich auch unendlich über die Nachricht seiner Wiederkehr gefreut hatten. Seiner Mutter ging es zwar nicht gut, aber sie war noch da und freute sich, ihn bald wiederzusehen. Nach der dritten Flasche Wein hielt es Pit nicht mehr aus: „Was befindet sich eigentlich in diesem weißen Koffer?"

Abschied

Am nächsten Tag telefonierte Johannes fast zwei Stunden mit Cara. Von der Geschichte mit Fatima erzählte sie ihm nichts, sie wollte das mit ihm in Ruhe zu Hause besprechen. Sie verabredeten seine Abreise aus Kenia in Bälde, sie wollten sich so bald wie möglich wieder in die Arme schließen. „Wir fangen dann einen Fisch in der Elbe und grillen den dann bei mir auf der Terrasse", sagte sie mit einem Lächeln. „Und ich bringe eine Flasche Kokossaft mit, aber aus dem Supermarkt", antwortete Johannes. Und noch etwas, „ich liebe dich." „Ich liebe dich auch", antwortete Cara. „Ich kann es kaum erwarten dich wieder bei mir zu haben."

Fatima half Cara ihren Koffer zu packen. „Vergiss bitte nicht den Brief an Max", sagte sie, „der ist bestimmt sehr wichtig für seine Angehörigen." Cara ging es wieder einigermaßen gut, sie ging jeden Tag im Park der Klinik zwei Stunden spazieren. Die Verantwortlichen Ärzte hatten ihr die Rückreise nach Deutschland genehmigt. Ihre neuen Papiere hatte das Auswärtige Amt in Deutschland ausgestellt und über das Konsulat per Bote persönlich bei ihr abgegeben lassen. Nach zähen Verhandlungen mit den amerikanischen Behörden erhielt Fatima ein befristetes Visum für die USA, somit stand ihrer offiziellen Ausreise aus diesem Teil der Erde scheinbar nichts mehr im Wege. Mit gepackten Koffern saßen sie in der Cafeteria der Klinik und gönnten sich zum Abschied noch Kaffee und Sahnetörtchen.

Fatimas Flug sollte am Abend mit Emirates nach London gehen. Dort würden sich dann ihre Wege trennen, entgegen der ursprünglichen Planung, zunächst gemeinsam in Hamburg zu wohnen. Fatima würde noch in der Nacht in die USA reisen und Cara hatte noch einen Anschlussflug nach Hamburg. Fatima wollte einfach nur weit weg von diesem Mann und diesem elendigen Jemen. Udo war bereits wieder in Deutschland. Cara hatte darauf bestanden, dass ihre Abreise ohne viel Aufsehen erfolgen sollte, schließlich war Fatima in gewisser Weise aus dem Jemen geflohen und erst wieder sicher, wenn das Flugzeug europäischen Luftraum erreicht hatte. Es war unglaublich heiß, so an die 43 Grad Celsius. Die Luftfeuchtigkeit war kaum zu ertragen. Der kurze Weg von der klimatisierten Klinik zum Taxi reichte, dass Cara und Fatima nahezu durchgeschwitzt waren, sodass sich ihre Brüste durch die feuchte Kleidung besonders abhoben. Der Taxifahrer stierte unaufhaltsam durch seinen mickrigen Rückspiegel zu den beiden auf der Rückbank, sodass er kurz vorm Flughafen eine rote Ampel übersah und mit einem anderen Fahrzeug kollidierte.

Am Unfallort entbrannte eine orientalisch überhitzte Diskussion über die Schuldfrage. Alle Beteiligten redeten und gestikulierten wild durcheinander, man hatte das Gefühl einer Katastrophe nahe zu sein. Es handelte sich zum Glück aber nur um einen leichten Blechschaden, auch wurde nicht wirklich jemand verletzt. Der Taxifahrer stand allerdings kurz vor einem Herzkasper. Fatima meinte, dass er gefühlt einen Bluthochdruck von über 250:150 haben müsse. Aus dem wilden arabischen Palaver meinte Fatima herauszuhören, dass sie und Cara wohl offensichtlich schuld sein sollten, wegen ihrer aufreizenden Kleidung. Sie hätten angeblich den Taxifahrer bewusst provozieren wollen. Es hatte sich mittlerweile ein Pulk von gefühlt 200 Menschen gebildet; kaum einer wusste wohl noch wirklich worum es eigentlich ging. Fatima flüsterte Cara ins Ohr, dass es an der Zeit wäre einfach still und leise zu gehen. Sie legten das vereinbarte Transfergeld auf den Sitz des Fahrers und verschwanden mit ihrem Gepäck vollkommen unbemerkt, um ein paar Straßen weiter mit einem anderen Taxi weiterzufahren. Beim Einchecken waren beide unruhig. Hoffentlich hatte dieser Taxifahrer nicht noch nach ihnen suchen lassen, schließlich wusste er ja wo sie hin wollten. Sie wurden zwar auffällig genau kontrolliert, aber wenn auch mit einem offensichtlichen Argwohn Fatima gegenüber, ließ man sie beide dann endlich passieren. „Jetzt sind wir durch", sagte Fatima, „jetzt geht es nach Hause."

Der riesige Airbus A 380 setzte sich auf dem King Khalid International Airport von Riad in Richtung Startbahn in Bewegung. Die Maschine war weitestgehend vollbesetzt, offensichtlich mit vielen Urlaubern aus dem arabischen Raum. Ach ja Urlaub, dachte Fatima, einfach mal unbeschwert Urlaub machen. „Vielleicht kommst du ja mal nach Amerika", sagte sie zu Cara, „dann machen wir eine große Tour durch die USA mit einem Wohnmobil." „Das ist eine gute Idee", antwortete Cara, „da freue ich mich jetzt schon drauf." Der riesige Vogel bremste plötzlich recht abrupt und die Triebwerke wurden abgeschaltet. Sie standen noch auf dem Vorfeld des riesigen Airports, als eine mobile Gangway an den unteren Teil des Rumpfes angelegt wurde. Es folgte ein Militärfahrzeug mit Blaulicht und zwei Uniformierte sprangen aus dem Wagen und rannten mit erhobenen Waffen in die Gangway herauf. „Was ist das denn, das scheint mir ein Überfall oder eine Entführung zu werden", sagte Cara leise zu Fatima.

Plötzlich wurde es unruhig in der Kabine, die beiden Militärs kamen, begleitet von zwei Stewardessen, mit erhobenen Waffen auf die Sitzreihe von Cara und Fatima zu. „Bist du Fatima?", fragten sie in bestimmten Ton. Fatima ergab sich zu erkennen, sie hatte keine Chance und fragte dann, was los wäre. „Wir haben eine Anzeige aus dem Jemen vorliegen. Es wird dir unerlaubtes Verlassen deiner Familie, Flucht und Mitgliedschaft in einer terroristischen Vereinigung vorgeworfen. Wir müssen dich jetzt hier verhaften und den Behörden zu weiterer Klärung übergeben." „Ich komme mit", sagte Cara leise, aber Fatima ließ sie verstehen, dass das keinen Sinn macht. Mit versteinerten Blicken verabschiedeten sich beide. Cara flüsterte noch ganz leise: „Ich hol dich da wieder raus." Fatima wurden Handschellen angelegt, dann wurde sie wie eine Schwerverbrecherin abgeführt und in dem Militärfahrzeug wieder zum Terminal zurückgebracht. Cara wollte noch intervenieren, aber sie hatte keine Chance, der Airbus hob ohne Fatima mit dem Ziel London ab, der Platz neben ihr blieb leer. Der Kapitän entschuldigte sich noch über Bordlautsprecher für die Unannehmlichkeiten, so als wenn es eine tägliche Routineangelegenheit gewesen wäre und wünschte allen noch einen guten Flug. Was ist das für eine Welt, was ist das für menschenunwürdiges System, dachte Cara. Das kann doch alles nicht wahr sein. Ihr liefen die Tränen über die Wangen. Da hat doch dieser Mann von Fatima alle Register gezogen. Was für eine armselige Kreatur, was für ein verachtendes Verhalten. Jedenfalls spürte Cara zu diesem Zeitpunkt schon sehr deutlich, dass die vergangenen Jahre sie verändert hatten. Das alte Leben würde sie sicher nicht so fortführen, wie sie es verlassen hatte. Mit diesen Gedanken schlief sie ein.

Serena und Lara hatten den ganzen Samstag damit verbracht, ein feines 5–Gänge Menü zu kreieren. Nichts war ihnen zu aufwändig, alles wurde perfekt für den Abend mit Johannes vorbereitet. Sie waren beide ziemlich aufgeregt, denn obwohl sie ein Paar waren, hatten beide Johannes nie so wirklich aus ihren Herzen verbannt. „Mach dich bloß nicht zu schick", sagte Lara mit einem Augenzwinkern. „Nicht, dass wir noch ein Problem bekommen." „Natürlich nicht", antwortete Serena, „aber auch du solltest dir ein etwas dezenteres Top anziehen und mit dem Parfüm sparsamer umgehen." Es lag schon ein Hauch von Spannung in der Luft, als Johannes zur Tür hereinkam. Sie begrüßten sich herzlich. Er hatte für beide jeweils einen tollen Blumenstrauß mitgebracht und bedankte sich für die Einladung. „Jetzt sei mal nicht so förmlich", sagte Lara mit einem schnippischen Lachen, „komm wir trinken erst mal einen Sekt zusammen." Es wurde ein langer Abend. Serena und Lara hingen wie Kletten an Johannes Lippen und wollten so viel wie möglich von seinem Erlebten erfahren. Aber auch Johannes ließ sich berichten, was sich denn so alles in seiner langen Abwesenheit ereignet hatte. Es dämmerte schon, unzählige

Flaschen enthielten nur noch kenianische Luft, als Johannes signalisierte, sich so langsam mal ein Taxi zu bestellen. „Du kannst bei uns schlafen", schoss es Lara nur so heraus, „es gibt nachher noch Frühstück." Johannes ließ sich überreden und nach einer weiteren Flasche Wein, schlief er direkt auf der Couch im Wohnzimmer ein. Serena brachte Johannes noch eine flauschige Decke und Lara legte ihm behutsam ein Kissen unter den Kopf. Beide gaben ihm zärtlich einen Kuss.

Am nächsten Tag, die Sonne hatte den Zenit schon überwunden, setzte sich Serena mit zwei Tassen Kaffee zu Johannes auf die Couch, als Lara gerade zum Einkaufen unterwegs war. Sie wollte die Lieblingsbrötchen für Johannes besorgen.

„Ich könnte auch eine Aspirin vertragen, das war doch etwas viel Wein", sagte Johannes mit müder Stimme. Serena hatte noch ihr dünnes Nachthemd an. Johannes konnte sämtliche Konturen ihres schönen Körpers erahnen und für einen Augenblick kamen ihm die schönen erotischen Momente mit ihr in Erinnerung. „Du, das war eine sehr schöne Zeit mit dir", sagte Serena, „ich weiß bis heute nicht, was mich damals geritten hat, mich mit diesem Dirk einzulassen. Es tut mir immer noch leid, ich habe dich sehr verletzt. Dafür bitte ich dich um Entschuldigung. Ich wollte wirklich wieder zu dir zurück, deswegen bin ich auch aus Südamerika hierhergekommen. Leider haben wir uns verfehlt. Ich weiß nicht, ob und wann wir uns wiedersehen werden, aber ich möchte dir noch sagen, dass ich dich immer noch sehr mag. Du bist ein toller Mensch und ich wünsche dir von Herzen alles Gute." Johannes war sehr gerührt. „Ja, ich habe lange an dir festgehalten, glaube mir bitte, ich war zwar über ein Jahr mit Cara auf dieser einsamen Insel, aber es gab immer eine Grenze, die haben wir im gegenseitigen Respekt voreinander nie überschritten. Und trotzdem haben wir uns ineinander verliebt, vielleicht sogar deswegen. Ich hatte Angst vor der Begegnung mit dir, aber umso mehr bin ich erleichtert, dass sich die Dinge so gefügt haben. Ich wünsche dir auch von Herzen alles Gute, mit Lara hast du eine tolle Partnerin. Ich habe mich mit ihr immer sehr gut verstanden." Sie küssten sich innigst. Zum Abschied.

Lara hatte in der Tat die Lieblingsbrötchen von Johannes mitgebracht und während Johannes unter der Dusche war, deckten die beiden schweigend den Frühstückstisch. Es lag Abschied in der Luft, ein Abschied von einer gemeinsamen Liebe, von einem ganz besonderen Menschen. Serena und Lara stellten sich in Gedanken dieselbe Frage: War ihre gemeinsame Beziehung doch nur eine Zweckgemeinschaft gewesen? Sie verbrachten noch fast den ganzen Tag gemeinsam, plauderten über Vergangenes, erzählten sich Witze und lachten sich über so einiges halb schlapp. „Wir drei sollten eine WG gründen", frotzelte Lara, „dann könnte immer einer von uns im Wechsel in Ruhe schlafen." „Wer ist zuerst dran?" witzelte Serena, „ich bin selten müde." Als das kollektive Gelächter verklungen war, signalisierte Johannes, nun endlich gehen zu müssen. „Wir sehen uns wieder", sagte er, „und wenn ich extra mal für einen Abend hier einfliege, das wäre es mir wert." „Und eine Nacht", schob Lara noch hinterher. „Dann geht aber Serena am nächsten Morgen Brötchen holen!" Sie verabschiedeten sich, beide knutschten Johannes nochmal so sehr ab, dass er fast eine Gesichtsparese bekam. Das Taxi fuhr vor.

Sand in den Händen

Airbus A 380-861, Fluggesellschaft Emirates, Sitzplatz 23 A, am Fenster auf der Backbordseite auf dem oberen Deck in der Businessklasse, Ziel Hamburg Fuhlsbüttel, via Frankfurt/Main. Der riesige Vogel rollte über Taxiway Alpha und Bravo zum Haltepunkt Piste 24 des Jomo Kenyatta Airport. Johannes rollten Tränen übers Gesicht, dieser Abschied schien unerträglich. Die Stewardess fragte ihn, ob alles in Ordnung sei. Er nickte und drehte sich nach links zum Fenster. Es war spät am Abend, die blauen Lichter der Rollwege wiesen dem riesigen Flieger seinen Weg. Wie oft war er mit den Ambulanzflugzeugen hierher gerollt, wie oft hatte er hier kranke Menschen aus dem Busch über diese Wege zur weiteren Behandlung gebracht und wie oft damit Leben gerettet. Es waren hunderte Male. Jetzt saß er mit hunderten fremden Menschen in diesem Riesending. Jeder mit seiner Geschichte, jede Geschichte ein Sandkorn.

In Gedanken hörte er den Funkspruch des Controllers: „Emirates 357, lining up runway 24, cleared for take-off, next point of report: ESRA, good night." Die mächtigen Schaufeln der Pratt & Whitney Turbinen kamen auf Touren, es gab kein Zurück mehr. Der mächtige Koloss setzte sich in Bewegung und hob in seiner bekannten Behäbigkeit vom Asphalt ab und quälte sich vollbetankt und beladen mit hunderten Passagieren in den nächtlichen Himmel Ostafrikas. Johannes versank in seinen Gedanken. Pit hatte ihn bis zur Sicherheitskontrolle gebracht, der Abschied war schmerzlich. Er hatte Pit sehr viel zu verdanken, sie waren richtige Freunde geworden. Auf der Basis gab es noch eine Abschiedszeremonie, alle waren gekommen um sich von Johannes zu verabschieden. Auch Serena und Lara waren da und drückten ihn noch einmal. „Und beim nächsten Mal gehst du Brötchen holen", zwinkerte ihm Lara noch zu. Beide mussten richtig lachen. Das ist schon eine tolle Truppe hier, dachte Johannes. Ob man sich jemals wiedersehen würde?

Sie hatten am Vorabend noch lange zusammen gesessen. Peggy hatte hervorragend gekocht und Pit dazu einen guten afrikanischen Rotwein serviert. Die Großzügigkeit Pits hatte Johannes mächtig beeindruckt. Er hatte ihm nach seiner Entführung noch drei Monate das Gehalt bezahlt; für sein Appartement sogar ein halbes Jahr, in er Hoffnung, er würde bald wieder auftauchen. Alle seine persönlichen Sachen waren noch da. Er hatte sie alle aus dem Container vom Hangar in sein Haus gebracht und ordentlich verwahrt. Sogar seinen Arbeitsvertrag hatte er ruhen lassen und ihm angeboten, zunächst als Flugbegleiter weiter bei DOCFLY zu arbeiten, bis er seine Lizenzen wieder auf dem neuesten Stand hätte. Er hätte ihn gerne im Team behalten, aber auch volles Verständnis für die Entscheidung von Johannes gezeigt, diesen Ort endgültig zu verlassen.

„Und da ist noch etwas, mein lieber Johannes, was du vor deiner Abreise wissen solltest", sagte Pit zum Schluss. „Wir haben uns hier entschieden, keine weiteren "Versorgungsflüge" mehr nach Somalia durchzuführen. Es sind Waffen, mit denen hier Menschen unglaubliches Leid zugefügt wird, wir wollen diesen Wahnsinn nicht mehr unterstützen. Wir schaffen das auch so hier. Wenn jeder in dieser Welt einen kleinen Beitrag leistet, dann kann manches etwas besser werden."

Was bringe ich da für eine Geschichte mit nach Hause, wie viele Sandkörner sind wieder dazu gekommen, dachte er. Es werden wohl mehrere Eimer sein. Beim Einchecken in Nairobi hatte man ihn schon sehr genau nach diesem Koffer befragt, aber selbst das Röntgengerät erkannte keine Auffälligkeiten und mit einem Kopfschütteln konnte er dann die Schleuse passieren. Er hatte es als Handgepäck dabei, in der ersten Klasse war das möglich. Den Flug hatte übrigens das deutsche Außenministerium bezahlt. Schließlich fühlte man sich offensichtlich verpflichtet, einen verloren gedachten Bundesbürger wieder würdevoll nach Hause zu bringen. Nach Erreichen der Reiseflughöhe verteilte das Kabinenpersonal Zeitschriften und bis zum Abendessen servierten sie Erfrischungsgetränke. Johannes bekam einen Champagner im Sektkübel zu seinem Platz gebracht, mit den besten kollegialen Grüßen, hieß es aus dem Cockpit. Man wüsste von ihrem besonderen Passagier.

Hoffentlich machen die in Deutschland nicht auch so einen Zirkus, dachte Johannes. Er mochte Publicity um seine Person nicht besonders. Das Essen war phantastisch, es gab Hummer als Vorspeise, feinstes Rinderfilet mit ausgefallenen Beilagen und ein Eis Parfait als Nachspeise. War schon toll, aber sein obligatorischer Müsliriegel beim Fliegen hätte ihm auch gereicht. Was ist das für eine Welt, was ist das für ein Überfluss und wie dicht sind Luxus, Armut, Elend und Hunger beieinander, dachte er. Wir sind gerade über dem Sudan, also sind es bis dahin nur 36.000 Fuß, also nur rund 12 Kilometer über einem der ärmsten Länder der Erde. So richtig schlafen konnte er nicht, zu viel ging ihm durch den Kopf.

Pit hatte ihm noch kurz vor Abflug einen Brief ohne einen Absender zugesteckt, der wohl vor einiger Zeit bei DOCFLY explizit für ihn abgegeben wurde. Es war auch noch irgendetwas drin in dem Brief, etwas Hartes. Jedenfalls war der Brief in der Durchleuchtung bei der Sicherheitskontrolle nicht aufgefallen, also öffnete er ihn. Die krakelige kindliche Schrift war schwer zu entziffern, die englische Übersetzung laienhaft.

Ich heiße Helina, ich habe dir mein Leben zu verdanken, meine Mutter Dala war mit mir schwanger, als du uns mit deinem

Flugzeug aus meinem Dorf in das Krankenhaus gebracht hast. Die Dorfbewohner haben mir später erzählt, du hättest die ganze Nacht durchgearbeitet um das Flugzeug wieder aus dem Schlamm zu befreien. Das kleine Holzstückchen habe ich für dich im Wald gefunden, es erinnert an ein kleines Herz; es ist mein Herz, das Herz Afrikas, das dir Danke sagt. Bitte trage es immer bei dir, dann sind wir uns ganz nah, und es kann uns nichts Schlimmes passieren.

Viel Glück! Deine Helina

Obwohl er sich sehr auf die Heimat freute, wurde er doch etwas wehmütig. Er fragte sich, ob er die vielen lieb gewonnenen Menschen der letzten Jahre wiedersehen würde. Eigentlich hätte er sich auch gerne mehr mit der Kultur des "Morgenlandes" beschäftigt. Es ist schon eine interessante Welt, dachte Johannes. Dort gibt es bestimmt viel Interessantes zu entdecken. Er fragte sich, warum so viel Misstrauen und Feindschaft gerade zwischen diesen Kulturen existiert. Warum gilt man als Feind, wenn man einfach nur einen anderen Glauben hat oder eine andere Lebensform favorisiert? Es wird doch beispielsweise kein Mensch als Muslim, Christ, oder Buddhist geboren. Alles Denken und Handeln ist doch anerzogen und spiegelt tradierte Lebensweisen wieder.

Er kam ins Philosophieren. Der Fremde in der Fremde, dachte er. Das ist ein Hinweis. In einem fremden Land ist man nicht verortet, da gibt es anderes Essen, da hat man Heimweh, man hat einen anderen Status in der Gesellschaft, man ist einfach heimatlos. Er nahm sich vor, sobald er selbst wieder verortet war, sich mit anderen Kulturen, Verhaltensstrukturen und gesellschaftlichen Zusammenhängen zu beschäftigen. Wie genau, wusste er noch nicht. Es wird sich schon zeigen, dachte er. Es muss doch möglich sein, Konflikte unter den Menschen und seien sie noch so verschieden, anders als mit Waffen und Gewalt zu lösen.

Er dachte noch mal an seine Gerichtsverhandlung in Sanaa, eigentlich hatte wohl sein respektvoller Umgang gegenüber den Richtern und deren Kultur eine große Rolle gespielt. Möglicherweise war das sogar entscheidend gewesen. Dieser Spur wollte er weiter folgen und er beschloss, diesem Teil der Welt nicht dauerhaft den Rücken zukehren. Und Afrika, ja, damit wollte er sich auf jeden Fall näher auseinandersetzen. Es gibt so viel zu tun auf dieser Welt, dachte Johannes. Und zwar viel Sinnvolleres, als Geld zu stapeln, um es für nutzlosen Luxus auszugeben. Freiheit ist Luxus, obwohl es eigentlich selbstverständlich sein sollte. Mit diesen Gedanken schlief er ein und wurde erst vom Dröhnen der Turbinen geweckt, als diese in der Bremsphase des riesigen Airbusses auf der vier Kilometer langen Piste 07R in Frankfurt/Main auf Umkehrschub geschaltet wurden.

Der riesige Flieger rollte zum Gate 207 am Flughafen Frankfurt International, Johannes war wieder in Deutschland. Er durfte die Maschine als Erster verlassen und wurde von einem VIP-Fahrzeug direkt in das Terminal gebracht. Der deutsche Außenminister begrüßte ihn in politischer Korrektheit und gratulierte ihm zu seiner glücklichen Heimkehr. Johannes war wie paralysiert, er beantwortete ein paar Fragen der Reporter des deutschen Fernsehens und ließ Applaus und Glückwünsche wie einen unerwünschten Regenschauer über sich gehen. Er wollte eigentlich nur noch weiter nach Hamburg, zu Cara. Im Blitzlichtgewitter der Journalisten brachte ihn der Minister mit seinen Bodyguards persönlich zum Abfluggate, der Flug nach Hamburg wurde bereits aufgerufen. „Machen sie bitte mal den Koffer auf", sagte der Mann von der Security. Johannes folgte der

271

Aufforderung. „Das ist ja nur Sand", sagte er mit einem hämischen Grinsen. „Naja, die Mitbringsel der Menschen sind schon sehr unterschiedlich."

Am Ausgang in Hamburg erwartete ihn dann Cara.

Wiedersehen auf Juist

Nach dem Frühstück schlenderte Johannes durch die kleine Fußgängerzone in Richtung Strand. Er setzte sich auf eine Bank mit Blick auf die Nordsee und genoss den frischen Wind um seine Ohren. Es war ziemlich kalt, die Kapuze hatte er fest verschnürt und seinen Schal um den Hals gewickelt. Er überlegte, wie lange es wohl her sein könnte, als er das letzte Mal hier gewesen war. Es waren so rund zehn Jahre. So in Gedanken versunken fiel sein Blick auf seine Armbanduhr. Es war bereits kurz nach 11:00 Uhr, für diese Zeit hatte er sich mit Richard im Kurhotel verabredet. Es waren nur ein paar Meter dorthin und mit leichtem Herzklopfen bestieg er die Stufen zu diesem ehrwürdigen Haus.

Richard wartete im Foyer. Er war deutlich älter geworden, Falten durchliefen sein Gesicht, sein offensichtlich exzessiver Lebensstil hatte ihn geprägt. Er trug einen feinen Anzug und am Handgelenk erkannte Johannes die Uhr, die er sich mal als seine Lieblingsuhr ausgesucht hatte. „Mensch Johannes, da bist du ja endlich. Ich konnte es kaum noch erwarten, dich wiederzusehen." Sie umarmten sich verhalten herzlich und Johannes verspürte nicht die Wärme, die er bei seinen Begegnungen in den letzten Jahren erfahren durfte. „Komm, ich habe für uns in der Lounge einen echten Ostfriesentee bestellt", sagte Richard. „Da können wir uns erst mal in Ruhe unterhalten."

Der Kellner, er glich in seinem Outfit eher einem Pinguin, brachte den Tee klassisch im Kännchen mit Milch und Kandis. „Möchtest du etwas essen?", fragte Richard. „Also ich habe gut gefrühstückt und für heute Abend habe ich einen Tisch hier reserviert. Dann feiern wir ausgiebig unser Wiedersehen." Johannes war damit einverstanden. „Nun erzähl doch mal, das ist ja eine unglaubliche Geschichte, die du da erlebt hast. Ich habe das soweit wie möglich mitverfolgen können." Richard hatte sich nicht wirklich verändert, ganz im Gegenteil. Er wirkte noch strukturierter als früher, er war schon immer ergebnisorientiert. Mittlerweile hatten beide im Laufe der Stunden fünf Gedecke des köstlichen Ostfriesentees konsumiert, als Richard Johannes im Erzählen unterbrach. „Warum haben die da eigentlich nicht das Lösegeld im Jemen angenommen, damit hätte ich dir viel ersparen können?", fragte Richard. „Es wäre für uns beide eine echte Win-Win Sache gewesen. Du wärst frei gekommen und wir hätten von der WEG EX einen weiteren Zugang zu diesem Geschäftsfeld bekommen."

Johannes schwieg zunächst. „Weißt du Richard", sagte Johannes leise, „wir beide waren schon immer unterschiedlich. Lass uns mal über etwas Anderes reden. Was machst du eigentlich hier auf dieser Insel?" Richard schaute über den Rand seiner goldenen Brille. Er war offensichtlich etwas irritiert, dass Johannes sich nicht, trotz der misslungenen Lösegeldaktion, für sein Engagement ihm gegenüber bedankt hatte. „Was mache ich hier?", antwortete Richard, „ich plane ein ganz großes Ding. Mein Vorstandskollege Horst von der WEG EX ist auch hier. Morgen früh mit Öffnung der Börse kaufen wir auf einen Schlag so viele Aktien der WEG EX auf, dass wir die Majorität haben werden. Ich kann es kaum erwarten. Horst sitzt gerade am Computer und beobachtet die Kurse und im richtigen Moment schlagen wir zu." „Und dann", fragte Johannes, „dann fühlst du dich gut?"

Richard ignorierte die Frage und fuhr fort. „Und dann kaufe ich dieses Ding hier, dieses Hotel ist in die Jahre gekommen, ich könnte mir vorstellen, es mal als Altersruhesitz zu nutzten. Ich werde es dementsprechend umbauen lassen. Koste es was es wolle. Und dann brauchen wir hier eine vernünftige Anbindung zum Flugplatz, das mit diesen elendigen Pferdekutschen geht ja gar nicht. Da müssen Luxuskarossen her, wenn meine Geschäftspartner mit ihren Privatflugzeugen hier einfliegen. Das ist alles eine Frage des Geldes mein Lieber. Sag mal, fliegst du eigentlich noch?" Johannes musste zur Toilette, ihm war übel geworden, möglicherweise lag es auch am vielen Tee. Er hielt erst mal seinen Kopf unter Wasser und bediente sich an den umfangreichen Cremes, die hier wohl dem Hotelgast kostenlos zur Verfügung standen.

„Sag mal Johannes, hast du geduscht? Kannst gerne bei mir in der Suite baden, da steht eine richtig geile große Mamorbadewanne. Nach dem Essen zeige ich dir mal meine Suite, man hat da vor allen Dingen einen tollen Ausblick über das Meer."

Am fürstlich gedeckten Tisch im Kurhotel zu Juist warteten Richard und Johannes abends auf Horst. „Der ist immer unpünktlich", wetterte Richard, „ich kann das gar nicht leiden." Johannes erkannte ihn sofort. Der Mann mit der FAZ und den goldenen Manschettenknöpfen in Form von Patronenhülsen. „Das ist ja ein Ding", sagte Horst, „das ist doch mein Mitreisender im Zug und auf dem Schiff von gestern. Du bist also der Johannes. Ich hatte gestern schon überlegt, woher ich dich wohl kenne, jetzt weiß ich es. Das Fernsehen hatte ja von dir berichtet." Sie begrüßten sich, eher förmlich und dann wandten sich die drei dem opulenten

Mahle zu. „Unseren Digestiv nehmen wir nachher bei mir in der Suite ein", sagte Richard. „Ich bestelle eine Flasche vom feinsten französischen Cognac, magst du doch auch Johannes, oder?"

Der Ausblick war wirklich phantastisch, auch wenn es bereits dunkel war, so konnte man doch erahnen, wie es tagsüber wohl sein würde. Nachdem er fast die halbe Flasche von dem edlen braunen Getränk alleine getrunken hatte, verabschiedete sich Horst zur Nachtruhe und verließ leicht torkelnd die Suite. Johannes hatte sich das Wiedersehen mit Richard etwas anders vorgestellt, aber eigentlich hätte er es so erwarten können. Schließlich wusste er ja, wie er tickte und daran hatte sich nichts geändert. Sie plauderten noch etwas über alte Zeiten in Münster, über die Gelage im "Pinkus Müller" und über Serena. „Das habe ich damals schon gespürt, dass die nicht ganz echt ist", sagte Richard. „Ich brauche keine feste Beziehung, ich bezahle lieber für meinen Spaß und habe keine Verpflichtungen." Johannes nippte nachdenklich an seinem Cognac, da fiel sein Blick auf diesen feinen Lederkoffer, den er bei Horst gestern schon im Zug bewundert hatte. „Sag mal Richard, was ist denn da eigentlich drin?" „Da ist das drin, wovon ich dir heute Nachmittag erzählt habe. Unsere Aktien der WEG EX, die wir morgen früh zu Börsenbeginn ins Rennen werfen, um sie dann nach dem Kurssturz umgehend zurück zu kaufen und den Rest auch noch. Keiner rechnet damit. Das wird der Börsenhype schlechthin und dann gehört das alles Horst und mir. Dann können wir machen, was wir wollen. Als erstes werde ich dann schon mal diesen Schuppen hier kaufen. Und dann mein Lieber, dann lassen wir es krachen, du bist herzlich eingeladen."

Johannes konnte die Nacht nicht schlafen. Was geht denn hier ab, dachte er. Das sind die Menschen, die der Welt diese

Probleme bereiten, diese Narzissten, diese skrupellosen Geschäftemacher, die meinen, sich mit Geld alles kaufen zu können. Aber das Wesentliche ist nicht käuflich und er war heilfroh, dass er nicht gegen dieses dreckige Lösegeld im Jemen freigekauft worden war. Die Erfahrungen in dieser Zeit, so schmerzlich sie auch waren, waren für ihn von unschätzbarem Wert. Sie würden ihn durch sein weiteres Leben tragen. Was bedeutet schon Geld. Das ist ja alles ekelhaft, dachte er und beschloss, am nächsten Tag abzureisen.

Nach einem leichten Frühstück, der Cognac gestern hatte ihn die Nacht doch noch beschäftigt, packte er seinen kleinen Rucksack, bezahlte seine bescheidene Hotelrechnung, schnappte sich seinen weißen Koffer und trudelte dann langsam zum Kurhotel, um sich von Richard zu verabschieden. Er hatte sich schon nach dem Fährschiff erkundigt, die "Frisia V" sollte um 16:30 Uhr ablegen, dann bekam er auch noch die Anschlusszüge nach Hamburg. „Der Herr ist nicht da", sagte ihm der Portier an der Rezeption. „Er ist möglicherweise sogar abgereist, jedenfalls hat er vor ungefähr einer Stunde mit einem Koffer das Hotel verlassen. Genaueres darf ich ihnen nicht sagen, aber vielleicht kann ihnen sein Bekannter weiterhelfen, ich versuche ihn mal auf seinem Zimmer zu erreichen." In diesem Augenblick klingelte das Telefon, der Portier nahm ab und eine aufgeregte Stimme blubberte etwas in den Hörer. „Was ist los Tanja, was ist passiert? Ich komme sofort." Die Gesichtsfarbe des Portiers wechselte in weniger als einer Sekunde in ein kaum zu überbietendes weiß. „Tanja ist das Zimmermädchen", stammelte er und dann schoss er wie ein Pfeil zum Aufzug. Johannes musste tief durchatmen, irgendetwas war geschehen. Er musste an die frische Luft und ging erst mal etwas den Strand entlang. Was ist hier passiert, wo ist Richard?

Tanja hatte wie gewohnt jeden Morgen Dienst, sie hatte einen Generalschlüssel für alle Zimmer und mit diesem schloss sie auch an diesem Tag Appartement Nr. 457 im Obergeschoß des Kurhotels auf, das Appartement von Horst. Vorher klopfte sie selbstverständlich immer an, so wurde es von ihr seitens der Hotelleitung verlangt. Vor ein paar Monaten hatte sie das mal vergessen und blickte beim Eintreten in die Suite auf mehrere Damen und Herren, die sie wohl beim kollektiven Gruppensex störte.

Nachdem sich aber diesmal niemand auf ihr Klopfen meldete, öffnete sie die Tür und betrat die Suite. Es roch unglaublich stark nach Alkohol. Auf dem Tisch stand eine ganze Batterie von Flaschen, mehrere Zigarrenstummel lagen auf dem Boden verteilt und hatten Brandflecke in den sündhaft teuren Teppichen hinterlassen. Tanja öffnete das Fenster, die frische Nordseeluft drang in den Mief der Suite ein. Jetzt konnte sie erst mal durchatmen. Alles war unordentlich, Kleidungsstücke lagen verteilt auf dem Boden, eine Armbanduhr lag in einem noch halbvollen Whiskyglas. Sie hatte keine Ahnung von Uhren, vermutete aber, dass der Wert dieser Uhr für die Finanzierung ihres gesamten Studiums reichen würde. Sie selbst trug eine Modeuhr im Wert von 150 Euro; ihre Oma hatte sie ihr zum Abitur geschenkt. Diese Uhr zeigte exakt 11:30 Uhr, als sie die Tür zum Badezimmer öffnete. In der Badewanne lag regungslos ein Mann mit dem Kopf unter Wasser. Tanja erschrak sich fast zu Tode, schrie wie am Spieß und wählte dann mit zittrigen Fingern die Rezeption. Dabei verlor sie das Bewusstsein und schlug mit ihrem ganzen Körpergewicht auf dem Boden auf. Es vergingen nur ein paar Minuten, da waren die Verantwortlichen des Hotels in der Suite von Horst versammelt. Der herbeigerufene Arzt der Insel kümmerte sich um die bereits wieder zu sich gekommene Tanja. Der Hoteldirektor und sein Stellvertreter standen fassungslos im Badezimmer vor der Leiche. Horst hatte sich das Leben genommen. Der exzessive Alkoholkonsum hatte ihn und damit den geplanten Börsengang mit einer feindlichen Übernahme verschlafen lassen. Er hatte hunderte Millionen von Euros riskiert, das gesamte Vermögen von Richard war für immer vernichtet.

Johannes lief durch die kalte Winterluft Richtung Westspitze der kleinen Insel, immer nach Richard Ausschau haltend. Nach ungefähr einer halben Stunde entdeckte er ihn. Er saß im Sand in einer kleinen Dünenmulde, den braunen Koffer fest an sich gedrückt. Seine Gesichtsfarbe ließ sich von der des Nordseesandes kaum noch unterscheiden.

Johannes setzte sich neben ihn. Richard erzählte ihm alles und dann saßen sie eine ganze Weile schweigend einfach so da. In der leichten Nordseebrise zogen Möwen ihre Bahnen, so als würden sie etwas zum Ausdruck bringen wollen. Aber sie wissen nichts von den Menschen, sie sind frei, sie leben im Jetzt und machen sich über das Morgen keine Gedanken.

Richard und er rückten ganz dicht zusammen, die Daunenjacken bis oben hin zugezogen, die langen Enden ihrer Schals flatterten in der bewegten Luft wie Luftschlangen auf einem Kindergeburtstag. Der Wind hatte mittlerweile den Sand über ihre Schuhe geweht, sodass es so aussah, als wenn sie fest mit der Erde verbunden waren. Es sah nicht nur so aus, Richard und Johannes waren fest mit der Erde verortet.

„Sag mal Johannes", fragte Richard mit zittriger Stimme, „was hast du eigentlich in diesem Koffer?" Johannes zögerte zunächst mit einer Antwort. „Möchtest du das wirklich wissen"? „Bitte, öffne ihn, ich will es wissen." Johannes öffnete vorsichtig den Deckel und gab Richard eine Handvoll von dem feinen Sand in die Hand. „Jedes Sandkorn ist die Geschichte eines Menschen. Seine Geschichte ist hier für immer manifestiert, man kann sie nicht umschreiben und sie geht auch niemals verloren. Es ist das Erlebte, es ist gelebtes Leben, es bleibt in unseren Seelen für immer verankert. Man kann es nicht vernichten, egal ob man darauf tritt oder ob man es auf dem Meeresboden versenkt, es kommt immer wieder ans Tageslicht. Es ist und es bleibt die Wahrheit, sie geht niemals verloren."

„Ist da auch meine Geschichte dabei?", fragte Richard mit leiser, zittriger Stimme. „Ja, Richard auch deine, du hältst sie gerade in deiner Hand." Wie zwei Kinder im Sandkasten ließen sie wortlos den Sand durch ihre Hände gleiten, die Geschichten ihres Lebens. Nach einer ganzen Weile stand Richard auf, öffnete seinen braunen Koffer und hielt ihn in den mittlerweile wieder stark aufgefrischten Wind. Unzählige Papierstücke wirbelten durch die Luft, wie von Geisterhand wurden sie vom Wind gepackt und auf das offene Meer hinausgetrieben. Als der Koffer leer war, sagte er mit befreiter Stimme: „Das ist jetzt alles wertlos, dafür kann ich mir jetzt nichts mehr kaufen." Schweigend standen sie gefühlt eine halbe Ewigkeit nebeneinander einfach nur da. Richard suchte sich ein etwas größeres Sandkorn aus dem weißen Koffer, steckte es in seine Hosentasche und nahm Johannes in den Arm. „Das ist meine Wahrheit, die bleibt bei mir. Ich danke dir für alles mein lieber Johannes. Ich habe jetzt verstanden, worauf es im Leben ankommt."

Wer hätte das gedacht. Richard hatte die ungeheure Kraft gehabt, etwas Existenzielles zuzugeben, er hatte den Zenit seines Lebens erreicht. Er hatte in einem gigantischen Augenblick seines Lebens die Unwerte seines Daseins erkannt und losgelassen. Johannes war zutiefst beeindruckt.

Was für eine Fügung des Schicksals, dass sie sich in diesem Augenblick des Lebens hier getroffen hatten, dachte er.

Sie standen noch einen Augenblick schweigend da. Dann drehte sich Richard um und ging langsamen Schrittes den Strand entlang, bis Johannes ihn nach einer Weile aus den Augen verloren hatte. Sie sahen sich nie wieder.

Johannes ging nachdenklich in die andere Richtung, der feuchte Sand unter seinen Schuhen wollte seinem Gewicht kaum weichen. Die Wahrheit des Lebens, sie lässt sich eben nicht zertreten. Sein Handy summte: *„Ich bin es, Cara…“*